落差　上

新装版

松本清張

角川文庫
16045

目次

第一章　遇《あ》った女

列車が沼津駅に着いた。

島地章吾《しまじしょうご》は窓から首を出したが、あいにくと一等車がホームの端に停ったので、売子がここまで来てくれない。ずっと後ろのほうの二等車のあたりにかたまってうろうろしている。それも車窓に手を伸ばして忙しく商売をしているので、そこから容易に動きそうになかった。

島地章吾は窓から上体を乗り出して、しばらくそっちのほうを見つめていたが、ここで待っていても間に合いそうにないので、諦《あきら》めてホームに降りることにした。章吾の前の指定席に坐《すわ》った乗客の老紳士は、週刊誌を持ったまま居睡りをしている。章吾の隣も空《あ》いていたが、そこは、列車中で読み棄てた新聞や雑誌が散乱して残っている。

沼津は一分間停車だ。

島地章吾はホームを歩いた。長い列車で、指定席の一等車が二輛《りょう》、普通一等車が二輛、それからやっと二等車になる。

彼は大股《おおまた》で歩いて、ようやく、ジュースを二等車の窓に渡している売子のそばに近づいた。

「ウイスキーをくれ」

島地章吾はポケットから財布を出した。

売子は二等車の客にジュースを渡すと、こんどは甘納豆か何かを窓にさし出している。まだ無数の手が伸びていた。

「おい、早いとこしてくれ」

彼は催促した。

「はいただ今」

売子も釣銭の勘定をしたりして忙しい。

「幾らだ？」

「百三十円です」

島地章吾は五百円札を出した。

「細かいのはありませんか？」

財布の中は、十円玉が五、六個あるだけだった。あとは、一万円札が六枚と、千円札ばかりになっている。

「ないね。それで取ってくれ」

売子は仏頂面をして五百円札を受取ると、うつ向いて釣銭を探している。ベルが鳴り出した。

島地章吾が足踏みしていると、売子はようやく、小銭ばかり掻《か》き集めてポケット瓶のウイスキーと一緒に手渡してくれた。

もう、ホームを走って前部の一等車まで追う余裕はなかった。それに、窓から見ている乗客の前で駆け出すのはみっともない。彼はすぐ眼の前の二等車のステップに足をかけた。

二等車は混んでいた。島地章吾はウイスキーを片手に持ちながら、通路を歩いた。通路にも人が立っているので、身体を斜めにして人の背中をこすりながら前に歩いた。汽車は動き出していた。

その車輛を抜けて、次の二等車のドアをあけた。

ここも混んでいる。

やはり身体を斜めにして歩いていると、島地章吾の何気ない眼が座席にもたれている婦人客の顔にふと止まった。

おや、と思わず歩くのをやめると、先方でも眼の前に立ち停った男に眼を上げた。

「あら」

小さな声がその女性の口から洩《も》れた。

「やあ」

島地章吾は瞬間に眼をいっぱいに開いたが、やがて、相手の女に微笑を作って軽く頭を下げた。

三十すぎくらいにみえる、細面の女だったが、彼女もおどろいて座席から腰を浮かし、島地に挨拶《あいさつ》した。

「しばらくでございます。ご無沙汰《ぶさた》ばかりして……」
五、六年前に流行《はや》った柄の和服だった。額に髪の毛が少し乱れ落ちていた。
「どうぞ、そのまま」

列車の動揺を考えて島地章吾は、先方に座席に落ちつくようにすすめた。

「ぼくのほうこそ」

島地は会釈した。

「お元気でいらっしゃいますか?」

「はい……お蔭《かげ》さまで」

「細貝《ほそがい》君もお変りがなくて?」

「はい、元気にしております」

女は伏眼で答えた。島地章吾の上から見おろす視線を面映《おもは》ゆそうにうけている。

「そりゃ結構ですね。いや、あれからすっかりご無沙汰して」

島地章吾は相手の座席の周囲を観察した。すぐ隣には五十ぐらいの男がいて、ちらりと島地章吾を見上げたが、そのまま身体を動かして週刊誌に眼を落した。こちらの座席、つまり、島地章吾が立っているすぐ横には、二人の男が並んでかけていたが、これも彼女の伴《つ》れではないらしい。

それを見定めて、

「ここで奥さんにお目にかかろうとは思いませんでしたね。どちらへ？」

と島地は訊《き》いた。

「はい……郷里《くに》に帰ったものですから」

「ああ、奥さんのご郷里は愛知県でしたね」

女は島地章吾の知っている細貝貞夫《さだお》の妻だった。名前は、たしか景子《けいこ》といっていたと思う。

ずっと前に、細貝貞夫の家に二、三度行ったことがあるので、そのときの細貝の妻の印象が島地に妙に残っている。だから、いま不意に彼女と顔を合わせてもすぐに気がついたのだ。

普通なら、ここで失礼と云って別れるところだが、島地章吾はそのまま立ち去りにくい気持になっていた。

一つには細貝貞夫の近況を知りたいことと、いま、その妻が郷里に行って来たということに、島地なりの興味が湧《わ》いたからである。興味というのは、細貝の噂が近ごろちらちらと耳に入っているので、ここで出遇《であ》ったその妻から事実を探りたい気持が動いたのだ。

それに、この細貝の妻とはもう少し一緒に居てみたい。ほかに知人もいないし、いわば、列車の中という旅先の邂逅《かいこう》である。

島地章吾の胸が何となく弾《はず》んできた。

「細貝君にはずいぶん会いませんが、近ごろ、どうしていますか?」

彼はにこにこして訊いた。

「はい、元気にしていますけれど……」

細貝景子はまたうつむいた。ちょうど、島地の位置がそれを上から見おろす恰好《かっこう》になっているので、彼女の項《うなじ》のしっとりとした生白さが視線を捉《とら》えていた。

島地章吾は、あたりの乗客の眼を感じたので、

「奥さん、ぼくの座席の横が空《あ》いてるんです。いろいろお話ししたいことがあるので、あちらにいらっしゃいませんか?」

と誘った。

細貝景子はためらっていた。相手の誘いに当惑したようでもあったが、島地章吾の熱心な勧めに、結局、席から起《た》った。

島地は先に立って、二等車から一等車、一等車から指定席の車輛へと通路を歩いた。細貝景子は彼からかなり遅れて従った。

自分の席にくると、島地章吾は隣の新聞や雑誌をひとまとめに片づけ、網棚に載せて、シートを新聞のはしで軽く叩《たた》いた。

「さあ、どうぞ」

細貝景子は遠慮して立っていた。

「この席は空いているんです。どうぞ」

前の客はうす眼を開いて景子のほうを見ていたが、また身体を横に向け直して睡りに入った。列車は長いトンネルの中に入っていた。

「奥さんにお目にかかったのは、これで六年ぶりぐらいになりますかな」

島地は隣にやっと坐《すわ》った景子に話しかけたが、トンネルに反響する列車の響きで言葉がよく分らないらしい。彼は身体を寄せて、もう一度同じことを云った。

眼の前に細貝景子のうすい耳朶《みみたぶ》があったが、その上には髪の毛が数本乱れかかっていた。

景子は、島地の身体から離れるようにしていた。

この女は苦労しているらしい、と章吾は思った。六年前にこの女を見たのは、まだ細貝貞夫が或《あ》る大学の教師をしている時分だった。たしか中野の奥のほうに小ぢんまりとした家をもっていた。あとで聞いたのだが、細貝貞夫が学校から追われると、その家も越して、府中の近くとかに移ったということだった。

島地が最初に細貝貞夫を訪ねたのは、たしか、ほかの人間と一緒だったと思うが、それから彼一人が単独で二度ほど訪ねた記憶がある。

そのころの細貝貞夫は左翼理論を固く信奉した歴史学者で、島地から見て時流に乗っているという感じだった。

その後も、細貝貞夫とだけは、何かの座談会で二、三回顔を合わせたことがある。細貝は風采《ふうさい》の上がらない男で、ちょっと見ると、町工場の職長か何かの感じだった。学者というような様子は少しも見られなかった。初めて細貝の家を訪ねたとき、彼は褞袍《どてら》を着ていたから、なんでも寒いときだったと思う。

その褞袍もあまり上等なものではなく、それに、はだけた胸からは野暮ったいメリヤスのシャツが見えたりして、島地には、話をしてる間も、それが神経に障ってならなかった。

そのときに初めてこの景子を見たのだった。火鉢に炭を運んで来たり、お茶を出したりしていたのだが、細貝貞夫がこのような女房を持っているのが奇異なくらい、彼女は整った顔立ちをしていた。細貝貞夫は百姓男のようにずんぐりとした身体つきをしているが、景子はすんなりとした細い身体つきで、その表情も、動作も、島地の心を軽く惹《ひ》くものがあった。——

トンネルが過ぎて、座席に光が溢《あふ》れ落ちた。

そのときの細貝の妻が今、自分の横に坐っている。島地章吾は話題を探しながら、眼のはしに絶えず彼女の横顔と肩とを入れていた。

細貝景子は指定席の椅子に腰掛けて、ちょっと場違いといった落着かなさを見せていた。それに、島地章吾の誘いにうかうかと乗って彼の隣に坐ったという微《かす》かな後悔も混っているようだった。景子には、できるだけ早目にこの席を起つ気配が見えていた。

「細貝君は」

と島地はその様子を承知の上でゆっくりと話しかけた。

「最近、どうしていますか？　ぼくもずっとご無沙汰していて、気になっているんですがね」

細貝の妻は眼を伏せていた。耳のうしろに溜《たま》った髪毛の先が揺れている。島地は、景子の着物が、何度も水を潜《くぐ》って光沢《つや》を失っているのをそれとなく眺めていた。締めている帯も古臭い図柄だし、その間に押し込んでいる帯揚げは色が褪《あ》せていた。

島地が人から聞いた話の通りだった。細貝夫婦は困っている。——

「細貝君のことは、風の便りには聞いているんですがね。そのうち伺おうと思いながら、つい、雑用にかまけています」

「先生はお忙しくていらっしゃいますから、どうぞ……」

「いや、忙しいのは年中ですが」

島地は煙草を取り出して口にくわえた。自然と優越感も起って、火をつけるのもゆっくりした動作になった。

「健康のほうはどうなんですか？」

と静かに烟《けむり》を吐いた。

「はい、前から神経痛を持っていますが、このごろ、それが少しひどくなったようです」

景子は沈んだ声で云った。

「そりゃいけない。たしか、細貝君は坐骨《ざこつ》神経痛でしたね。これから寒くなると、お困りでしょうな」

「はい、なんですか、今でも寝たり起きたりしています」

汽車の方向が変って、窓から射しこむ光線が景子の顔を急に明るくした。皮膚は白かった。地味な身装《みなり》だったが、頬にも、衿元《えり》にも、ふくよかな弾力があった。島地が六年前に初めて遇ったときに感じた抑えたような魅力が、今もその粗末な着物の下に隠れていた。

「で、学校のほうは、今はどこの……？」

「はい、どちらにも勤めておりません」

「では、執筆のほうはいかがですか？」

「はあ、それはやはり自分では書いておりますけれど、依頼原稿というのではございません」

では、細貝貞夫は現在無収入なのだ。島地はあとの言葉をわざと休んで、溜息《ためいき》のように蒼《あお》い烟を吐き出した。

今から七、八年前までは、細貝貞夫は進歩的な歴史学者として華々しい活動期にあった。戦後、細貝の唯物史観的な日本歴史論が流行したものだ。そのころの細貝は、或る有名な私立大学の助教授をしていたが、そのほかにも幾つかの大学の講師に呼ばれて引張凧《ひっぱりだこ》だった。

総合雑誌にも細貝の名前がたびたび出ていたが、当時の島地は新聞広告で彼の名前を見るたびに、羨望《せんぼう》と、微かな嫉妬《しっと》とを感じたものだった。

汽車は駅に近づいた。右の窓下には熱海《あたみ》の街が現われてきた。近ごろ大きなホテルの建物がふえている。赤や青い屋根の密集した向こうに海が見えていた。

島地章吾はこれまで何度か、この駅に女と降りている。島地はバーの女よりも素人が好きである。

島地は、いま、細貝景子と並び、その経験を思い出した。むろん、景子ではその不可能なのは分り切っているが、熱海駅の記憶を、ふと、自分の横に坐っている彼女に結んでみただけだった。

それに、島地は次の小田原で降りなければならない用事がある。

十年前、島地は細貝貞夫の学説にかなり影響を受けていた。島地が細貝の家に行ったのは、学問の話からで、そのころは、島地も進歩的な学者だと思われていた。

しかし、その後、島地が細貝貞夫を訪《たず》ねなくなったのは、ただ彼自身が多忙になっただけでなく、客観情勢が変化したのである。つまり、島地にとって細貝に近づくことが或る種の危険になったからである。

「しかし、それはお困りですな」

島地は細貝の妻に控え目な同情で云った。

「失礼ですが、細貝君をどこかに世話するという人はいなかったんですか?」

島地は細貝貞夫の周囲にいた人物を漠然と考えて訊《き》いた。

「はい……細貝はそうしていただくことをあまり好みませんから」

景子はやはり小声で答えた。

「なるほど、そういう方ですね」

「なにぶん、あんな気性ですから」

細貝貞夫が依怙地《いこじ》になっている理由は分る。細貝は現在の情勢に腹を立てているに違いない。

「失礼ですが、どうしていらっしゃいますか？」

もちろん生活のことだった。どこの大学からも断わられているというし、寄稿の途《みち》も絶たれていれば生活に困るのは分り切っていた。島地の耳に入ってきているのもそういう風聞だった。

「はい、仕方がないので、今、古本屋でもやろうかと思っています」

「古本屋？」

島地はちょっと愕《おどろ》いた。彼の眼に泛《うか》ぶのは、裏町などでよく見かける、間口の狭い、古本ばかり棚に並べているみすぼらしい店だった。

「ええ。ほかにすぐ思いつく商売もないものですから」

「そりゃ」

と云って、島地もさすがにあとの言葉が出なかった。

細貝景子は、しかし、それほど恥しそうな表情はしていなかった。眼つきが真剣に見えたのは、生活に追込まれた人間の表情だった。

「しかし」

島地はさすがに声を落して云った。

「そういう状態とは知りませんでした。何かほかに、細貝君の学問を生かす方法はなかったもんですかね?」

細貝景子は唇を軽く嚙《か》んで黙っていた。

汽車は熱海駅を離れた。

「折角の素質を持ってらっしゃるのに、そんなことで細貝君を埋めたくないんですがね。だれか親しい人で協力する人はなかったんですか?」

島地章吾は訊いた。

「細貝はそういうことの出来ない性質《たち》なんです」

細貝景子は下を向いて微かなほほえみを泛べたまま云った。

「みなさんにご迷惑をかけたくない、と云うんです。それに、自分から運動するという性格でもないので、結局、今の話の通りになりました。それに身体もあまり丈夫ではございませんから」

細貝貞夫が他人の世話を受けたくないという気持よりも、彼を生かす方法がなかったというのが実情ではなかったか、と島地は思った。

もともと、細貝貞夫には社交性がない。ただ自分の学問だけで世渡りしてゆく考えしか持っていないようだ。その点、よく云えば融通性がないといえる。偏狭で片意地なところは彼の知人の間にも定評となっている。

それに、少し利口な者は、出版社にコネをつけて原稿を書いているが、細貝貞夫にはそれほど世故に長《た》けたところもない。また、原稿を頼まれて書いている連中も、それほど流行《はや》っているとは思われないから、ときたまの収入も知れたものだ。細貝貞夫が思い切って町の古本屋になるのも、案外利口かもしれない。

細貝貞夫は古本を商《あきな》いながら、自分の学問をこつこつとつづけるつもりに違いない。島地は、細貝が暗い店先に坐《すわ》って、うすよごれた本を客に売りながら、書きものをしているさまを想像した。

「その古本の商売というのは、相当な実収になるんですか？」

島地は訊いた。

「いいえ……まだ初めてなものですから、勝手が分らないでいます。でも、収入といっても知れたものですわ。うまく行っても干乾《ひぼ》しにならないという程度らしいんですの」

景子は眼を伏せたままで云った。

「ぼくにはよく分りませんが」

島地は灰を座席に付いた灰皿の中に落した。

「資本も相当にかかるんでしょうね？」

と訊いたのは、細貝の妻がいま愛知県の実家に行っての帰りと聞いたからである。

島地はそれを金の工面とみている。

「はい、やはり店の権利金だとか、本の購入費だとか、それはいろいろございます」

可哀想に、と島地は思った。細貝貞夫といえば、戦前から聞えた新進歴史学者である。戦後、左翼史論が流行ったころは、チャンピオンの観さえあった。

この学者の妻はすっかり古本屋のおかみさんの口調になっていた。女は不運な亭主を持つと惨《みじ》めである。

「いま古本は、大体、どういう種類の本が出ますか？」

島地は少々意地悪く訊いた。

「貸本のほうならやはり子供や工員さんのような人が相手でございますから、肩の凝《こ》らない小説が出るようでございます。でも、細貝はちゃんとした書籍を店に揃《そろ》えたいといっています」

「なるほどね。そりゃそうでしょうね」

島地は、ふいと思いついて云った。

「ぼくの知った人間に、そんな本をもっている奴がいますよ。そいつの所から本を取り上げて、奥さんに持って行っていただきましょうか」

細貝景子は島地に軽く頭を下げた。

「でも、そんなことをしていただいては、申し訳ありませんわ」

「なに、どうせ先方は本が多くて困ってるんです。いつか行ったときに、少し整理しようかと云ってましたから、向うだって、その辺が片づけばかえって喜びますよ」

「でも……」

細貝景子はためらっていた。しかし、そのためらいの中にも、島地の申し出に心が動いているようであった。

「遠慮には及びませんよ。相手には不用品ですからね。役に立てば喜んでくれます。そうだ、二、三日うちにその男に会いますから、話しておきます。結果によっては、すぐに葉書ででもあなたのほうにお知らせしましょう」

景子は困ったような表情になっていたが、

「でも、それじゃあんまりお言葉に甘えるようですわ。細貝がどう申しますか……」

「そんなふうにおっしゃるほどのことはないと思います。やはりそういうご商売は、棚が寂しいと景気よく見えないんじゃないですか？」

「ええ」

「それごらんなさい。だから、丁度、うまい具合だと思いますよ。もちろん、先方はそんなものでお金も取らないとは思いますがね」

「いいえ、それはいけませんわ。それは……」

「いや、その点はぼくに任せて下さい。とにかく、本を出させましょう。奥さん、どこにご連絡したらいいか、ご住所を知らしていただけますか？」

「はい」

景子はまだ躊躇《ちゅうちょ》していた。しかし、島地はさっさと自分の手帳を取り出し、万年筆のキャップを抜いた。

「どうぞ、おっしゃって下さい」

「はあ……」

景子は諦《あきら》めたように住所を云った。

島地には車輪の響きで彼女の声がよく聞き取れない。二、三度訊《き》き返すと、彼女は上体を少し傾けてきた。熟した女の微《かす》かな匂《にお》いが彼の鼻に来た。

島地は「杉並区高円寺×丁目××番地」と手帳に書きこみながらこれで細貝景子とはゆきずりの出遇《であ》いに終らなかったと知って、愉《たの》しみがふえたのを覚えた。

「もし、あなたが細貝君に云い辛かったら」

と彼は云った。

「このことは黙ってらしても結構ですよ」

「いいえ、それはいけませんわ」

「そうですか。それはどっちでもいいんです。ただ、ぼくは、細貝君があんな性格ですから、ぼくがこんなことをするのを余計なことだと、愉快に思わないかもしれないと思いましてね」

島地は煙草の烟《けむり》と一緒にさりげない言葉を吐いたが、それは彼女に対する或《あ》る観測でもあった。この女とはひそかなつながりを持ってみたい。それだけの価値を、島地は細貝景子に発見していた。

「細貝君は神経痛のほかにたしか、前に何か病気になられたことがありましたね？」

島地は訊いた。

「はい、ずっと前に胃潰瘍《いかいよう》を患《わずら》いましたが、それ以来、やはり身体が元の通りになりません」

「そりゃいけませんね。寝込まれるということはないんですか？」

「今のところぶらぶらしていますが、少し長い書きものをすると、疲れるようでございます」

景子は力のない声で答えた。

「講師の話もありましたが、それが東京から汽車で二時間もかかる場所でしたから、やっぱり無理でございます」

そういう口はやっぱりあるのか、と思った。どうせ田舎の大学に違いないが、今でも細貝貞夫を信仰している地方の教師もいるわけだ。身体が悪いということで、執筆も思わしくいかないのであろう。古本屋をはじめるというのも、細貝がせっぱ詰った手段なのだ。

島地は静かに煙草を吸っている。身体の弱い細貝貞夫と景子との夫婦関係をひとりで想像していた。そう思って観察すると、あれから六年にもなるが、景子の顔は少しも変っていない。普通、この年ごろだと、もっと老けるはずである。島地が最初に見たときのほのかな色気というものが少しも彼女に失われていないのだった。

このとき、うしろの入口から車掌が入って来て、帽子を脱ぎ、検札をすることを乗客に告げた。

「あら、わたくし、これで失礼させていただきます」

景子は慌てたように席から起《た》とうとした。

「まあ、いいですよ」

島地は止めた。

「このまま東京まで乗りつづけられたらいかがですか？」

「でも……」

「二等車はとても混んでいます。あなたも愛知県のほうから乗りつづけてこられたのですから、疲れていらっしゃるでしょう。こっちのほうがずっと楽ですよ」

「……でも、失礼します」

景子がいそいで横に置いたハンドバッグを取り上げようとしたとき、島地はうしろに来ている車掌を自分から呼んだ。

「君、乗り替えを頼む」

彼は素早く千円札を取り出した。

「あら、困りますわ」

「いや、任せて下さい」

と抑えた。

「熱海からここへ移ったのだ。東京までの精算をしてくれ給え……奥さん、切符をお出し下さい」

「はあ」

景子は度を失ったようにしていたが、横に車掌が佇《たたず》んで待っているのを見ると、仕方なさそうに帯の間から二等車の切符を取り出した。

「熱海からですね？」

車掌は大きな手帳を出して計算していたが、差額を云った。

「困りますわ、わたくし」

景子が頬を赧《あか》らめて云った。

「いや、いいんです。あなたも疲れていらっしゃるから大変でしょう。そうそう、ぼくは次の小田原で失礼しますから、ゆっくりと乗ってらっしゃい」

島地が次の駅で降りると聞いたせいか、景子の顔にほっとしたものが出ていた。

その小田原駅が近づくと、島地は網棚のスーツケースを取った。

「今日は思わぬところで奥さんにお目にかかって、たいへん懐しかったですよ」

島地は景子にほほえみかけた。

「わたくしこそいろいろお世話になりました」

細貝景子は頭を下げた。

「いや、こういうところでお遇いしないと、いつお目にかかれるか分りませんからね。やはり汽車の旅はいいもんですね」

列車は速度を落した。構内の線路が多くなってくる。

「着いたようですな」

景子は椅子から起ち上って、改めてお辞儀をした。

「ほんとに、思わぬご厄介をおかけしまして、申し訳ございません」

「いやいや、どうかお気遣いはなさらないで下さい。ああ、それから、さっきお話ししたことですがね、あれは、必ずぼくにさせて下さい。それから……」

島地はわざと下を向いて云った。

「いろいろとご都合もあることと思いますが、ぼくでよかったら、出来るだけのお手伝いをしたいんです。そういう場合は、遠慮なくおっしゃって下さい」

「はい、ありがとうございます」

「こう云うと、なんですけれど、ただ古本だけのことではなくて、資金の面でもご不自由なことがあれば、及ばずながらご協力したいんです」

景子は息を呑《の》んだような顔になっていた。

「お気を悪くなさらないで下さい。ぼくの気持だけです。失礼だが、奥さんが懸命になさってるのを見ると、人ごととは思えないんです」

島地は景子の顔にじっと視線を当てた。

「そうだ、葉書よりも電話を戴《いただ》くと結構ですな」

島地は急いで名刺を出した。

「それから、細貝君はああいう方だから、もし、お気を悪くされても困ります。このことは黙ってらしたほうがいいと思いますよ」

島地は景子の顔の反応を確かめた。その表情に動揺が起っているのを見逃さなかった。

列車が停った。

「失礼します」

島地はその辺からは至極あっさり振舞った。スーツケースを提げ、さっさと通路へ出てホームに降りた。

ホームでは、彼のうしろから人が寄ってきた。

「島地先生」

島地はそちらのほうを見向きもしないで、流れ出す景子の窓を見送っていた。景子はその窓を少し開けて頭を下げていた。

「先生」

背のずんぐりした三十二、三歳の男だった。

「お迎えに参りました」

島地章吾は、その男と肩を並べて出口のほうへ歩いた。まだ別れたばかりの女の顔が眼と心に残っている。

「今のご婦人は、どなたですか?」

男が訊《き》いた。

「いや、ちょっとした知りあいだ」

「やっぱり、列車の中で知りあった女性ですか?」

男はうすら笑いをしている。

島地はスーツケースを迎えの男に渡して、そこに立ち止まり、煙草に火を点《つ》けた。返事はしなかった。

車は湯本を過ぎて上りにかかっている。

「宿はどこだね？」

島地章吾は男に訊いた。岡田《おかだ》という名前で、秀学図書出版株式会社の社員だった。この会社は教科書関係のものを出版している。岡田はその編集部員で、島地章吾の担当だった。

「宮ノ下です。臨峡閣ですよ」

「あすこも建物が古くなったな」

島地はつぶやいた。

「しかし、先生。近ごろ建っているホテル式のよりも、やはりああいう旅館がいいですよ。日本座敷のほうが情緒がありますからね」

「芸者は来てるだろうな？」

「そりゃ社長のことですから、ちゃんと呼んでいますよ」

「今日は、どういう顔ぶれだね？」

「芸者ですか？」

「いや、君のほうだ」

「社長と、編集部長と、ぼくだけです。水入らずですよ」

「危ないな。何か注文がありそうだな？」

「そんなことはないでしょう。先生も旅で疲れていらっしゃるから、ゆっくりと休んでいただこうというわけです」

「そりゃ親切だね。田舎ばかり歩いて、ここんところ美人の顔を見ていない」

「そうでもないでしょう、へへ……いつぞや、先生のお供して北陸のほうに行ったことがありますね。あのときを拝見してますからね」

岡田は笑って、

「先生の腕の凄《すご》さには愕《おどろ》きました。あの女性を、ちゃんとモノにしてらっしゃるんですからね」

「君も適当にやってたじゃないか」

「ぼくなんかは金を出して買う女ですからね。先生のとは雲泥の違いです」

「君、だれにもあれをしゃべってないだろうね？」

「大丈夫です。その点は口が固いですから」

執筆者と担当者の間は、半分は友人みたいになっている。しかし、担当者もその辺は心得ていて、親密だからといっても間に一線を引くことを忘れていない。

「先生、その後、秋田の一件はどうなりましたか？」

「あれか。あれぎりだよ」

「へえ。愕きましたね。どうしてそう後腐れのないように処置ができるんでしょうね？」

「そりゃ、君、妙な同情を起さないことだね。そんな気持になると、いつまでもあとを曳《ひ》く。これはお互いにとって不幸だからね」

「でも、よく女のほうがそれで承知しますね？」

「承知させるんだな」

島地は煙草をくわえると、岡田が横からライターを鳴らして差出した。その炎の端に島地の口許が微笑していた。

「ぼくらには出来ないことですね。今度の旅も収穫があったんじゃないですか？」

「いや、そんなことはない。今度は全然真面目《まじめ》だった。もっとも、田舎の旧家ばかり回っていたので、眼につくような女性はいなかったがね」

「しかし、さっき、汽車の中でちらりと拝見した女性も、怪しいもんですね。窓から先生のほうをじっと心残りげに見てたじゃありませんか？」

「あれは違うんだ」

島地は烟《けむり》を吐いた。

「しかし、君。ちょっといい女だろう？」

「そうですね。中年に入ったばかりの色気っていうものがありますよ」

「ほう、君もそう思うか？」

「それと、清楚《せいそ》な感じがしてました」

「案外、眼《き》が利くな」

先生とおつき合いして、そのほうの訓練もできました」

「冗談を云うな」

「しかし、先生。先生の伝説は相当ひろがってますよ」

「どういうのだね？」

「先生は、長い汽車の旅の中では、必ず一人の女性を口説き落すというんです」

「そうかい」

島地章吾はおどろかなかった。

「とかく、噂というのは尾ヒレが付くからね」

「先ほどの女性も怪しいもんですね？」

「あれは違うよ。君もしつこいな」

島地がちょっと不機嫌な声を出したので、岡田は、

「失礼しました」

と頭を下げた。担当編集者としての限界を心得ている。

「もう、六時ですね」

岡田は咄嗟《とっさ》に話題を切り替えた。

「社長は、今日は早くから行ってお待ちしていますから、早速、風呂《ふろ》に入っていただいて、はじめることにいたしましょう」

車は宮ノ下の急坂をじぐざぐに上っていた。すれ違う車も自家用車やハイヤーが多い。

「君」

島地は思い出したように云った。

「細貝貞夫という人を知ってるかね？」

「はあ、むろん、お名前は存じ上げてます。上代史の……」

「そう。どこか、あの人に書いてもらうような出版社はないかね？」

「教科書にですか？」

「出来たらね」

「先生とは特別なお知り合いですか？」

岡田は用心して訊いた。

「いや、そういうわけではないが」

「それだったら、素直に云えますね。細貝先生に頼む教科書出版会社は、どこもないでしょう。ああいう方にお願いしたら、いっぺんに会社は潰《つぶ》れてしまいます」

島地は黙っていたが、眼許に微笑が出ていた。

「いえ、その教科書が検定を通らないだけじゃありません。文部省のほうから睨《にら》まれて、あとが不自由になります」

「しかし、戦後、細貝君のものを出した教科書会社はあったよ」

「そりゃずっと以前のことです。今どき、そんな酔狂なことをするところはどこにもありません。その会社だって、あのF項パージ以来、執筆者陣を全部入れ替えていますからね。いや、これは先生のほうがよくご存じじゃありませんか」

「うむ」

島地は内心満足してうなずいた。

「やっぱり駄目か」

とわざと嘆息した。

第二章　印税率

島地章吾は湯槽《ゆぶね》につかっていた。明るい照明が水蒸気を濾《こ》して湯の上に光を落している。島地は汽車の中で別れた細貝景子のことがまだ頭から離れない。こうして風呂に入ってるせいかもしれないが、彼女の地味な着物を通しての身体を想像している。

座席に並んで話している間も、ひと思いに彼女の手をつかみたい衝動が何度か起ったくらいだ。彼女の手はむっちりと締ってまろやかである。

たしか三十なかばだと見当をつけているが、年齢よりはずっと若く見える。顔にもうすく脂が乗って、きめのこまかい肌に白い光沢をたたえていた。地味な着物を着ているだけに、かえって色気が滲《にじ》み出ている。

彼女が細貝貞夫の妻だということにも興味がある。たしかにそのことが彼女の魅力となっている。少なくともほかの人妻よりは興味があるのだ。

古本のことを約束したのはいい思いつきだった。あれがこれから自分と彼女を結ぶ一筋の細い糸になると思った。

島地は或《あ》る寓話《ぐうわ》を思い出した。

相手を捕捉《ほそく》するのに、最初から太いロープでは無理である。いちばん初めは髪の毛のような細い糸を投げかけ、そのはしに毛糸ぐらいの太さの糸を結びつける。相手がそれを握れば、その糸のはしはもっと大きな紐《ひも》につづいている。その紐のはしは更に細いロープとなり、つづいて太いロープにつながり、最後はワイヤロープで結ぶ。——いずれは、あの女を針金でしばってみたい。

島地は、思い立ったらすぐにその実行に移る性質《たち》だ。殊に情事の問題は早いほうがいい。

彼は湯槽からざぶりと出た。部屋に戻って、卓上の電話器を取り、交換台に東京の電話番号を教えた。

先方が出るまで煙草を吸っていると、襖《ふすま》が開き、岡田が顔を出した。

「先生、どうぞ、あちらにお移り下さい。社長も席についてお待ちしています」

岡田も湯上りの顔をてかてか光らせていた。

「すぐ行くよ」

「おや、何かご用でございますか？」

岡田は島地がすぐ起《た》たないのを見て訊《き》いた。

「いま、東京に電話をしている。それが出たら、すぐ行くよ」

「ご自宅ですか」

「気の利かないことを云うなよ」

「へえ」

岡田は首をすくめて、

「では、どうぞ、そのお電話がお済みになりましたら、なるべく早くお越し願います」

と笑って膝《ひざ》を起てた。

襖が閉まると同時に、電話のベルが鳴った。島地が受話器を取ると、

「東京が出ました」

と交換台の声が取りついだ。

「もしもし、佐野《さの》君のお宅ですか？」

島地は片膝を立てて受話器を握った。先方で、はい、そうです、という女の声が聞えたが、これは女中らしい。

「ぼくは島地だが、ご主人はいるかい？」

「あの、ご出張中なんですけれど……奥さまがいらっしゃいますわ」

「じゃ、奥さんを出しておくれ」

オルゴールが鳴っていたが、その音が止むと、女の澄んだ声が聞えた。

「今晩は。島地さんですの？」

佐野の妻の声の特徴は歯切れのいいことだった。

「そうです。いま宮ノ下から掛けています」

「あら、箱根ですか？」

「そうなんです。会がありましてね」

「結構ですわ」

「変なふうに取らないで下さい。今日はある教科書出版会社の社長との打合せ会ですから……佐野はいないんですって？」

「はい、あいにくと社用で関西のほうに出張しています。明日帰る予定なんですけれど」

佐野周平《しゅうへい》は島地と高等学校の同期生だった。大学に入ってから科が違い、佐野周平は、現在、総合電力資源株式会社の課長だか次長だかになっている。

「そうですか」

島地は佐野の妻の派手な顔だちを眼の前に泛《うか》べた。

「実は、ちょっと頼みたいことがあって。いや、べつに急ぐというほどではないんですが……そうそう、奥さんでもいいですよ。佐野は、たしか、小説家の吉村《よしむら》さんと親しかったようですね？」

「はい、佐野と同郷ですから」

「それで、ちょっと申しにくいんですが、いつか、吉村さんの所に、ほうぼうの出版社や著者から小説本の寄贈本がたくさん来ていて、始末に困るという話を聞きましたが」

「ええ、吉村さん、そうおっしゃってましたわ」

「実は、そのことなんですが、もし、吉村さんのほうでご不用だったら、佐野から頼んでもらって、その本を安く譲っていただけないだろうかと思いましてね」

「あら、そうですか……吉村さんがどうおっしゃるか分りませんけれど、そんなことお頼みするぐらいは平気ですわ。佐野が帰ったら、そう申し伝えます」

「それだけです」

「そのご本、島地さんが必要なんですか？」

「まさか……ぼくの知った人間がこんど古本屋をはじめるんで、商品として安く譲ってもらいたいわけです。ぼくは、まあ、その仲介をしてるわけですよ。いつか、佐野がそう云ったことを思い出したものですから」

「そりゃ大変ですわね。よく佐野にそう云っておきますわ」

「じゃ、お願いします」

「はい、承知しました」

島地は佐野周平が留守だと聞くと、その妻の明子《あきこ》が急に身近に感じられてきた。

——あの女も悪くない。

島地が入ってゆくと、十畳ぐらいの座敷には食卓の用意が出来ていた。床の前はあけてあって、その隣に秀学図書出版の社長瀬川宗太郎《せがわそうたろう》がゴマ塩頭で坐《すわ》っていた。向い側には、編集部長の松永と岡田とが並んでかしこまっていた。

「どうも遅くなりました」

それまで三人で話をしていたが、瀬川社長は急いで煙草を灰皿に置くと、座蒲団《ざぶとん》をはずして島地に手をついた。

「先生、どうもお疲れのところを……」

瀬川社長は六十を少し過ぎているが、広い肩幅に太い猪首《いくび》がはまり込んでいる。

「しばらくですな」

島地は遠慮もなく床柱の前に坐った。

「島地先生」

これは松永編集部長で、痩《や》せてひょろ高い男だ。

「せんだってはお宅にお邪魔をいたしまして、いろいろご教示をいただき、有難うございました」

慇懃《いんぎん》に挨拶《あいさつ》するのを、

「いやいや」

と島地は磊落《らいらく》に笑った。

「その節は失礼」

今度は首を横に回して、

「瀬川さん、いつもお世話になってすみませんな」

襖が開いて、芸者が三、四人、つまみものと酒を持って入ってきた。

「今晩は。いらっしゃいませ」

島地が横に坐った女を見て、

「ほう、なかなかの美人だね。それに若い」

とほめた。

「田舎ばかり回って来たから、眼まいがしそうだ」

「先生、今度はどちらの方面に？」

と乾杯が済んでから瀬川社長が訊く。

「中国地方の山陽側ですよ。次は四国のほうにゆこうと思ってね。主にワダツミ神社関係を調べているんです」

「すると四国のほうも……」

「そう。土佐のほうですがね。あの辺の山奥に古代の塩の跡を見ようと思うんです」

「塩ですって？」

「今度のぼくの調査は、全国の山奥に塩に関連したと思える地名が現在残っているところからヒントを取ったのです。長野県には塩尻峠がある。塩尻とは、太古、太平洋岸の塩と日本海岸の塩との移入路の終点という意味だったかもしれない。中部山脈の峠になっているからね。つまり、分水嶺《ぶんすいれい》みたいな所に塩に因《ちな》んだ地名が残っている。それは全国到る所に見られる現象です」

「四国のほうも相当山奥ですか？」

「そうなんです。今のうちに行かないと、今度ダムの工事でその神社が水没するということですからね」

ここまで話して、島地は、ふとそのダム工事が、佐野周平の勤めている総合電力資源株式会社の手で行なわれる工事だと気づいた。

佐野は電力会社でも技術畑ではなく、庶務課にいる。もしかすると、佐野の出張は四国の新ダム造りに関係があるかもしれない。なんでも、ダム工事は近々に着手されるということを聞いた。

もっとも、ふと、そう思っただけで、佐野の社用は別かもしれない。

「ははあ、近ごろは、だんだん、奥地もダム工事で水没する地帯がふえましたね」

瀬川が云う。

――佐野は明日帰るということだったが、例の話もあり、帰りにはあいつの宅に寄ってみようか。

――明日、佐野の家に寄るとなれば、大体昼ごろとなるだろう。そのころ佐野が帰っているかどうか。

「しかし、塩とは面白うございますね、先生」

松永編集部長が向い側からいった。

「そう、先ほどもちょっと云ったように、塩が求められたのは、日本に農耕文化が発達してからだと思うんだ。つまり山の奥地に入り込んだ民族は、どうしても塩の補給を必要とする。そこで海岸に塩を求めに出たということも考えられるし、海岸から塩を奥地に運んだとも推定される。つまり、そういう通路が川に沿ってつけられたと思うんだが、いわば、それをソルト・ロードとでもぼくはよびたいね」

「それはますます面白うございますね。シルク・ロードに対称されたわけですね」

――佐野が帰っていなくてもいい。いや、帰っていないほうがこちらとしては都合がいい。あの女房としばらく話し込んでみたい。

「そういうことだな。大体、日本の交通路は東西に発達している。東海道、山陽道、奥州街道、中仙道、北陸街道、みんなそうだ。これは、中央集権制度が確立してから出来た政治道路だが、日本を南北に縦断して出来た道路はそれよりずっと古いんだ。しかもそれは、山脈の脊梁《せきりょう》を越えてつけられている。それは南北の海岸から奥地に塩を運搬するためだ。ぼくの云うソルト・ロードがそれだと思うね。そして、山奥の塩に因んだ地名の場所には、海洋民族の信仰の対象になっているワダツミ系の神社があるよ」

――細貝の妻には本の世話も約束したし、必要によっては資金の面も融通してやるようほのめかしておいた。

しかし佐野の妻明子は、細貝景子とはまた違った容貌《ようぼう》と性格を持っている。

「少し話があるんでね」

社長が芸者たちに眼配《めくば》せした。

芸者たちが部屋を出ると、瀬川社長が盃《さかずき》をテーブルの上に置いた。

「島地先生、実は旅行からお帰りの途中を恐縮なんですが」

途端に、松永編集部長も、岡田も、いくらか姿勢を改めたようになった。

「いよいよ、次期の小学校教科書の編集段階になりました」

「そうだね。早いもんだな。あれから三年たつかねえ」

教科書の編集は三年ごとに行なわれる。

「つきましては、今度も社会科のほうを先生の監修ということで、ひきつづきお願いできませんでしょうか？」

社長は坐り直して、膝《ひざ》の上に両手を置いた。

「そうだね」

島地は、とっくからその話があることを期待している。しかし、すぐにそれに乗ってゆくような顔色はしなかった。

「そういう話は、ほかの会社からないでもないんだがね」

「よく分っております」

社長が頭を下げたので、向い側の松永編集部長も頭を垂《た》れた。

「なにしろ、先生のお名前があるだけでその教科書の採択率がうんと違うんですから、よその社にとっても先生はぜひ必要な方でございます。しかし、わたしのほうは、先生とは永いおつき合いでこれまで来ておりますから、今度も、ひとつ、よろしくお願いしたいんですが」

島地は黙って盃を口に運んだ。考えているような顔だ。

岡田だけは眼を細めて、それとなく島地の横顔を見ている。岡田の微笑にはひそかな皮肉が含まれているようだった。

島地はわざと社長のほうを見ないで、うつ向いて二、三杯盃を運んでいたが、

「瀬川さん」

と急に顔を上げた。

「今度は、印税の率は少しはいいんだろうね？」

と横に坐《すわ》っている社長の顔を直視した。

「はあ、そのことですが」

瀬川は深くうなずいて、空咳《からぜき》を一つした。

「そりゃ、もう——よく心得ています」

「前のような率じゃひどいですよ。いくら何でも、あれじゃ困りますからね」

「いや、先生」

と松永編集部長が面《おもて》を上げて顎《あご》を突き出した。

「そのへんのことは、社長もよく含んでおります。ぼくともその点は十分に話し合っておりますから、決して先生のご不満を買うようなことはないと思います」

「松永君」

と島地は云った。

「こういうことは、はっきりしてもらったほうがいいな。そう云ってはなんだが、今度の執筆者にもぼくの教え子を二人入れてあるからね。両人《ふたり》とも地方では相当の影響力をもっている。全国には、ぼくの学校の出身教師がずいぶんとふえている。

三年前と比べたら、またうんと数が多い。瀬川さん、ひとつ、ビジネスライクでいこう。こういう点を考慮して、はっきりと印税の率を示してもらいたいもんですね。……ああ、それにウラの金も欲しいですな」

「そのことはよく分っています」

瀬川社長は、島地の露骨な申し出にも微笑して答えた。

「なにしろ、わたしのほうとしては、島地先生のお名前を監修者に頂戴《ちょうだい》できないとなると本が出来ませんから」

「いや、そんなこともないでしょうがね」

島地はわざと謙遜《けんそん》した。

「しかし瀬川さん。いま出ている教科書は相当出ましたな？」

「お蔭《かげ》さまです」

これは、社長と同時に編集部長の松永も頭を下げた。

「実によく採択されまして、わが社としては大変助かりました。次の改訂版も、ひとつ、それ以上のものを見込んでいます」

「そりゃ売れるだろうな」

島地は煙草を吹かした。

「それに、執筆者には、それぞれの地方むきにもう一人ずつぼくの息のかかった人間を入れようと思っています。たとえば東京では、いま、都内の某有名付属小学校の先生をしているが、なかなかの顔役でね。いわば、ボスみたいなもんです。地方の小学校の先生が東京に出てくると、必ず参観に行く学校でね。名前も全国的に知れている」

「そういう方がいらっしゃれば、ますます結構です。それに、先生だと、日教組のほうもうまい具合にゆきそうですから、採択については心配はありません」

「そうだな。ぼくも一時は、例の〝うれうべき教科書〟問題直後のころには危なかったがね。まあ、執筆パージにもならずに、よく生きのびられたと思いますよ」

「進歩的な先生方には、島地先生の評判は大したもんですよ」

「実はね、君」

島地は卓の上に両肘《りょうひじ》を突いて、急に声をひそめた。

「このへんのかねあいがむずかしいんですよ。文部省の検定もパスしなければならないし、日教組側の印象もよくないといけないし、両方いいとこずくめにしなけりゃならんからな」

「全くその通りです」

と向い側から松永が何度もうなずいた。

「けど、君のとこだって、あれから随分と監修者や執筆陣の入れ替えをやっただろう。今は、秋田君や海津君などには鼻もひっかけないじゃないか」

「そりゃ少しひどい云い方ですね。しかし、先生」

と編集部長が云う。

「わたしのほうも、肝腎《かんじん》の検定が通らないと商売になりませんから、こりゃ教科書出版を廃業することになります。それに文部省は近く、小・中学校の全面的な無償配布に踏み切りますから、どうしても教科書会社が限定されます。業界は、いま、それに備えて大騒ぎですよ。ですから、これまでの採択実績がますます大切ということになりますよ」

「しかし、あのころは、君たちも新しい歴史観を盛った教科書だと云って、ずいぶんご自慢のようだったぜ」

「先生、もう、そんな皮肉はおっしゃらないで下さい。頭が痛くなります」

島地は声をあげて笑い、

「出版屋さんには、史観もイデオロギーもないんだからね。主義は儲《もう》かりさえすればいい。そのへんを追及するのは酷だな。さあ、ぼくもひとつ割り切って、印税の率を決めようじゃないか」

島地に印税率の決定を迫られて、瀬川社長は松永や岡田とすばしこく眼を交した。

「いや、先生のようにビジネスライクにおっしゃっていただくと、わたしのほうも気が楽です」

と瀬川はほほえみながら云った。

「前回は、たしか六分でございましたね？」

「たしかに六分頂戴しました」

「先生」

瀬川は口をすぼめた。

「今度もそれではいけませんか？」

「いや、瀬川さん。いけないというわけではありませんがね」

島地は煙草を横ぐわえして、

「こりゃ多いほどいいからね。しかし、あんたのほうで出さないと云えば、仕方がありません」

「まあ、先生。そうおっしゃらないで」

瀬川社長は島地の顔色を読んで下手に出た。

「出来るだけのことはサービスいたします。先生のご恩は十分感じておりますから」

「そうして下さい。口先だけじゃ誠意が見えないからね」

「ごもっともです。では、六分五厘差し上げることにしたら、いかがでしょうか？」

「ふむ」

島地は煙草を捨てて盃《さかずき》に換える。

「五厘とは刻んだね……」

「でも先生。部数が多うございますから、五厘でも大変でございますよ」

「でも、君んところはそれで儲かってるんだからな。今度の改訂版で、ぼくはもっと採択数がふえると思っている。確実なところ、二百万は大丈夫だ」

「そうでございますか。それならうれしゅうございますが」

ここで社長はまた編集部長や岡田と眼を交した。

「よろしゅうございます」

瀬川社長は膝《ひざ》を叩《たた》くようにした。

「それでは、思い切って七分差し上げましょう」

彼は一大決心を顔色に見せている。

「それなら、まあまあだね」

「いいえ、先生。七分のところは、そうザラにございませんよ。たいてい五分か六分の間が普通でございますから」

「そりゃ、君、普通に売れてる教科書ですよ。なにしろ、ぼくが監修者に名前を出し、責任を持って編集委員に執筆させるんですからね。ほかの監修者先生のように、全然仕事にはノータッチで印税だけを頂戴するんじゃないんですよ。そこのところを区別してもらわないと困る」

「いや、よく分っています」

「いくら印税を安くしても、採択数が少なかったり、検定にひっかかったりしたら、なんにもならないだろう」

「そりゃ、まあ、そうです」

「ぼくには両方とも自信があるんだからね」

島地はそう云いながら自分で計算した。

定価八十円として、固いところ二百万部売れたとする。その七パーセントだから、ざっと一千百万円の印税だ。税引で一千万円。このうち自分が七割の七百万円もらっておく。残りの三百万円を編集委員たちに分けてやろう。

島地は悪くないと思った。たった一パーセントの値上げでもこれだけ違う。三年前には五百万円しか懐《ふとこ》ろに入らなかった。

芸者がふたたび呼び入れられて、座が俄《にわ》かに賑《にぎ》やかになった。島地章吾は一段と顔に精彩を放ってきた。

横に来た芸者は、一人は年増で一人は若い妓《こ》だった。こういうときの島地は、芸者に対して言葉が丁寧である。しかし、その柔らかい言葉でワイ談をするのが得意だった。手つき身振りで芸者たちをくっくっと笑わせる。その座談の巧《うま》さに、瀬川社長と松永とは感歎《かんたん》している。担当の岡田部員は、いつも聞かされている調子だからヘラヘラ笑っていた。

島地は、五人の芸者の中からそろそろ今夜の女を物色している。こういう会は彼には楽だともいえるし、張合がないともいえる。すでに出版社のほうでお膳《ぜん》立《だ》てしてくれているので、彼が特に口説く必要はない。しかし、これでは対手《あいて》を陥落させるまでの技術的妙味は全くないのだ。

島地は、旅先で若い女《こ》ばかりを相手にしたから、今夜は年増でいこうと思っている。彼が眼をつけたのは、瀬川社長の向う側に坐《すわ》っている、三十二、三くらいの肥《ふと》り肉《じし》の女だった。それほど美人というわけではないが、眼が大きく、顎《あご》がふっくらとくれて、年増の魅力はある。

島地は席を起《た》った。廊下に出ると、すかさず芸者が一人手洗所を案内に来たが、それが思った通り眼をつけた女だった。

島地は手洗所の近くに来て女の手をそっと握った。

「君、名前は何というの？」

芸者はうつむいて、

「まり菊と申します。どうぞよろしく」

「なかなかの美人だな。君のようなひとは、新橋でも赤坂でも少ないですよ」

「あら、ご冗談ばっかり、どうせ山の中の芸者ですわ」

「いやいや、どうして大したもンだ」

島地が少し縺《もつ》れかかろうとしていると、向うの廊下から二人の男が歩いて来た。先方も宿の着物だったが、うしろの一人が島地の姿を見て立ち停り、ちょっとためらうような様子をした。

その男が思い切ったように島地の前に来て頭を下げた。

「島地先生。今晩はご苦労さまでございます」

島地は眼を上げた。もう一人の男は五十二、三ばかりで、頭が半分禿《は》げ上がった、大きな図体だ。島地にものを云っているのは、三十過ぎの、細い身体つきの男だった。

島地は相手を見つめた。

「なんだ、大石《おおいし》君じゃないか」

大石というのは瀬川の社の販売部長だった。

「ご紹介します」

と大石は傍《かたわ》らの大きな男を振り返った。

「こちらは、わたしの社でいつもご厄介になっている、B県の文化連合会長谷村《たにむら》先生でございます」

大男がてかてかと光った額を見せて破顔させ、野太い声を出した。

「こういう所で島地先生にお目にかかろうとは思いませんでした。光栄です」

島地は、ははあ、この男が名にし負うB県の教育ボスかと思った。

さては、瀬川は自分をこの宿に呼んでおき、一方では谷村彰徳《しょうとく》を招待しているとみえる。

すでに新しい教科書売込みの前哨戦《ぜんしょうせん》ははじまっているといっていい。文部省では、今度新しく「学習指導要領」を発表した。今までの教科書は、その新指導要領によって全面的に書き直さねばならない。このB県の名だたるボスが箱根に招待されているのも故《ゆえ》あるかなである。

ところで、瀬川社長はこのボスを呼んでいることは一言も口にしなかった。なるべく顔を合わさせたくなかったのだろうが、経費の関係上同じ宿に呼んでいるところなど、いかにも瀬川らしい。お蔭《かげ》で島地は、B県の小中学校を押えているボスと会うことが出来た。

「あいにく、こんな恰好《かっこう》で」

と島地は苦笑した。

「名刺を差し上げることが出来ませんな」

「いえいえ、わたくしこそ失礼しています。島地先生のご謦咳《けいがい》には、ぜひ、一度、接したいと思っていましたが、今日は思いがけなくお目にかかれて、大変うれしゅうございます」

「いやいや、わたくしもあなたのことはお噂に伺っています」

「ははははは」

谷村は皓《しろ》い歯を出して豪快に笑った。

「どうせ、ろくな噂は先生のお耳に達していないでしょう。こりゃどうも恐れ入りました」

汐《しお》時を見て販売部長が口を入れた。

「では、先生。いずれ明日にでもお部屋までご挨拶《あいさつ》に参ります。失礼します」

二人は鄭重《ていちょう》に頭を下げて通り過ぎた。谷村彰徳の広い背中を島地は見送る。うしろ首は二重にくれていた。

島地が手洗所から出てくると、芸者のまり菊が待っていて、柄杓《ひしゃく》で水をかけてくれる。袂《たもと》をちょいと口にくわえて、片手でタオルを持っているところなど、久し振りの情緒だ。

島地はふと眼をさますと雨の音が聞えていた。かなり強く降っているらしい。しかし、間もなくそれが川の音だと気付いた。宿のすぐ後ろに渓流が流れている。水の音は瓦《かわら》や廂《ひさし》を叩《たた》き、樋《とい》から地面に溢《あふ》れているように聞える。島地は腹這《はらば》いになってスタンドを点《つ》け、煙草をとった。そばの芸者は眩《まぶ》しがって、寝返りをうった。化粧しているときはさほど目立たなかったが、こうして横に並んでいるところをみると、白豚のような感じだ。

島地は今夜決めたばかりの教科書の印税のことがまだ頭に残っている。

一千万円もらって、このうち七百万円を懐ろに入れるのは悪くない。編集委員は彼の息のかかったものばかりだし、それが五人いるとして、残りの三割三百万円を分配してやる。ひとりが六十万円だ。彼らが冬休みと夏休みとを投じたアルバイトとしては悪い報酬ではない。

島地はもう少し自分の分を取れないかと思った。しかし、三割以下では彼らも納得できまい。島地章吾の名義で本が売れるのだから、彼らに文句は云わせないにしても、連中の頭からすると島地が貪欲《どんよく》そうにみえる。

しかし、島地としては、もう少し金が欲しいところだ。

すると、煙草を吸い終らないうちに、彼は名案を思いついた。瀬川社長と印税七分と決めたが、この率はほかの者には分っていない。これは今までどおり六分というふうにほかの編集委員には発表して、一分を自分の懐ろに入れることにしたらどうだろうか。出版社側と内密に協定すれば、外部には分らない話だ。

島地は前との比較計算をした。

――六分で九百六十万円だ。税引で約八百六十万。その三割だと二百六十万円となる。これに一分の隠し金のおかげで前の計算から比べると、約四十万円は余計に懐ろに入る。

すでに、こんなに違うのだ。はじめから印税率をオープンにしたのではこっちのウマミがなくなる。

悪くないな、と島地は腹這いながらほくそ笑んだ。

彼は、ふと、細貝貞夫のことを思い出した。汽車の中で会った細貝の女房によれば、あの男、身体の弱いせいもあるがすっかり凋落《ちょうらく》して古本屋をはじめるくらいだ。古本屋がいくら儲《もう》かるか分らないが、どうせ、みみっちい口銭に違いない。可哀想な男だと思った。そういえばあの女だってずいぶん可哀想だ。

また、古本のことで口をかけてやろうと思っている佐野周平にしても、電力会社の何かの課長だか、次長だか知らないが、わずかなサラリーで満足している。おれの一分の印税が彼のボーナスの二年分くらいには当るのではなかろうか。

島地は戦争中に家も蔵書もことごとく失った。しかし、今では仲間が羨《うらや》むような家もできたし、蔵書に至っては学校の図書館などが及びもつかないくらい揃っている。これも、教科書監修のおかげだ。

しかし、過去においては島地も危機がないではなかった。島地章吾は、戦後の進歩的な歴史学者として見られていた。しかし、戦前はそうでもなかった。いや、むしろ国家主義的な史学者とされている富永《とみなが》喜一《いち》博士の弟子として、その学説を継いでいると思われていた。しかし、まだ若かったせいもあって、はっきりした主張があったわけではない。これが戦後になって幸いし、彼が唯物史観的な論理を総合雑誌などで述べても異とする者はいなかった。そのころの彼は、たとえば、津田左右吉《つだそうきち》博士の学説を継いだ若い史学者たちと、学問の上からも、私的な交際からもつながっていた。その一端に細貝貞夫もいたのである。

島地章吾の学説としてユニークなのは彼が民俗学を実証に援用した方法である。もっとも、それは、彼の師匠富永喜一が民俗学にしきりと興味を持っていたことなので、彼は師匠の方法を彼自身の工夫で少々科学的にしたといっていい。

この民俗学も島地は唯物史観的な線に合わせるようにした。たとえば、師匠が古代家族制度について「皇国史観」的に解釈していたのに対し、島地章吾は逆の観方に移し直した。

戦後の新しい史観は、文献を戦前ほどには重要視しない。それは権力者側に立って書かれた記録だからでもある。もっと科学的なものとして考古学がしきりと援用されている。この意味から、島地章吾の民俗学的方法は注目を浴びた。民俗学にこそ記録には無い被圧迫階級の歴史の姿が探求されるからである。

島地は小・中学校用の社会科教科書を多く書いてきた。彼が戦災で家も蔵書も悉《ことごと》く失ったのに忽《たちま》ちそれ以上に回復したのは、教科書印税のためである。高校用の教科書には、部数が少ない代り参考書という余禄《よろく》が付いている。

島地の進歩的な教科書は、時流に乗って、どこまで採択数が伸びるか分らない状態にあった。

ところが、昭和三十年に、当時の民主党が第二十二通常国会の行政監察特別委員会で教科書の問題を取り上げた。

このとき呼ばれた或《あ》る証人は、次のような意味の証言をした。

「日本の基本原理というものを根本的に覆《くつがえ》すおそれのある偏向教育、そういう可能性をはらんだ教科書、これが目下盛んに売り出されつつあるという現況をわたしは指摘しなければならぬ。……まず、これらの教科書は三つの特徴を持っております。それは、日本の労働者階級の生活が極めて悲惨なものであるということを故意に、必要以上に強調したがっている。そして、それは資本主義社会の矛盾からくるんだということを強調したがっている。それから、もう一つは、ソ連と中共を徒《いたず》らに礼《らい》讃《さん》する。その前でわれわれの国が卑屈な態度をとらなければならないということを強調したがっているというふうに認められます」

この証言の行なわれたあと、民主党は「うれうべき教科書の問題」なるパンフレットを発行した。パンフレットは第一集から第三集まで出されたが、ことごとく現在の偏向教育を非難したものだった。

つづいて、三十一年十月には、「文部省設置法施行規則の一部を改正する省令」によって教科書調査官が置かれ、名目上は検定申請のあった教科書の調査に当ることになったが、実質的には検定審査の実権をおさえることになった。つまり、このときから、文部省は生殺与奪の権を摑《つか》んだといっていい。

教科書の検定は、文部省から出されている「教科用図書検定規則」によって「教科用図書審議会」の答申に基づき文部大臣が行なうことになっている。この審議会は、教育職員および政治、教育、文化、経済、労働の各界における学識経験のある者のうちから文部大臣が任命する委員によって構成された。検定申請のあった教科書原稿の調査のためには、審議会に「調査員」および「専門調査員」が置かれ、委員、調査員は非常勤だが、調査の徹底を図る目的で文部省初中局教科書課に常勤教科書調査官を置いている。

ところで、三十一年度用教科書検定までは、調査員の評点が合格点に達していればほとんど合格だった。つまり検定審議会はそれほど重要な役割を演じていなかったのだが「うれうべき教科書」の問題直後に、文部省は「検定を厳重にする」ことを理由に検定審議会委員の入れ替えを行なった。新しい検定では調査員の評点がたとえ合格点に達していても、審議会では「偏向」という理由をつけることで不合格にした。このとき社会科教科書では八種が不合格になった。

五人の委員の氏名は公表されず、ABCDEの符号によって扱われたが「偏向」指摘のほとんどは「F」氏の意見によってなされたので、当時のジャーナリズムは「F項パージ」という言葉をつくって騒いだ。

教科書出版会社はこのため多大なる衝撃を受け、その商業政策上、F項パージにひっかかった「好ましからざる」筆者の執筆を拒絶した。たとえば、日高六郎、長洲一二、勝田守一、真下信一などが教科書出版会社から執筆追放を受けた。その主な原因は、日高、長洲が「偏向」と云われた「あかるい社会」の主要編集メンバーであり、また、これらの人たちが関係した「中学社会」と「高校社会」がF項パージになったからであった。ほかにも、二度のF項パージのために失格して、教科書出版会社から執筆を排除された学者もいた。また、以前はいわゆる進歩的な学者だけが問題にされていたのに対し、それらの人たちも含めて、政治的には全く中立、むしろ保守的と見られる人まで不合格の槍玉《やりだま》に上げられるような傾向になった。

（主として徳武敏夫著「日本の教科書」に拠る。）

島地章吾の監修した「中学社会」も、最初の一、二回「偏向」として不合格を指定された。

しかし、審議会は、第一次審査に不合格になったものでも、その後審議会の意向に従って訂正されたものは、第二次の審査によっては合格もありうるとした。

しかし、この「救済法」でも、監修者や編集員の顔ぶれによっては絶対に助からないものがあった。教科書出版会社がそれらの筆者に絶縁を云い渡したのは、こういう「止むを得ざる事情」からである。

幸い島地章吾は、その名前だけで不合格になるほど進歩的すぎはしなかった。いわば、彼はそのすれすれの線に存在していた。

それ以後、彼の学説は急に「中正なもの」となった。これまでのかなり極端な発言も、この問題を契機として目立たぬように訂正され、自分の姿勢を転換させた。

島地がそうなったのは、彼が教科書出版会社から執筆パージを受けると、それまでの豊富な収入が杜絶《とぜつ》するからだった。これが彼の隠微な「転換」のたった一つの理由だった。

第三章　塩の路《ソルト・ロード》

島地章吾は、箱根の帰りに小田急の下北沢《しもきたざわ》で降りた。駅前からタクシーを拾って、そのまま佐野周平の家に向かった。

佐野周平は雪ヶ谷の奥に住んでいる。

サワラやヒバの垣根が多い住宅街だった。佐野の家はちょっとした門構えで、和洋折衷の平家になっている。

ドアの横に付いた呼鈴を押すと、内側から鍵《かぎ》をあけて女中がのぞいた。

「いらっしゃいませ」

女中は島地と顔なじみだ。この家にはもう三年ばかりいて、三十を過ぎている。

「奥さんはいるかね？」

「ただ今、ちょっと……」

「留守か」

「でも、旦那《だんな》さまはいらっしゃいます」

島地は意外だった。今日、出張から帰ってくるとは知っていたが、会社にそのまま出ているとばかり思っていたのだ。

「どっこいしょ」

島地は玄関に尻《しり》をついて靴を脱いだ。勝手の分った家だから、ひとりで応接間に入った。佐野の趣味はテニスだから、試合で貰《もら》ってきたカップなどが壁際に飾りつけられてある。

女中が茶を運んで来た。

「奥さんは遠方かい？」

小声で訊《き》いた。

「なんですか、パーマネント屋さんに行ってらっしゃいます。近くですから、もう、そろそろお帰りになる時分でございます」

島地は、佐野が出張から帰ったので、早速、明子がおめかしに行ったのだと思うと、少し嫉《ねた》ましい気がしないでもなかった。

佐野が普段着のままの着流しで応接間に入って来た。

「よう」

島地が声をかけると佐野は長い身体《からだ》を椅子の上に大儀そうに下ろした。

「しばらくだね」

「ああ」

佐野は疲れたような顔をしていた。無精髭《ぶしょうひげ》だけではなく、眼も睡たげだった。

「君の留守に、奥さんに電話でちょっと頼みごとをしたんだが」

「ああ、聞いた。本のことだね。君の知り合いで古本屋をはじめる人がいるんだって？」

佐野は興味なさそうに云った。

「そうなんだ。それで、君が吉村さんと親しいと聞いているから、ちょっと頼んでみた」

「吉村さんのほうには通じておいたよ。先方ではいつでもいいと云っている」

「そうか。有難う。そりゃ本人が喜ぶだろう」

「いつ、その本を取りに来るんだね？」

「そうだな、まだ向うの都合を聞いていないが、五、六日ぐらいあとじゃないかと思うな」

「それだったら、女房にでも云っておく」

「なんだ、どこかに行くのかい？」

「あと三日したら居なくなる」

「よく出張があるんだね？」

「出張じゃないんだ。今度は四国のほうに行く。実は最近異動があってね。ぼくはダム工事の補償問題を片づけに、当分の間、現地住まいすることになった」

「転勤か」

島地は、佐野周平が会社の配置転換で四国のダム工事の現場に赴任すると聞いて、へえと思った。

「君の今までの役名は何だったっけ？」

「本社の庶務部次席だ」

佐野はちょっと苦笑した。

「庶務部次席というのは、ダムの補償までやるのかい？」

「そうじゃない。今度は全く庶務部を離れて、臨時に用地課というのに入ったんだ。つまり、現地で水没する用地の補償問題を解決するためにやらされるんだ」

「長いのかい、それは？」

「長いな。すっかり片づくまでには、あと二年ぐらいかかるだろう」

「二年？　そんなに山の中にいるのかい？」

「現在、すでに下流のほうは工事をはじめている。しかし実際に湖底となる地帯の補償は片づいていない。だから、工事を進めながら、同時に補償も片づけてゆくというような方式だ」

「補償というやつがすっかり片づいてから工事をはじめるんじゃないのかい？」

「それが理想的だがね。なかなか現地ではそうはいかない。いろいろと厄介な問題がどうしても残る」

島地は聞きたいと思っていたことを質問した。

「そのダムは、どの辺だね？」

「高知県の山奥だ。ほとんど四国山脈の脊梁《せきりよう》に近い谿谷《けいこく》だがね」

「四国とは遠いな」

島地は佐野の妻の明子のことに関心が起った。

「で、そこへは奥さんも伴《つ》れてゆくのかね」

「いや、単身赴任だ。なにしろ、不便な所だし、設備もないからね。ぼくだけじゃない。関係者みんなヤモメ暮しさ」

「そりゃ不便だな。ときどきはこっちに帰ってくるのかい？」

「一カ月に一度ぐらいは、本社との打ち合せもあるし、東京へ帰らせてくれるらしい」

島地は佐野の妻がひとりで東京に残ると聞いて、何となく前方に広い景色を望んだような気持になった。

「そうすると、今度は役名はどういうのだね？」

彼は自分の気持をみじんも顔色に出さないで訊いた。

「建設所次長だ。所長はいるが、これは技術屋さんだからね。補償問題など事務的な事はぼくがもっぱらかかりっきりになる」

「前にもそんな経験があるのかい？」

「それが全くないんだ。だから弱っている。補償問題は、利益的に現地の人とどうしても対立することになるし、ときには感情問題でこじれて工事の予定が遅れたりする。現に今やっている工事も、一年ほど遅れているんだ。会社としては、もう、これ以上待てないというところに来ている。だから、ぼくの手で早いとこ片づけなければならないんだが、それだけに責任が重い」

「だが、別の考えからすれば、君もそれだけ期待されたことになるんだし、やり甲斐《がい》があるだろう？」

「ダム補償というのは、いつも工事屋の尻拭《しりぬぐ》いみたいなもんでね。普通にやって当り前だし、こじれて工事に支障がくれば責任問題になる」

島地は、ダム工事が四国の山奥と聞いて、自分の想像していた通りの地点だと分った。

「一体、その水没予定地帯は、何という所だい？」

「高知県××郡田積《たづみ》村だ」

やっぱり間違いない。

「すると、そこに志波屋《しはや》という所はないかい?」

「よく知っているな」

佐野は眼を上げた。

「実は、その部落一帯が水没地帯の中心になるんだ。君、どうしてそんな所を知ってるのかい?」

「それはぼくのほうの領分だよ。たしか、そこには田積神社というのがあるはずだ」

「ああ、何だか知らないが、古いお宮さんはあるそうだね。それが君の学問にどう関係があるのか?」

「電気屋さんにはちょっと縁の遠い話だが」

と島地は云った。

「ぼくは今、古代の塩の輸送路《ルート》を考えている。それで、古い地方の地名などを調べているんだが、土佐の郷土史などを見ると、今ぼくが云ったような名前の神社が見えている。田積はワダツミの転訛《てんか》だろう。これは明らかに海神系だと思うんだ。志波屋の地名も、多分、志波は塩だろうね。塩は上代は白穂といって語呂《ごろ》もよく似ている。それで、いつかは一度ゆきたいと思っていた……そうか、そこがダムで水没するのか」

「いや、まだ水没にはしばらく間があるよ。なにしろ、補償が片づかないと一歩も作業隊を村に入れない、と云って地元で頑張ってるからね。君、来るのだったら、ぼくが案内するよ。いつごろかい？」

「さあ、そのへんはまだ分っていないが」

島地は言葉を濁した。行ってみたいと云ったのは、まんざら気持にないことでもなかったが、さりとて積極的にでもない。ただ、そこに佐野周平が駐在すると聞いて、そんな口ぶりになったのである。

「ぜひ、来たまえ、歓迎するよ」

と佐野は云った。

「そのときは、よろしく頼む。しかし、なんだろうな、宿屋もない土地だろうな？」

「いや、そうでもない。そんな山奥でも、あの辺は良材が多く、殊に杉は木曾、吉野に負けないそうだ。材木を買いにくる商人のために、田舎に似合わない旅館も二軒あるくらいだ。だから村も相当裕福らしい。こちらとしてはそういう土地を水の底に漬けるんだから、補償が面倒なわけさ」

「なんだか、いやに疲れているようだね？」

「うむ。前から不眠症だったが、近ごろはちょっとひどくなっている。しかし、今度田舎にゆくから、このほうも癒《なお》るだろうと期待してる。なにしろ、土地の人との話し合いで一日じゅう山の中を歩き回ることもあるそうだから」

可哀想に、と島地章吾は思った。佐野周平は自分と同じだから、今年四十四になる。これから二年か三年か知らないが、高知の山暮しでは辛いことだろう。僅《わず》かな給料でどこにでもやらされるサラリーマンの生活を哀れに思った。

明子は戻ってくる様子もない。彼は起《た》ち上って、元気で頑張ってくれ、と佐野を激励した。

玄関で靴の紐《ひも》を結んでいる島地のうしろに佐野は帯の間に両手を突っ込んで立っていた。背が高いので着物の裾《すそ》が短い。

このとき、奥から慌しい足音が聞えた。

「あら、どうも失礼しました。留守をしていまして」

島地は片方の紐に指をかけて振り向いた。明子が佐野の横に出て膝《ひざ》をついていた。

「やあ、奥さん」

島地は靴の紐をそのままにして向き直った。

「お邪魔をしました。あ、それから、電話ではどうも」

「まあ、よろしいじゃございませんか。もう少しごゆっくりなさいましては？」

明子はにこにこしながら島地を見た。セットしたばかりの髪なので顔のかたちがはっきりしていた。

「惜しいことをしましたね。もう五分ばかりねばっていれば、奥さんともお話ができたんですがね」

「失礼しました。ちょっと、そこまで……」

「パーマ屋さんだったそうですね？」

「あら、いやだ。ねえやからお聞きになったんですか？」

「奥さんはだんだん若く見えますよ。この前伺ったのが、たしか三ヵ月前だと思いますが、あのときよりずっと若い……」

「ご冗談ばっかり。何も差上げる物がありませんわ」

明子は顔もそうだったが、朗らかな性格で、佐野とはまるで性質が違っていた。島地は佐野の所に来ても、陰気な彼と話しているだけではつまらなかった。

「あの、奥さまは、すっかりご無沙汰《ぶさた》申し上げていますけれど、お元気ですか？」

明子は眉《まゆ》を少し上げて訊《き》いた。この眉のかたちがなかなか特徴的で、はしのほうが心もち上がっている。それがやや落ち窪《くぼ》んだまぶたと共に近代的な感じを与える。

「女房ですか。なんだか知りませんが、あんまり病気もしないようです」

「結構ですわ……まあ、どうぞ、もう一度座敷にお戻り下さいませんか」

傍《そば》にぼんやり立っている佐野のほうを向いて、

「ねえ、あなた」

と彼にも促すように云った。

「ああ」

佐野は冴《さ》えない顔色でどっちつかずの返事をした。

「いや、もう、靴を穿《は》きましたから、この次にします」

「でも……」

「それよりも、奥さん。佐野はこんど山に入るんだそうですね。いま聞いたんですが、四国ですって？」

「ええ」

明子はちょっと眼を伏せたが、すぐにほほえみを口もとにとり戻した。

「なんですか、佐野には馴《な》れない仕事なので、ちょっと心配なんですけれど」

「いや、仕事のほうなら大丈夫でしょう。それよりも、奥さん。二、三年も離れていたんじゃ別の意味でだんなのことが気にかかりませんか？」

「いいえ、佐野なら安心ですわ。島地さんと違いますから」

「これは参ったですね。佐野も奥さんにはずいぶん信用があるんだな」

島地は明子と佐野とを等分に見て笑った。その佐野は相変らず帯の間に両手を突っ込んで、頼りなげな微笑を泛《うか》べている。

こんな男によその女が惚《ほ》れるはずがない。明子がどこへ出しても安心だと云うはずだと思った。

明子はまた島地の噂をどこからか聞いているらしい口ぶりだ。しかし、これは島地にとって不名誉ではなかった。彼はいつも考えているのだが、女が男に感ずる魅力は、かえってそういう男性にあるのではなかろうか。

女は男性の潔癖《けっぺき》を尊敬しながら、またプレイボーイ的なものへの興味もひそかに持っている。島地は、明子が彼の噂を知っていることで、かえって接近がしやすくなったと思った。

「ぼくに関する風聞は」

と島地は云った。

「全部デマですよ。あなたはどこから聞いたか知りませんが」

「そりゃ有名な島地先生のことですもの、何となく聞えてきますわ」

明子は、その特徴の眉毛を上げ、白く光る歯並みを唇の間にみせた。

「弱りましたね。奥さんにそんなに信用のない男に見られてるとは」

「あら、わたくしなんか第三者ですから、島地さんにどんな噂が立っても関係ありませんわ」

明子ははっきりと第三者と云った。そこには、島地からは一歩退っている女の警戒が感じられた。夫の前だけではなさそうだった。

「面白がっちゃいけませんよ」

と島地は云った。

「これでも、ぼくは教育者ですからね」

「だったら、もう少し身をお慎しみあそばせよ」

明子は笑っていた。

「では、これから、せいぜい、佐野を見習いますかな」

島地はそう云って、

「そうそう、いま、佐野とも話したんですが、ぼくはひょっとすると、佐野がこんど転勤になる四国の山奥へゆくかも分りませんよ」

「あら、わざわざですか？」

「まさか。実は、ぼくの学問に多少とも関係のありそうな土地なんです。そこが佐野の仕事をするとこと聞いて、偶然なのにおどろきましたがね」

「よっぽど島地さんとはご縁が深いんですのね。そんな所に何がございますの？」

「それもいま佐野に話したところです。塩の路ですよ。古代の塩の運搬路《ルート》を求めて、いま実地調査をやっているんですが、佐野が赴任するその土地にも塩の路があるんです」

「塩の路だなんて、案外詩的な名前ですのね？」

「そうだ、奥さんは俳句をおやりになるんでしたね」

島地は、明子が或《あ》る現代俳句のグループに属していることを思い出した。

「いつまで経っても下手なんですの」

「近ごろは、どういう作品をおつくりになってるんですか？」

「島地さんなんかにはお教えできませんわ」

島地章吾は佐野の家を出て駅に向った。この辺は流しのタクシーも通っていない。

彼は歩きながらつぶやいた。

（塩の路か……）

案外、いい名前だと思った。思いつきで秀学図書の瀬川に話したのだが、明子が云う通り、ちょっといける題だと思った。

古代の人類がどういうきっかけで塩を発見したかは分らないが、おそらく、人類が火を発見したのと同じ偶然であろう。石器時代の人間は、落雷などによる山火事で鳥や獣が焼かれ、その美味を知った。
塩も多分は同じようなことだったに違いない。石器人が海岸を歩いているうちに、食べ物を塩水の中に落す。それを拾い上げて乾かし、口にして初めて塩の味を得た。あるいは海から釣った魚を洗わないでそのまま焼いたとする。そこには塩気のないものと味に格段の相違を発見する。また、塩を得たことでどれだけ身体が健康になったか分らないだろう。

人間は塩を海水から直接取る方法を発明した。日本では、古事記や日本書紀などから類推して、それは多分海草を材料にしたように思われる。海草に海水をかけ、これを釜《かま》で煮るのだ。すなわち藻塩《もしお》焼く方法である。

それが変ると、こんどは砂の上に海水を撒《ま》いて、天日に干して濃縮する方法を考えた。

しかし、島地が考えているのは、この「藻塩焼く」時代だった。

あるいはそれは天日に乾かすまでの過渡期かもしれぬ。いずれにしても、自家供給時代から、それを他との物々交換に使うほどの多量生産段階に入ったころである。「伊勢神宮に「塩焼壺」というのが保存されているが、これは土師器《はじき》だ。かたちは上の口が三角形になって、下にゆくほど長くすぼまり、尖《とが》っている。おそらく、この尖った先を砂浜に突き立て、濃縮した海水を入れ、塩を採取したのであろう。考古学では、師楽式《しらくしき》土器と呼ぶ素焼土器がある。近ごろ、この壺の内部に付着した塩分を採取することに成功した。この師楽式土器は、西は山口県、東は和歌山県に至る瀬戸内海沿岸から出土し、六、七世紀ごろ盛んに使われたと思われる。かたちは伊勢神宮のものと異なって小形の深鉢形だが、二次的に火をうけた痕跡《こんせき》を残し、製塩の用具として考えられている。

こうして塩が生産段階に入ると、これを奥地に運搬し、山地農耕民に供給したことが考えられる。互いの生産物がここで交換される。あるいは遠い山奥から農耕民がはるばると川を伝い、谿谷を辿《たど》りなどして、塩を求めに海に出て来た場合もあるであろう。

こうして日本の南北を通じる路が、東西を走る山脈の脊梁《せきりよう》を峠にして、川沿い、谷沿いに出来た。奥地の農耕民族が塩を尊しとしてそれに関連した地名を遺《のこ》し、海神系の神社をつくったゆえんであろう。

塩の路。――

島地は、ふと、今の自分がこのかぼそいソルト・ロードに立っているのに似ていると思った。

細貝景子と佐野明子――性格は違うが、それぞれの塩を求めて彼ははるばると径《こみち》を辿ろうとしている。……

島地は雪ヶ谷の駅のホームに立って電車を待ちながら、そんなことばかり考えていた。

島地章吾は雪ヶ谷から五反田を回って新宿に出た。彼の家は吉祥寺にある。新宿駅の構内を歩いているとき、急に彼は思うことがあって足を返し、駅前に出た。そこでタクシーを拾った。

「高円寺」

彼は命じた。

彼はかなり長い期間の出張から帰ったのだが、昨夜一晩箱根に泊り、今日もまっすぐには帰る気がしない。彼の興味はまだ細貝景子につながっていた。この機会に、細貝貞夫が開店したという古本屋をそれとなく観察しようと思い立ったのである。

「だんな、高円寺はどの辺ですか？」

島地は景子から聞いた住所を手帳に控えている。運転手は黙ってうなずいた。青梅《おうめ》街道の電車通りにある「高円寺二丁目」の停留所から右の道に入った。この商店街はトンネルのように細長い。案外、繁華な所に細貝も店を出しているのだな、と思っているうちに車は踏切を渡った。少し進むと、運転手はハンドルを左に回した。すると、ここから途端に寂しい街並みとなった。

島地は窓に顔をくっ付けて家並みをじろじろと物色した。運転手も速度を落した。

「だんな、どの辺ですか？」

「××番地というのは、この辺だね？」

「そうなんです。何という家をお探しですか？」

「いや、ちょっと……」

島地はそのまま車を走りつづけさせた。

しかし、目当ての古本屋は見当らなかった。車はそのまま進んで阿佐ヶ谷の通りへ出た。

「どっちですか？」

運転手はまた振り返った。島地は仕方がないので、引返すように命じ、今度は運転手に場所を聞かせることにした。

運転手は角にある小さな煙草屋に寄ってたずねていたが、島地に、

「すぐそこだそうですが、車は入れませんよ」

と報告した。

島地は改めてその辺を見渡した。商店街というにはほど遠い。しもた屋の家並みの中に、ところどころ、おそうざい屋、医院、荒物屋、米の配給所などが挟《はさ》まっている。さびれた裏通りといった感じだった。

島地は思い切って車を降りた。

すぐに戻ってくるから、と云って運転手を待たせ、教えられた乾物屋の角を左に曲った。そこは路地になっていて、まん中に四角い石がとび石のようにずっと置か

れている。路地の奥は寂しかった。

島地はポケットからマスクを取り出して鼻に掛けた。正面から細貝貞夫と顔を合わせたときの用意だった。

彼はさも用ありげに路地の奥に進んだが、古本屋は乾物屋の角に立ったときにすぐ分った。軒から吊《つ》るした新しい看板に「古本高価買入」としてある。

彼はその店の前を横眼で見て通った。彼の目測によると、間口二間半ばかりで、屋根の低い家だ。しかし、表はそれでも改装した跡があった。

が、どうしたことか、表のガラス戸には内側から白いカーテンが引かれていた。どうも店を開いている様子がない。

島地はいったん路地の奥まで突き当った。今度は安心してゆっくりと古本屋を観察することができた。

景子の話では店舗を借りる費用も相当かかったということだが、やはりこんな所でも相当の権利金その他を取られたのであろう。島地は商店街の中にその店を予想していたが、もしかすると、こういう場所も案外いいのかもしれぬと思った。しかし、店構えの侘《わび》しさは蔽いようもなかった。

島地は、少しめくれている古いカーテンの隙間から店内の一部が見えているので、ゆっくりと歩きながらそれをのぞいた。

棚の新しさが最初に眼についた。本も並んでいたが、どのような種類か、遠い眼には定かに分らない。それに、カーテンが閉まっているので暗くもあった。

汽車で遇《あ》った景子の話では、すぐに店を開くような話だったがまだなのだろうか。それとも今日は何かの都合で休んでいるのだろうか。

あるいは細貝夫妻に何かの都合が起ったのだろうか。

そんな想像を走らせながら、彼は今にも細貝景子がひょいとその街角から出てくるような期待にとらわれた。彼は車に戻るまで出来るだけ時間をかけて歩いた。近所のおかみさんたちとは行き遇ったが、景子には遇えなかった。

島地は、よほど近所のおかみさんをつかまえて「細貝書店」の様子を訊《き》こうかと思ったが、まだちょっと早いと思い直し、そのまま素通りしてタクシーに乗った。

島地はそのまま車を乗り継いで吉祥寺へ向った。

いま、細貝の店の前を往復したが、ちょっとしたスリルだと思った。実際、あの店の前を通りかかったとき、彼の胸はときめいていた。細貝貞夫なんか今は用事はない。もしかすると景子に逢《あ》えるかと期待したのだった。さっきすれ違った近所のおかみさんのような姿の景子を見るのも悪くはないと思った。彼女の特徴になっている色白な顔と、きれいな眼と、細く徹った鼻筋とを眼に泛《うか》べていた。

それにくらべると、いつも髪を長く伸ばしている亭主の細貝貞夫の四角いごつごつした顔がこの上なくいやしいものに見えてきた。

なぜ、店を開けていないのだろうか。島地はまたしてもそれが気にかかってきた。何とかして夫婦の事情を知りたかった。すでに景子に対する関心は尋常なものではなくなっている。

島地は自宅に戻った。近くには高々と空に伸びた欅《けやき》の林が多い。玄関に入ると、女中が奥から出迎えた。

「お帰りなさいませ」

島地はむっつりとして靴を脱いだ。

「家内は？」

「ただ今お出かけでございます。なんですか、今日は小唄《こうた》のお稽古《けいこ》があるとかおっしゃいまして」

島地はスーツケースを女中に渡し、冷え切った廊下を歩いた。家の中が暗くて寒い。

「旦那《だんな》さま」

女中がうしろから追ってきた。

「学生さんがお二人、応接間でお待ちでございます。今日お帰りになるご予定だというので、朝一度おいでになって、さっき出直していらっしゃいました」

応接間に二人の学生が待っていた。島地が入ってゆくと、二人は椅子から起《た》ち上がってお辞儀をした。一人は背が高く、蒼白い顔をしていた。一人は顔の円い眼鏡をかけた血色のいい青年だった。二人ともB大学の制服を着ていた。

島地が貰《もら》った名刺にもB大学文学部学生としてある。

「さあ、どうぞ」

島地は二人に坐《すわ》るようにすすめ、応接机の上に貰った名刺を二枚丁寧に並べた。

島地は微笑をもって学生に向い合った。たとえよその大学生でも、彼は学生の人気を気にするほうだった。

「どういうご用事ですか?」

島地は、やさしい眼を二人の顔へ等分に向けた。

「そうそう、ぼくはいま出張から帰ったばかりですが、朝一度来てもらったそうですね」

島地は、講演会の頼みごとかと思っていた。

「実は少しお願いがあって来たんです。」

白い顔の学生が云った。

「ちょっと、君は?」

「はあ、横田です」

島地は名刺を見て、横田恒夫と分った。島地から見てその男が右側にいるので、名刺の位置もその通りに変えた。一人は朝枝賢二とある。どちらも文学部だった。

「聞きましょう」

島地はケースから煙草を取った。

「実は、細貝先生のことですが」

「うむ?」

島地はマッチを擦《す》る手をちょっと止めた。不意だったのでどきりとした。それからゆっくりと火を点《つ》けた。学生は案外な用件をもってきたものだ。

「細貝君がどうかしたのですか?」

「先生は、細貝先生を、個人的にはご存じないでしょうか?」

学生はきいた。

「それは、少しは知っています」

島地は見当がつかないので烟《けむり》を吐いた。

「それでは、かえってお願いしやすいんですが」

横田という学生はちょっと眼を伏せたが、すぐに島地をまっすぐに見た。

「細貝先生は、今度、生活の手段のために古本屋をおはじめになりました。場所は高円寺ですが」

島地は、その店はいま見て来たばかりだと云ってやったら、この学生二人がどんな顔をするだろうかと思った。

「ああ、そうですか」

「細貝先生は、経済的に大変困っておられます。古本屋をおやりになるのも、その生活の手段なんですが」

「ほう」

「つきましては、細貝先生が商売になるような本を揃えて上げたいんです。いろいろ買っていると大変な費用ですから、先生方のところに適当な本があって、しかも、それがご入用でないとなれば、ぜひ、お譲りいただきたいのです」

「つまり、わたしの持っている本を、細貝君がはじめた古本屋に供出しろというわけですね？」

「簡単に云えば、そうです」

と今度は眼鏡を掛けた、円い顔の学生が引き取った。

「なるほどね」

島地は心の中でニヤリとした。

一体、こいつらは何だ、と島地は二人の学生の顔を見た。細貝貞夫はべつにB大学とは縁はなかったはずだ。彼は常勤講師として以前に大学に勤めていたことがあるが、それはほかの学校だ。

「君たちは、細貝先生の弟子かね？」

島地は訊いた。

「はあ、ぼくたちは歴史をやっていますので、細貝先生に私淑《ししゅく》しているんです」

「上代史を専攻してるんだね？」

「そうです」

二人は異口同音《いくどうおん》に答えた。

「では、細貝先生の家にときどき行ってるんですか？」

「そうです。それで、ぼくらは細貝先生が少しでもお楽になるようにお手伝いしたいんです。ぶしつけですが、先生も細貝先生を個人的にご存じなら、ぼくらに力を貸していただきたいんですが」

島地はむっとした。近ごろの学生はあつかましい。面識もない島地に、押しつけがましくも蔵書をねだりに来たのだ。

いや、それよりも島地が腹を立てたのは、その本の件ではすでに自分が景子に手を打っている。この学生の知らないことだが、島地は、横合いから自分の計画を邪魔されたような気になった。

「細貝君は、古本屋を出さなければならないほど困っているんですか？」

彼は承知の上で意地悪く質問した。

「はあ、ご存じかもしれませんが、先生は今どこにもお勤めになっていらっしゃらないし、執筆のほうも注文があまりありません。それに身体の具合が悪くて、経済的にとても困っていらっしゃいます」

蒼白い横田という学生は、そう云いながら応接間をわざとらしく見渡した。島地がこれだけの構えをしているのだから、困っている細貝に助力をするのは当然だというような態度に見えた。

「しかし、君。ぼくの持っている本は、古本に出しても売れないだろう。一般向きの本じゃないからね」

「それはよく分っています。しかし、細貝先生はああいう方ですから、たとえ古本屋でも、ある程度はご自分の気持に合わせたものを店頭に並べたい意志がおありになるんです。売れ足が悪くても、先生にとってはそれがご満足のようなんです」

「だが細貝君だって蔵書を持ってるだろう？」

「はあ」

今度は血色のいい朝枝が顔を上げた。

「そう云ってはなんですが、細貝先生はこれまでも生活費のために相当蔵書をお売りになって、現在残っているのは、先生の研究に必要不可欠なものばかりです」

島地は、ふん、虫のいいことを云うと思った。自分だけは必要な本を蔵《しま》いこんで、他人《ひと》の本棚のものは学生を使って出させようとする。

「君、それは、細貝君がぼくのところに行って頼んでこいと云われたのかね？」

「そんなことは絶対におっしゃいません。ぼくらの自由意志で先生にお願いに上がったんです」

島地は、口の達者そうな横田の顔をじっと見た。額がひろく、切れ長な眼をしていて、よく出来る学生のようだった。

「悪いけれど」

と、島地は断わる肚《はら》を決めてはっきり云った。

「ぼくのところにある本も、ほとんど研究に入用なものばかりだからね。せっかくだが、供出する本はありませんよ」

「そうですか」

二人はちょっと首をうなだれた。

「ほかの先生方のところを回ったらどうです？」

島地は追い討ちをかけるように云った。

二人はしばらく黙っていた。それから横田と朝枝とは目顔でうなずき合い、

「分りました」

と島地に揃って軽く頭を下げた。

「突然あがって大変ご無理なお願いをして申し訳ありませんでした」

「ちょっと、君」

島地はいくらか後味が悪くなった。

「そういう話は、前もって云ってくれないと、ぼくにもその準備のしようがないから。この間、不要になった本を学校に寄付したばかりです」

「はあ」

「細貝君からでも、一口、電話してもらえばよかった」

これは細貝貞夫に向けた皮肉だった。

「それは細貝先生はご存じないことです」

横田は云った。

「さっきも申し上げたとおり、ぼくらが勝手に伺っているんですから」

いくら学生の勝手でも、少しは細貝の暗黙の了解もあったに違いないと島地はアテ推量している。

「そうかね」

島地は、そうだ、この二人の学生が細貝のところに出入りしているなら、あの夫婦の内情が聞けるかもしれないと気づいた。

「細貝君は、もう古本屋を開いているんですか？」

島地は、たった四十分ばかり前に見てきたあの店の表構えを眼に泛《うか》べて訊《き》いた。

「いいえ、まだなんです。いま奥さんが一生懸命にその準備をなさっていますが」

「細貝君はどうしている？」

「先生は身体が弱いから、あまり外に出られるようなことはありません。奥さんが本の買出しや、店内の準備や、ひとりでやっていらっしゃいます」

「古本も買出しに行くのかね。もうそんな得意先が見つかっているのかね？」

「いいえ、そんな高級な本じゃありません。古本用に神田あたりのゾッキ本を探していらっしゃるんです。ご自分で、リュックサックに本を詰めて、肩にかついで帰られるんです」

島地は、やれやれと思った。あの華奢《きゃしゃ》な身体の景子が、重いリュックサックを背負ってとぼとぼと帰る姿が想像された。そんな有様では資金も十分ではあるまい。実家に帰ってきたと、汽車の中で彼女は云っていたが、あれはやはり金策だったのだ。しかし、あのときの彼女の顔色ではそれも不成功だったようだ。

島地は、先方から勝手にやってきたこの学生たちを一つ利用してみようと思いついた。

第四章　山だより

佐野周平は高知の飛行場に着いた。

海を区切って一直線に横に伸びた白線の渚《なぎさ》の上を機が突っ込むと、すぐに飛行場であった。曠野のようなだだっぴろいところにぽつんと建っている建物が空港事務所だった。中に入ると、三人の男が出迎えていた。

一人は、佐野も顔を知っている用地課の倉橋《くらはし》だった。建設所次長として二年間在勤していたが、こんど佐野と交替する。

「どうも、しばらく」

佐野は倉橋と握手した。

「ご苦労さま」

佐野と入れ違いに東京に帰れる倉橋は、肥えた顔をうれしそうに笑わせていた。

「こちらが係長の佐々木《ささき》君」

と、眼鏡を掛けた三十五、六の男を紹介した。彼も東京本社の用地課にいたことがあるので、課は違うが佐野も顔だけは知っている。

「しばらくでしたね」

「どうぞ、これからよろしくお願いします」

倉橋は、もう一人の風采《ふうさい》の上がらない、色の黒い男を引き合わせた。

「こちらこそ」

「これは、現地に入っている主任の山田《やまだ》君です」

山田という男は四十を過ぎていた。いかにも補償屋として山ばかり歩いて来たといった色の黒い、もっさりとした顔つきだった。

四人は空港事務所の前に待たせてある車に乗った。山田が助手台に坐《すわ》った。この山田が佐野の荷物を車に運んでくれた。

車は高知市とは反対の東側に向って走った。しばらくはおさないフェニックスの並木を通る。植えたばかりの貧弱な樹だが、それがこの拓《ひら》いたばかりの道路にふさわしくみえた。

路は絶えず土佐湾に沿っていた。途中、いくつかの町を過ぎたが、睡ったような集落を見ると、佐野は早くも心に埃《ほこ》りがかぶってくる思いだった。彼の眼の前を妻の明子の顔がよぎった。

「このまますっと行くと、室戸岬に出るんですよ」

倉橋が説明した。話は室戸台風のことになり、その被害の跡は、枯れた赤い松林や、崩れた防波堤に見られた。佐野は余計に心が重くなった。

倉橋は、車の中でこれまでの補償経過と現況とを大体説明した。

「詳しいことは、あとで引き継ぎの際に云いますがね。要するに、いま一番厄介な問題になってるのは、水没地帯の中心になっている志波屋部落です。ここが頑張ってるために工事が一年遅れてるんです。所長もだいぶ焦っているから、まあ、よろしく頼みますよ」

現地を去る者は、すでに心がここから離れている。倉橋は佐野にかたちだけの引き継ぎを終ると責任から解放されるのだ。彼のうれしげな顔は、すでに心が東京へ飛んでいるのかもしれない。

車で二時間ばかりかかって、ようやく大きな川を渡った。丘陵の広場に建設事務所がある。バラック建ての役場みたいな感じだ。

佐野は倉橋に伴《つ》れられて所長室に入った。板壁には、引き伸ばされた現場写真、青写真、地図などが貼りめぐらされている。

大きな机の前に坐っている顔の長い所長は佐野が前に直立したのを見て、作業服のポケットから名刺を取り出した。

秋吉良一《あきよしりょういち》という名だった。四十八歳だときいたが、実際より若く見えた。

所長を中央にして、倉橋が佐野周平にダム工事の補償について現在の状況を説明した。

ダム予定地は、この事務所の窓から見えている馬背川の上流約六〇キロの地点で、ほとんど四国山脈の脊梁《せきりょう》に近い。海抜六〇〇メートルの水没地帯は、行政区分からいうと田積村で、約三・五キロ平方の地域が人工湖となる。その中心は同村の志波屋部落で、所帯数二百七十一戸、人口三千八百人である。

この辺は四国のチベット地帯と呼ばれるほど交通不便な山奥である。同時に全国でも有数の美林地帯である。それで志波屋部落には営林署の事務所が二個所もあって、千五百人の部落民が労務者として森林伐採、植林その他に従事している。

現在は、水没部落の土地補償費として大体、坪当り三千二百円を決定している。これは、村で作られている対策委員会と、電力会社側との長い間の交渉で決定をみたものだが、基本決定以後も、個人補償に三倍乃至《ないし》四倍の要求をしている家が多い。そのために解決がはかどらず、未だに現地の測量調査も十分でない状態にある。

会社側としては、このダムが完成した暁にほぼ三十四万キロワットの出力を算定しているので、現在の電力事情からみて一日も早く完成したいところである。最初の予定は、昨年いっぱいに測量完了、工事開始という線だったが、前記のような個人補償問題が長引いているので工事を止むなく一年遅らせている。しかし、今年中には工事開始までに持ってゆきたい。事実、最初の予定補償額よりも既に約一・五倍の予算超過になっており、情勢次第ではさらにそれを大幅に上回りそうだが、それを抑えねばならぬ。つまり、会社としては、工事開始を本年中に実行したいことと、補償額を現在以上に出さないことを主たる方針としている。

現在、この出張所から派遣された補償交渉員が現地の志波屋部落に一戸を借りて十五人ばかり常駐しているのも、交渉の早期妥結を会社側が焦っているからである。

……

倉橋は、そのほか、現地の対策委員会の構成や、その一人ひとりの性格や、村役場と対策委員会の関係、さらに彼らの戦術などをこと細かく説明した。

「……まあ、ざっと、こういったところです」

と倉橋は云った。

「詳しいことは、これからケースごとにお話ししますがね。明日、早速、志波屋部落の現地に行ってもらいましょう。ねえ、所長」

と倉橋はむっつりした顔で煙草ばかり吸っている秋吉所長に云った。

「ああ」

秋吉は短く応えた。彼はいわゆる土建屋と呼ばれる技術者だが、あまり口数を利かない。

佐野は、神経質な顔つきで終始沈黙している秋吉の性格が何となく摑《つか》めない気持だった。

「では、ざっと、この事務所の中を見てもらいましょうか。あなたの部屋は用意してありますよ」

倉橋は所長にお辞儀して佐野を促《うなが》した。

事務所を出ると、裏に細長い三棟がつながっていた。

倉橋は、食堂、調理場、スナックバー、娯楽室などを見せて歩きながら、職員の独居部屋のならんでいる棟に向った。

一般職員の部屋は六畳一間に区切られている。倉橋は細い廊下を挟んで両側に並んでいる部屋の一つを開けて見せてくれた。部屋の主は仕事に出ていて留守だ。押入れがあるだけで、何の飾り気もない板壁だ。学生の寮と変りはなかった。

次に倉橋は次長専用の個室に案内した。

ここだけは八畳の間で、壁ぎわには洋服ダンスや本箱がならんでいる。寝台も洋式ベッドが畳に据えてあった。

「これは、ぼくの工夫ですがね。よかったらどうぞお使い下さい」

倉橋は木製寝台の横についている箪笥《たんす》のような抽出しを見せた。その一つを抜いたが中身は何も入ってなかった。すでに整理されたあとだ。

「われわれの年配になっての独身生活は、若い人と違って、けっこう品物が増えますよ。寝台もこういうふうに工夫しておくと、整理ダンスを買う必要もなく便利ですよ。調度を置くと、どうしても部屋が狭くなりますからね。これは、ぼくが高知市の指物屋《さしもの》に作らせたんです」

彼はいくらか得意そうに笑った。

「古くてもよかったら記念にあなたに残しておきますよ」

一般職員の部屋と次長の部屋とは広さも違うが、部屋の飾りつけも差別があった。カーテンも応接セットも、社の給与になっている。

「二年間ひとりで暮していると、いつのまにか道具がたまるもんですよ。今度、東京に帰るので整理してみると、小さな世帯一戸分の引越荷物ぐらいはありましたよ」

部屋には独身生活のわびしさがしみこんでいる。

「女房が様子を見に東京からきたもんですが、不自由だろうといって何だかんだと東京から品物を送ってきましてね。今度帰るときも、まさか、それを捨てるわけにはいかないんで、結局、厄介になりましたよ」

倉橋は始終明るい声で話して、ふと、佐野に訊《き》いた。

「奥さんはこちらについて見えないんですか？」

「いずれ、折をみてあとからくるかもしれません」

佐野は答えた。

「見えたらびっくりなさるでしょう。まあ何ですな、こっちへくるのは家庭から一応解放されるわけですからぼくも東京を出るときは、随分と友人に羨《うらやま》しがられたもんです。しかし、こんな田舎では何とも処置なしですよ」

倉橋は煙草をくわえて、

「佐野さんは子供さんはいないんですか?」

「ありません」

「そりゃ気楽ですね。それだったら奥さんに来てもらってはどうですか。この近くの町に家を借りるんです。ぼくなんか子供があるので、学校の関係でそれができませんでしたがね」

「いや、東京に残しておきましょう」

佐野はぼそりと答えた。

「そうですか、やっぱり奥さんは東京から離れられないでしょうね。ここの所長は土建屋さんですから山住いは馴《な》れています。それに所長だけは社宅がありますから、どこへでも夫婦で行きます」

二人は部屋を出て廊下の元のほうへ戻った。

「そうそう、今夜は高知市であなたの歓迎会をすることになっています。所長も出ますよ」

倉橋は云った。

高知まで車で二時間かかった。料亭は川のほとりにあった。広間の正面には秋吉所長と佐野とが並んだ。倉橋は佐野の横に付いている。

建設事務所は約二百人の人が働いているが、ここに集まっている約二十人ばかりが、幹部クラスだった。

座がおさまると、秋吉所長が型通りの挨拶《あいさつ》をした。倉橋の在任中の功績を讃《たた》え、東京に帰社されるのはまことに惜別に耐えないといい、しかし、倉橋の代りに新鋭の佐野周平を迎えたことは、われらに新しい希望を持たせるという意味を、面白くもない口調で述べた。

この人は、T大の工科を出ている。卒業すると他社に入り、この社に移ってきたのだが、ずっと技術者として山から山へダム工事を求めて一年中動いている。顔も、言葉も社会から長く隔絶したものの冷たさがあった。ただ、自分の統率しているダム工事の狭い人間関係だけに生きている独善的なところを感じさせた。

秋吉は盃《さかずき》を上げて乾杯の音頭取りをした。

芸者たちが次の間から呼び入れられた。

所長の前には、顔の長い年増芸者と、細い顔の若い芸者とが坐《すわ》った。二人は所長と倉橋とに眼で挨拶をしたが、その様子からみると、この会社の宴会にはかなり馴《な》染《じ》みのようだった。

事実、呼び入れられた六、七人の芸者たちの中では、この二人がいちばん目立っているようだった。年増の女は所長に酒をすすめている。若いほうの妓《こ》は倉橋と冗談口を利き合っていた。

「佐野さん、こいつは時江《ときえ》というんですが、なかなか面白い妓ですから、これからも呼んでやって下さい」

「どうぞ、よろしく」

芸者は佐野を上眼使いに見て、軽く顎《あご》を引いた。

「面白いということは、バカということなのね?」

と早速引き取って、倉橋に云っている。

「いえいえ、どういたしまして。バカなのは手前のほうですよ。いつも、してやられてますからな」

「まあ、憎らしい……こちら、今度の次長さんで、佐野さんとおっしゃいましたのね?」

「うむ。どうか、ぼく同様に可愛がってあげて下さい」

「倉橋さんなんか可愛気がないから、ちっとも同情できなかったわ」

「高知ではたった一つ心残りがある。時江がモノにならないで東京にひき上げるのが口惜しいね」

「あら、そう。ウチも残念やったわ」

「おい、何だったら、今夜でもまだ間に合うよ」

「あら、いやだ、すぐ、そうつけ上がるんだから……ねえ、佐野さん。あなたは倉橋さんと違って純情そうだわ」

隣の席では、年増の芸者が秋吉に笑いかけながらサービスしていたが、秋吉はしんねりむっつりと盃を口に運んでいる。

佐野は、この所長の下で二年間働くことの気重さをまた感じてきた。

ようやく座が乱れてきた。芸者と賑《にぎや》かに箸《はし》ケンをはじめる男もいた。

山に入っている連中は酒が強い。何人かが佐野にしきりとすすめに来たが、彼はそれについて行けなかった。

年増の芸者が寄って来て、

「次長さんは、お酒のほうはあまり召し上らないんですのね？」

と切れ長な眼を向けた。

「わたしが少しすけて上げますわ」

彼女は佐野の前にたまっている三つの盃をつづけざまに飲み乾した。芸者のふくれたような瞼《まぶた》の縁に白粉《おしろい》にまみれた皺《しわ》がある。

「次長さんは、奥さんを東京に残してらっしゃるんですか？」

「そう」

「お宅の会社では、みなさん、そういうことになっていますのね。お可哀想だわ」

「おいおい」

と倉橋が横から云った。

「調子のいい奴だ。佐野さん、こいつは高知芸者のボスですからね。海千山千です」

「あら、人聞きの悪いことを云わないで。こんなおとなしい女をつかまえて可哀想だわ。ねえ、佐野さん。東京から見えた早々で、土地の事情がお分りにならないでしょうが、大変な所に来たと思われるでしょう？」

「いや、まだ何も分らないからね」

佐野は、秋吉所長が途端に嫌な顔色になったのに気づいた。

「だが、そのうち馴れると思いますよ」

佐野が云うと、芸者が、

「近ごろ〝南国土佐〟とかいうようなしょうもない唄《うた》が流行《はや》っているので、観光に見えるお客さんが多いんですよ。でも永く住む所じゃありません」

「嘘つけ、お前なんかいつまでもこの土地にいるじゃないか」

と横合から倉橋が口を出した。

「わたし？　そりゃ仕方がないわ。そのうちいい人が出来たら、高知を逃げ出すつもりでいるわ」

「そろそろ旦那《だんな》に飽きられたな？」

「あら、旦那は倉橋さんじゃなかったの？」

「あんなことを云ってやがる。そんなら東京までおれを追っかけてくる気があるかい」

「ひどいもんね。倉橋さん、もう、気持がちゃんと東京に行ってるんだから。顔色まで違ってるわ」

隣の秋吉所長の眉《まゆ》がかすかに動いた。

座が開くと、倉橋は佐野を土地のキャバレーに伴《つ》れて行った。

「所長は？」

姿が見えないので、佐野が訊《き》くと、

「あの人はいいんだ。いいんだよ」

倉橋が佐野の背中に手をやって前へ進めた。

佐野はわびしいキャバレーに三十分ばかりいて、宿に帰ったが、いつの間にか彼だけになっていた。秋吉をはじめ倉橋など誰もこの旅館には戻ってこない。

宿の前には川が流れている。暗い水面にうすい光がにじんでいた。佐野周平はひとりで川のふちに立ったが、明子のいる東京の空の遠さがひしと感じられてきた。

寒い風が足もとを吹いていた。

「今日、はじめて山の中に入った。

昨夜は、所長をはじめ皆がぼくの歓迎会をしてくれた。高知市で、土佐名物の皿《さ》鉢《はち》料理だった。

いま、この手紙を書いている志波屋の部落は、事務所のある所からさらに山奥へ向ってジグザグ路をジープと森林軌道車をのりついで三時間以上かかる。四国山脈の脊梁《せきりょう》に近い。

君の心配していた日常の暮しのことだが、建設事務所には思ったより立派な調理場や食堂がある。土地柄、新鮮な魚が食べられるのは有難い。こういう食堂や合宿所の世話も全部、建設所次長というぼくの役目になっているから、補償問題以外にも経理や庶務の仕事が大変だ。

ぼくは、今日、前任者の倉橋君からすっかり引き継ぎを受けた。所長の秋吉さんは夫妻で来ているが、職員の中では唯一の社宅を持っている。まだどんな人か性質がよく分らないが、うまく合わせてやれると思う。

ジープで三時間の道程《みちのり》は絶えず谿谷に沿ってジグザグの路を進むのだが、それから或《あ》る地点まで来ると、ジープから降りて森林軌道車にのりかえる。将来、工事がはじまれば、ここにトラック道路を建設する予定になっている。地形はいわゆるV字型谿谷になっていて、両岸は切り截《た》った絶壁だ。折から全山紅葉し、思わぬ美しい眺めに接した。

志波屋部落は今度のぼくの仕事の中心だが、この村は案外に裕福で、雑貨屋、魚屋、呉服屋、理髪店、宿屋などそろっている。部落が裕福なのは美しい森林が多いためで、今度の補償問題も水没家屋の補償以外に、ダムのために営林署から仕事を失う失業者の問題もあるわけだ。

この手紙を書いているのは、部落の中で会社が一戸を借りて現地の交渉のために十五人ほど寝泊りしている家だ。今夜はここに泊るつもり。

この辺は、昼間はほとんどの働き手が山に登ってゆき、夜でないと帰らないので、交渉は夜間に限られている。それでみんなは昼寝をし、暗くなるとフクロウのように交渉をはじめに二、三人ずつ出かける。ぼくも現地の主任に伴れられて、これから村の交渉委員会との初会合の場所にゆく。

当分の間、ほかの衣類は送らなくてもいいようだ。べつにそういう物を必要とするときもないようだし、東京よりずっと暖かいから着る物もそんなに要らない。とにかく、ここは海抜六〇〇メートル、四国のチベット地帯と云われる所で、東京にいては想像もできない寂しい山村だ。これから大いに頑張る。

村では娯楽機関もあまりない。今日、若い人に伴れられて歩いたが、パチンコ屋が一軒と、映画館が一軒ある。映画館があると聞くと愕《おどろ》くだろうが、農協の集会所で土曜日と日曜日だけ映画を映すことになっている。東京の封切から約一カ月遅れのフィルムが来ている。

周平

明子どの

二伸　島地は吉村さんの本を取りに来ただろうか。そのうち、出張で一度帰京する。また、手紙を書く。」

佐野明子は、夫周平からの手紙を読んだ。

文字の間に四国の山奥の空気が漂《ただよ》っているようだった。夫がこれを書いているときの姿勢が浮ぶ。机に向って背中を極端に曲げるのが彼の癖だった。その机も、今までいた本社のサンルームみたいに明るい窓際におかれたきれいな事務机ではあるまい。現地の仮小屋というから、疵《きず》だらけのよごれた古机であろう。侘《わび》しいその部屋の様子まで眼に見えてくる。

周平は、そこを当分の足場にして、現地とのむずかしい補償交渉に入るのだ。夜だけ出かけて行くということだが、暗い山道を懐中電燈《でんとう》をたよりに歩いてゆくさまが泛《うか》ぶ。

この手紙を読んで、明子には気がかりなことが二つあった。

手紙には特にふれていないが、一つは、ダム工事を一年以内に開始できるようにする。それが責任だということだ。その通り成功するだろうか。現地交渉が長びくとその期限が危うくなってくるはずだ。会社側がこれ以上の補償支出を拒んでいるらしいとは前から聞いていた。

一つは、秋吉という建設事務所長とうまくゆけばいいが、という心配だ。次長は所長の女房役だが、土建屋と事務屋とでは感覚が違う話は、この転勤問題が起るずっと以前に夫から聞いたことがある。どちらかというと、次長が所長のカジをうまくとってゆかねばならない、という。

周平にそんな器用なことができるだろうか。口下手だし、人の機嫌が取れる性格ではない。冗談もあまり云えない性質だった。

もし、秋吉という所長が、技術者にありがちな妥協のないわがままな人だったら困ったことになる。周平は自分の感情をごまかすことのできない人間だった。

明子は、周平の手紙を何度も読み返した。すると、この手紙が着任の模様を知らせたというだけでなく、夫が彼女によりかかっている気配がそれとなく感じられた。よりかかっているという言葉が適切でなかったら、甘えているといってもいい。

家庭の周平は、黙り屋で、ものぐさのほうだった。世間的な交際が不得手で、そのほうは明子がひとりで世話をしていた。彼女が自然と明るく振舞い、交際上手になったのもその結果なのである。

周平には、子供のような稚《おさな》いところがあり、明子もその面倒をみるのに手がかかっていた。だから、四国の田舎に、二年間も独身生活を送る夫の不自由さが思いやられた。

二年間——たしかに、長くて二年間という約束で夫はその役目をひきうけてその日帰宅した。その期限が終れば、本社に帰してもらえるし、帰れば、現在より栄転が約束されているとのことだった。

四国行きは断われるんでしょう？　と明子はその話を打明けられたとき、周平に訊いたものだった。

(うむ、そりゃ、そうだがね。しかし、二年だし、外に一度出てみるのも、あとのためになることだから)

と周平は口ごもって答えた。

あとのため、というのは、それが夫の出世の階段になっていることの意味であろう。それはそうなのだ、会社に勤めている以上、やはり上の位置に進みたいに違いない。明子は結局、周平の決心に賛成したのだった。

二年間とは長い。会社はそれが最大期限といっているが、その途中に周平が東京本社に帰される期待は少ないと思わねばならない。

一年以内にダム工事を開始するという見込みだが、それが実現しても、現地の補償が完全に終了するということではなく、工事と並行しながら、残りの補償交渉をつづけてゆくのだ。これはどこのダム工事の場合でも常識になっている。

周平の最初の手紙には、早くもその二年間の山住いの苦労と孤独とが、遠くから流れてくる雲のたたずまいのようににじみ出ている。

周平は近く出張で帰ってくると書いてある。

明子はこれほど夫との距離感を感じたことはない。近く出張で戻るという一行の文句が、かえって距離感を増幅させている。明子は、周平の出発以来、まわりの空気が稀薄《きはく》になったように感じた。

子供がいない家庭は、明子も女中ひとりを相手に暮すほかはなかった。

夫は気を紛《まぎ》らすために、これから俳句の会にも努めて出るがいいと云った。吟行にもついて行けとも云った。夫は、明子が吟行に行くのを前にはあまり喜ばなかったものだ。

明子は夫に返事をすぐ書くつもりであった。

机の抽出しから便箋《びんせん》を取り出し、万年筆のキャップを抜いた。

書きたいことはいっぱいある。しかし、それをどう綴《つづ》るかに迷った。結局、こちらの感情はあまり出さず、新しい仕事につく苦労への慰めを淡々と書き送ることにした。

ペンをまたとりあげたとき、女中が部屋の外から声をかけた。

「奥さま」

「なアに？」

明子は顔だけ半分横にむけた。

「島地先生がいらっしゃいました」

——島地が来た。例の頼まれた吉村さんの本のことであろう。

女中に応接間に通すように云いつけて、またペンを握ったが、来客があると思うと、もう心が落ちつかない。断念して便箋を閉じた。

廊下に出ると、紅茶を盆の上に載せている女中に出会った。茶碗《ちゃわん》は三つ載っている。

「あら、島地さんお一人じゃなかったの？」

「はい。何ですか学生のような方とご一緒でございます」

明子は、島地が吉村さんの本を取りに学生を手伝わせるのだと思った。

応接間は玄関の横の六畳ばかりの洋間を当てている。島地と学生が話していたが、明子が入って行くと島地は椅子に深く坐《すわ》ったまま、顔をあげて、

「やあ」

と明るく云った。

彼の笑顔の上に眼鏡の半分が光っている。学生が起《た》ち上って、明子に几帳面《きちようめん》にお辞儀をした。

窓からの陽射しが、テーブルの半分まで伸びている。

「やあ、奥さん」

島地章吾は明子に笑いかけた。

「この間は失礼」

「失礼しました。何のお構いもできませんで」

明子が頭をあげるのを待って、

「こちらはね」

と島地は椅子に凭《よ》りかかり、片肘《かたひじ》をついたまま傍の学生を指した。

「B大学の横田君です。文学部の三年生ですがね」

「横田恒夫です」

学生は額が広く、白い顔をしていた。ひどく背が高く夫の周平と同じぐらいに見えた。切れ長な眼が女のようにやさしい。

「佐野はどうしました?」

島地は明子に訊《き》いた。

「あれから急に赴任をいそぐことになりまして、二日後には四国に参りました」

「それは急でしたな。すると一週間前?」

「はい、そのくらいになりますわ」

「そのままずっと向うに居つくんですか?」

「いいえ。なんですか、近いうちに出張で帰ってくるような様子ですわ」

「そう」

島地の顔は何となく機嫌がよさそうだった。

「しかし、大変ですな。単身赴任でしょう。どれくらいいるか知らないが、佐野も馴《な》れるまでは苦労でしょうね」

「ええ」

島地は明子の顔に眼を注いでいたが、学生の前なので言葉の調子にも気をつけていた。

「あ、そうだ、この前、吉村さんにおねだりした本の件ですが、今日、突然ですけど、頂戴《ちょうだい》に上がりました。これから伺ってもよろしいでしょうか？　そのつもりで横田君を伴《つ》れて来たんですが」

「ええ、話は吉村先生に申し上げてございます」

「では、早速ですが、そっちのほうから先に片づけましょうか。実は表にタクシーを待たせてあるんです」

「吉村先生のお家にご案内いたしますわ。ちょっと、その前にお電話しておきます」

明子は応接間を出た。

吉村家ではすぐに来てもらっても構わないという返事だった。

「奥さん、ぼくがゆくのもなんですから、ここでお帰りになるのを待っていますよ」

島地は明子の言葉を聞くとそう云った。

明子は、横田という学生と一緒に五、六軒先にある吉村の家にゆくことにして、軽く顔の化粧を直した。女は、きちんと化粧するよりも、こんなときのほうが色気がある、と島地は思っている。

島地は表で車が動く気配を聞きながら、森閑とした応接間を見渡した。きれいに整っているところなど、いかにも子供のない家庭だった。片づいてはいるが、どこかに島地の感じでは冷たさがある。

島地は何度もこの家に来ているので、応接間に退屈して廊下に出た。

女中は台所に引っ込んでいるのか姿を見せない。それを幸いに島地は奥の部屋にぶらぶら歩いて行った。佐野が机や本箱を置いている八畳の座敷に入った。島地も、よくこの部屋に通されている。

彼は、ふと、机の上に載っている封筒に眼を止めた。裏を返すと、四国に行っている佐野周平からだった。島地はその封筒をしばらく見ていたが、つい、手を出して取り上げた。

佐野周平とは高等学校時代からの友だちだ。親友だという気分が手紙の中身を引き出させた。あるいは「親友」が彼のその行為の正当化かもしれなかった。

彼は便箋三枚分の文句を読んだ。四国の山奥に入った佐野の姿が文字の上に彷徨《ほうこう》している。特に眼をひいたのは最後の「二伸」だった。

「島地は吉村さんの本を取りに来ただろうか。そのうち出張で一度帰京する」

島地はこの文句に突き当ったとき、ふふんと鼻で嗤《わら》った。佐野はおれのことが心配らしい。吉村さんの本を取りに来ただろうかというさりげない文句には、妻明子に対する島地への警戒が現われている。

　また、そのうち帰京するというのも、会社の出張にはちがいないだろうが、やはりあいつはおれのことが気にかかるので、様子を見に帰りたいのかもしれない。佐野らしい書き方だ、と思った。

　佐野周平は、島地の女癖の悪いことを知っている。助教授になった頃に、島地は或《あ》る女を孕《はら》ませて、大いに困惑したことがあり、このときは、先輩が仲に入って何とか恰好《かっこう》がついたと、佐野周平はそのことを聞いている。島地は、佐野の心配をいろいろと手探っている。そうだ、いつか、佐野にはこう云ってやったことがある。君の奥さんは、なかなか明るくて、それに美人だ。君なんかにはちょっとつり合いが取れないくらいいい奥さんだ。

　そのとき、佐野は苦笑していたが、あいつのことだから、過去にそんなことを云ったおれの言葉を思い出して気になったのかもしれない。その心配は明子を一人で東京に残しているという新しい条件から発生した。

　つまり、島地は細貝に頼まれて吉村さんの本を貰《もら》いにくる。それで、佐野の留守宅に彼がたびたび現われるのを予想して気になったのであろうか。佐野の奴、それほどおれが怕《こわ》いのか。島地は、不愉快というよりも、面白い気持になってきた。

　封筒を元の通り机の上に置き、横を見ると、そこに便箋が置かれてある。万年筆も傍《そば》にある。

この状態は、明子が佐野の手紙に返事を書こうとしていて、ちょうど、島地の来訪に妨げられたという恰好だ。明子がどんなことを書きはじめたかと思って、便箋の表紙をめくると、そこはまだ白紙だった。

島地は素知らぬ顔で廊下へ出て応接間に戻った。女中は台所で何か音を立てていて、彼の所業には全く気がつかない。

島地は椅子に腰をおろして煙草の函を取出した。彼は烟《けむり》を吐きながら、明子が書こうとする返事をいろいろと想像した。

このとき、表でタクシーの止る音がした。明子と、学生の横田が帰ってきたらしい。

玄関の開く音がして、二人分の足音が聞えた。島地が待っている応接間に明子だけが入ってきた。

佐野の手紙を盗み見してからは、明子の顔が島地には一段ときれいに見えてきたから不思議だった。

「吉村さんのところからご本を頂戴して参りましたわ」

明子はいきなり島地の視線に出遇《であ》って伏目になって云った。

「そうですか。どうもいろいろ有難う。学生はどうしていますか?」

「ご本をタクシーに積んで、玄関に立っていらっしゃいます」

「ここに入ればいいのに」

「何ですか、車を待たせてあるので、すぐにお帰りになるようなことを云ってらっしゃいますわ」

明子は、島地にもその車に乗れと云いたそうな顔をしている。島地はわざと気づかぬ顔をして、

「そう、じゃ……」

と腰をあげて玄関に出た。横田が玄関に立っていた。島地の顔を見ると頭を一つ下げた。

「先生、こちらの奥さんのお口添えで吉村先生からご本を頂戴しました」

「そう、よかったね」

「先生にもご厄介をかけました。これからすぐに細貝先生のところに持って帰りたいと思います」

「ご苦労さま。ぼくはここに少し用事があるからね」

「分りました」

「あの、ちょっと……」

島地は学生の傍に近づいた。後ろに明子が控えているので、島地は横田の耳もと

に小さく囁《ささや》いた。

「細貝君には、ぼくが世話したとは云わないでくれたまえ」

「分りました」

学生はこっくりとうなずいた。

「それから、細貝君の奥さんにね、明日ぼくのところに直接電話してもらえないかと云って下さい。ぼくは必ず午前十時から十一時の間家にいるからね」

「はあ」

「それからあとは学校に出る。頼むよ」

「はあ」

横田はうなずきつづけた。島地はそれだけ云うと学生から急に離れて、

「じゃ、ご苦労さま。帰ってくれたまえ」

と大きな声を出した。

横田はそこから島地の顔をじっと見ていたが、傍に膝《ひざ》をついている明子には丁寧に頭を下げて出て行った。

「やれやれ」

島地章吾は応接間に戻り、クッションの上にどっかと腰を下ろした。

「奥さん、咽喉《のど》が渇きました。済みませんが水を一杯ください」

これで落ちついたという顔付だった。明子はドアの外に消えた。いつも愛想のいい表情なので、これから二人きりとなると島地のことをどう思っているのか、彼にはまだ見当がつかない。

島地が応接間に置いてある新聞などを勝手に取り出して読んでいると、明子は自分でコップを盆に載せて運んできた。

「どうぞ」

卓の上に水を置いたが、島地のすぐ眼の前に動いているその白い指先が唾《つば》を呑《の》みこむくらい誘惑的だった。瞬間に近づいた彼女の白い顎《おとがい》も眼に滲《し》みた。

佐野明子は、島地章吾を警戒すべき男だと思っていた。

島地章吾が訪ねてきた用事は、吉村の蔵書をもらってくれということで、それは前にも電話で頼まれて手はずはできている。その用件で彼がくるのだから、これは立派に理由があった。が、明子には、島地がそれを理由に勝手に押しかけて来たように思えた。

周平と島地とは性格が全く違っている。周平は明子と結婚するまで女性関係をもったことがないし、結婚後も浮気を知らない。口下手で、社交性がなく、会社でも政治性がない。酒は飲めないし、遊びごとにも不器用だった。

その周平に、島地のような高等学校時代からの友人があるのが不思議なほどだった。性格の相違のためかえって両人の交際に飽きがないものとみえる。

島地の女関係の話では、明子は佐野から少し聞いている。島地は資料蒐《しゅうしゅう》集や講演などで地方に旅行していても、旅先で必ず誰か一人は女性と交際をもつというのだった。

周平自身は島地から聞かされたり、ほかから聞いたりして、もっとそんなことを知っているはずだが、さすがに友人のことだから、それ以上は明子に云いたがらなかった。しかし、それは、島地という人間を見ても想像ができる。若いが歴史学者としては一流で通っているし、著書もよく出版される。雑誌などの座談会に出たり、随筆を書いたり、綜合《そうごう》雑誌には史論を載せたりする。教えている学校も一流の大学だ。

近ごろは学者の性格も変ってきたが、特に島地は如才がない。会社の課長か部長といったほうが似つかわしい。明子は、彼の書いたものを読んだことがあるが、島地という人間を見ている彼女には、活字上の彼の名前が実際の彼と一つの人格に重ならないのである。彼女の眼に島地章吾は分裂していた。

しかし、島地は、会っているととにかくおもしろい人間だった。彼の融通無碍《むげ》な話しぶりは単純な愉《たの》しさを彼女に与えてくれた。夫との毎日の言葉の交換は、空気のように感性がなかったからよけいだった。

　周平という男は、こちらから絶えず引き出さなければ、言葉を失った人間のようだった。ときどき訪ねてくる島地章吾は、そういう点でも明子の気持に一つのアクセントを与えていた。

　この家に、多くはなかったが来客はあった。しかし、島地章吾のような人間はいなかった。ほとんどの男客は明子を周平の横にいる妻としてしか話さなかった。会話というよりも、それは挨拶《あいさつ》だった。彼らは礼儀を守っていた。明子の顔も正面から見据えないようにした。

　その中で島地章吾は、たしかに明子に何かを語りかけてくる人間だった。彼と周平は友だちだったから、周平の妻とも気易い友人だと心得ているようだった。彼はこの家に来ると、周平の前で明子に冗談を云い、勝手に酒を頼み、お冷やを持ってこさせた。彼は殆《ほと》んど無頓着《むとんちやく》に振舞った。

　しかし、夫の留守に訪ねてくる島地には用心しなければならなかった。彼は、それだけの危険な要素をその内側に十分持っていた。

　明子もまた、夫周平の「二伸」に書かれた文句の意味を解していた。

「奥さん」

　島地章吾はコップの水をあおると、また椅子の上に楽々と坐《すわ》り直した。

「佐野から手紙がきますか?」

彼は何げなさそうに訊《き》いた。

「いいえ、まだきませんわ」

明子は、つい、そう答えた。

手紙が来ているといえば、どんなことを云ってきたか、向うの様子はどうか、などと島地のことだから根ほり葉ほり訊くに違いない。それにその手紙を見せろとも云いかねないのだ。周平の書いた「二伸」の文句は島地への警戒である。四国の山奥に頼りなげな気持でこもっている周平があの手紙の中にいる。島地が知ると周平を軽蔑《けいべつ》しそうであった。——

島地章吾は明子の返事を聞いて、この女はどうしておれに嘘をつくのだろうかと思った。

むろん、あの手紙がおれに読まれたとは知らないから平気でそんなことが云えるのだ。それはいいとして、推測してみたいのは、そんな嘘を云う明子の心理だった。亭主が遠く離れた四国で島地のことを気にかけているように、この女房もおれを意識しているのだ。島地は、明子の返事で新しい遊戯を見つけたような気になった。

「佐野も案外のんきですな」

彼はわざと云った。

「ぼくはあいつのことだから、早速、第一報を奥さんのもとに送ってくると思ってましたがね」

「忙しいのでしょう」

さすがに明子は短く答えた。

「そうかもしれませんね。新しい仕事だし、苦労しているんでしょう」

彼は明子の顔を見て云った。

「奥さんも、佐野がそんな状態だと思うと、心配で仕方がないでしょう」

「ええ、それは心配ですけれど。でも、ひとりでここでやきもきしていても、どうにもなりませんわ」

「それはそうです。心配するだけ毒ですよ。それよりも、佐野の留守の間に例の現代俳句のほうに気持を変えたほうがいいかもしれませんな」

「佐野もそんなことを云ってましたわ」

「そうでしょう。ぼくだってその立場になればそういいますよ。そのうち、あなたの現代俳句に、佐野のことを想う綿々たる句が拝見できるわけだな」

「いやですわ」

明子はかすかに笑った。二人の掛けている椅子の位置はテーブルを隔てていたが、明子は島地と接近しているような圧迫を受けた。

「奥さん、佐野が留守だと何かと心細いでしょう。そりゃ会社のほうだって気をつけてくれるかもしれませんが、会社には云えないことがありますからね。そんな何かがあったらぼくに電話して下さい」

「ええ、どうもありがとう」

明子はかすかな不安をかくして礼を云った。

「ぼくも、この辺を通りかかるとき、ときどき伺いますよ。奥さんに会って話をすると気持が晴れ晴れするんですよ」

島地は明子の動揺している顔をのぞき込むようにした。

第五章　変　事

朝の九時半ごろだった。

島地章吾は床の中に睡っていた。しかし、六時半ごろに一度眼をさまして朝刊を読んでいる。

N新聞の文化欄に彼の書いた原稿が載ったからだ。彼は昨夜からそれを愉しみにしている。新聞も今朝は自分で起きて行って、郵便受から寝床に持ち帰った。妻はまだ隣の蒲団《ふとん》に睡っている。

うす暗い電燈《でんとう》の下で、妻の痩《や》せた頰が黒く落ちくぼんでいる。かすかに口を開いているが、同じ半開きの口でも、若い女だと柔らかい唇の間からかすかに白い歯がこぼれて魅力を感じるが、この古女房だと骸骨《がいこつ》の歯を連想させる。島地の妻は反歯《そっぱ》で、笑うと歯茎まで露《あら》われるのだった。

何が哀しいのか、女房の皺《しわ》のよった眼尻《じり》に一粒の涙が溜《たま》っている。しかし、可愛げのない寝顔だ。

島地は新聞の文化欄をいちばん先に披《ひろ》げた。政治面も社会面もあと回しである。

載っている。——ちゃんと自分の顔が円い囲いの中に収まっていた。若い、と自分で思って眺めた。尤《もっと》も四、五年前に撮影したものだ。

内容は、半分読みものふうに書いたのだが、「塩の路《ソルト・ロード》」のことだった。この間から細貝景子と佐野明子のことにひっかけて「塩の路」という名前を考えていたから、新聞社から随筆を頼まれたとき、ついそれを書く気になったのである。

原稿用紙五枚足らずだが、活字になると、割に長く見える。彼は一読して改めて満足をおぼえた。文章に多少気になる個所もないではないが、まずこれならと思う。島地は随筆家としても、割合ジャーナリズムから受けているほうだった。

今夜は秀学図書から頼まれて、新教科書の初の綜合《そうごう》編集会議がある。監修者として島地は六時半から出席することになっていた。

会議は赤坂の山王下の裏というから、まず愉《たの》しい会だ。ただし秀学図書が芸者を呼んでくれるかどうか分らない。社長が出てこないときは、ひどくけちな会になる。

島地は夢を見ているところを起された。一度起きて二度寝すると、つい睡眠が深くなる。

さっき口を開けて寝ていたはずの妻が、エプロンをちゃんとつけて自分の顔の真上にいた。雨戸が開いて、座敷が明るくなっている。

「なんだ?」

島地はうす眼を開けた。

「学生さんが、あなたに急用だといって見えていますよ」

妻は取次いだ。

「誰だい？」

「いつもうちにくる学生さんとは異うわ。B大学の横田さんといっています」

「横田？」

島地は、忽《たちま》ち、額の広い、色白の悧巧《りこう》そうな学生を眼に泛《うか》べた。昨日、佐野の女房の紹介で吉村という小説家の本を、細貝のところまで運搬した学生だ。

「応接間に通しておいてくれ。すぐ顔を洗う」

「何だかひどく急いでますよ。玄関先でいいといってます」

「何でもいいから、うちに入れておいてくれ」

島地がそう云ったのは、横田の用件をあまり妻に聞かせたくなかったからである。

島地の妻は嫉妬《しっと》深《ぶか》い女だった。

これが普通の用事だと、島地も玄関先で話ができる。玄関へ出ると、たいてい女房がうしろまでついてきて聞いている。細貝や佐野の妻とのつながりは妻に知らせたくなかった。のちの発展への予備的な防衛だった。

島地の妻は、これまでの島地の数々の所業で、女の来訪者を極度に嫌っている。

秀学図書の女編集者でも門から中へ入らせない。原稿依頼にくる新聞社や出版社の婦人編集者も同様な目に遭っている。

島地は床から起きて顔を洗った。歯を磨きながら、横田がどうして今ごろ来たのかと思った。急用があるというが、何だろう？　本を運んだ細貝のことに関係があるとは分っていたが、用事の内容に見当がつかなかった。

応接間に出た。この応接間は、一昨年、教科書の印税で増築したもので、わりと広い。朝の空気の中で、学生服を着た横田がひとり椅子に寒そうに掛けていた。

横田は、着流しで入って来た島地を見て、行儀正しいお辞儀をした。

「あれ、いくらか役に立ったかね？」

吉村氏の本のことを云った。

「はい」

学生の顔にあまり喜色が泛んでいない。島地はそれがちょっと不満だった。あれほど世話をしてやったのにと思うと、この学生の無表情が細貝貞夫の顔に重なる。細貝貞夫も愛嬌《あいきょう》のないほうだ。あんなことで、たとえ古本屋といっても商売がやれるだろうか。もっとも、女房の景子がいるから何とかなるだろうが……。

景子といえば、この学生に昨日ことづけて、今朝の十時から十一時までの間に電話を掛けてくるように云ってある。実はそれも今日のひそかな愉しみにしていたのだ。彼は、横田が急用と云って訪ねて来たのは、あるいは景子の伝言を持って来たのではないかと思った。

島地は横田が口を開くまでにこれだけのことを考えた。

「先生、実は思いがけないことが起りました」

横田は顔を少しうつむけている。

「思いがけないこと？」

そういえば横田の顔がこわばっている。

「どうしたの？」

「はあ……実は細貝先生がお倒れになったんです」

「倒れたア？」

島地は眼をむいた。

「はあ。実は昨日の十一時ごろだそうですが、細貝先生は奥さまと一緒に、本棚に本を詰める整理をされていたそうです。脚立《きゃたつ》に立って高い棚に本を並べていらしたんですが、突然、下に落ちて、そのまま意識不明になられました。先生はまだ鼾《いびき》を搔《か》いて寝てらっしゃいます」

「鼾だって？　じゃ、君、脳溢血《のういっけつ》か？」

「そうだそうです。医者は今日の昼がヤマだと云っています。つまり、それまでに意識が戻らないと駄目なんだそうです」

妻は紅茶を運んで来た。──

妻はだまって紅茶を二人の前に置いた。島地もその間、黙っている。妻は何か探るような眼を横田に投げて部屋を出て行った。

「それは、大変なことになったたな」

ドアの締る音を聞いて、島地は改めて話に戻った。

彼は細貝貞夫が倒れた瞬間を想像していた。暗い家の中で口を開けて鼾をかいている細貝の顔だ。狭い座敷で景子がうろたえている。細貝が脚立から転げ落ちたとき、走り寄って夫を抱きかかえ、近所の人を呼び、意識を失った彼を座敷に運び入れる。……

それから近所の人が医者を呼びに行く。この前あの通りを歩いたとき、たしか内科の医院があったっけ。医者は細貝貞夫の枕もとに坐《すわ》って診察し、黒いカバンに道具をしまっている。もはや、手のほどこしようのない状態なのだ。蒼《あお》くなって涙を浮べている景子の顔。……

細貝も可哀想な奴だと島地は思った。彼は生活の手段に古本屋を開き、自分の研究に浸る計画だったに違いない。十年前には最も有望視された新鋭の歴史家だった。新しい史観を新しい方法で展開させた、注目すべき彼の唯物的史論……。

「で、いま誰が病人の横に付いているのかね。いや、奥さんのほかにだが？」

島地は膝《ひざ》の上に手を置いている横田に訊《き》いた。

「はあ、方々にお報《し》らせしたので、先生方がいらしています」

横田はその先生方の名前を具体的に挙げた。歴史家や、いわゆる進歩的文化人ばかりだった。

以前、島地もその人たちの仲間のひとりだったが、今では自分から少し離れている。島地としては顔を合わせたくない連中だった。

「そう」

島地はちょっと思案するふうをみせた。

「ぼくも行かなければならないんだがね。あいにくと今日も約束があってね。時間がとれない。いや、こんなことを云っては申し訳ないが」

「いや、先生は結構です」

横田は云った。

「結構というと？」

島地は急に眼蓋《まぶた》をあげた。

「いえ、ほかの先生方がいらしていますし、お忙しい島地先生にきていただいては恐縮ですから」

「そうかね。いや、こんなに忙しいと、ついどこにも不義理をしてしまうよ」

島地はほっとした。もし、この横田が自分を無理やりに細貝の枕頭《ちんとう》に引張って行くと云い出せば、断わる言葉に苦しむところだった。しかし、鼾をかいている細貝貞夫は別として、亭主の寝ている横で心配している景子の顔も見たかった。だが、彼の気に喰《く》わぬ連中と顔を合わせるのが嫌だ。

彼らは島地章吾を嫉んでいる、と彼は信じていた。大学のほか、講座出版ものに活躍し、教科書の監修者になり、新聞の文化欄にも随筆を寄せ、一般雑誌にも論文めいたことを書いている流行《はやり》っ児《こ》のおれに白い眼をむけている。あの連中は、単なる教師群にすぎないのだ。収入もおれとは比較にならぬのだ。

学生の横田はまだ手を両膝の上に置いていた。広い額の上に髪が乱れ落ちている。

「君も、細貝君のところにずっと付いているの？」

「はあ、いろいろ手伝っています」

「それは感心だね。この間、来たもうひとりの学生の……」

「朝枝ですか」

「そう、彼も一緒にいるの？」

「いいえ、あいつはあれから郷里に帰っています」

「そう。君は学校を休んでいるの？」

「はあ、学校は毎日行ってもたいしたことはありませんから」

島地はその云い方にもちょっと満足した。この学生が行っているB大学で上代史を教えている教授は、日ごろ彼が軽蔑《けいべつ》している男だった。

「島地先生」

横田は少し言葉の調子をかえた。

「実は、細貝先生の奥さまから伝言を頼まれてきたんですが」

「ぼくに？」

と島地は眼をあげた。

「はあ……何ですか、今日の午前中に先生にお電話するということになっていたそうですが」

「ああ、それは、昨日、ぼくが君に頼んだね？」

「そうです。それは奥さまにちゃんと申し上げました。ところが、細貝先生がこういうことになられましたから、その電話をしばらく先に延ばさせて頂きたいということでした」

「それで、君はわざわざ来たのかね？」

「はあ」

景子はそれを何故電話で直接に云わないのだろうか。ここで島地は、そういう細貝景子の心理を分析してみた。彼女は島地の伝言を聞いたとき、漠然とある意味を直感したに違いない。電話をしないのは、その気持のひっかかりがあったからではなかろうか。

しかし、電話を掛けずに放っておくことも彼女にはできなかったのであろう。それは、あの汽車の中の島地の好意や、吉村氏の本を世話してくれた義理があるからだ。

「ああ、そう」

島地は簡単な返事をした。この学生にこちらの本心を看破《みやぶ》られてもならない。

「それでは、ぼく、あちらのことが気にかかりますから、これで失礼します」

横田が起《た》ち上ったのを見て、

「君、細貝君の容態に万一のことがあったら、君でいいからぼくのほうに電話してくれないか?」

と島地は云った。

「そうだ。今夜は六時半から赤坂の椿亭というところで秀学図書の会がある。直接に会場へ電話してくれないか?」

「六時半から何時までですか?」

「二時間くらいはいるだろう」

「分りました」

島地はそれから何かもっと云うことがあると思った。——そうだ、細貝景子は金をもっていないだろう。僅《わず》かの貯金も古本屋の設備に使い果したのではあるまいか。この考えが咄嗟《とっさ》に彼の頭をかすめて過ぎた。

「君」

と島地は横田をひきとめた。

「ちょっと待ってくれたまえ」

彼は応接間を出て二階の書斎に馳け上った。この前、秀学図書から最終の印税を届けてきている。島地は封筒の中から一万円札を五枚取り出したが、考え直して一枚少なくして封筒に収めた。

耳を澄ますと、妻の声は下の台所で聞えている。彼は大急ぎで便箋《びんせん》にペンを走らせた。

「ご主人が倒れたことを横田君から聞いてびっくりしています。さぞご心配なことでしょう。同封のものはお見舞のつもりです。どうぞお納め下さい。いろいろ一人で心配されていることと思いますが、いずれご病人の状態が落着いたら、一度どこかでお会いして、できるだけご相談にのりたいと思います。なお、このことは誤解を受けそうですから誰にも云わないで下さい。島地」

四万円の現金にそれを加えて封筒の中に入れ、上から封をした。表には細貝景子様とだけ書き、裏は白地にした。

封筒を懐ろに入れて応接間に引返した。横田は落着かない様子でまだ立っている。

「君」

島地は封筒を横田の前に出した。

「これを細貝君の奥さんにあげてくれ」

横田は意味が分らないといった表情をしていた。

「いや、君は、ただ渡してくれたらいいんだよ。分るようになっている。それから、ぼくが奥さんにこの封筒を渡したということは、ほかの先生方には云わないでくれたまえ……実は、ほんの気持だけの見舞だから」

横田ははじめてうなずいた。

「たしかにお預りいたします」

彼はそれを金ボタンの胸のポケットに押し込んで、その上を手で確かめるようにした。

島地は横田を玄関まで送ったあと、廊下を引き返した。妻の友子《ともこ》が洗濯物を抱えて向うから来た。皺《しわ》の目立つ顔だ。

「お客さまは？」

彼女は立ち停って島地に訊《き》いた。

「いま帰ったよ」

島地は妻の横をすり抜けた。小さな一つの冒険が終ったような気がした。

細貝貞夫は死ぬかもしれない。いや、きっと死ぬだろう、と島地は考えた。あれで四十六歳のはずだった。年寄りとはいえないが、若くもない。脳溢血《のういっけつ》という奴は死亡率が高い。また、たとえ命を奪われなくとも、半身不随となって、一生不具で過す。だが、細貝貞夫は必ず死にそうな気がした。今日の昼がヤマだと医者は云ったそうだが、もう息を引取っているかもしれない。

可哀想にと彼は思った。

戦後七、八年ばかりは、進歩的な歴史学者として少し活躍したが、それもどうやら一時の華《はな》で、近ごろはすっかり挫折《ざせつ》した。よそ目には体裁のいい商売の古本屋を思い立ったくらいだから、生活も心細くなってきたのだろう。

まあそれでも細貝貞夫は名前を一部の人たちに記憶されたのだし、その論文も残ったのだから、もって瞑《めい》すべしだ。

困惑しているのは妻の景子であろう。若いときと違って女もあのくらいの中途半端な年齢になると、出直しがむずかしい。女は、亭主に死なれたらその瞬間から生活が狂ってゆく。

島地は景子への計画が細貝の死によって一変することをさとらねばならなかった。今までは細貝貞夫という彼の最も意識している人物の妻として、特別に興味があった。しかし、その亭主は死ぬだろう。うっかり手を出すと、その景子をおれが背負い込むようにならぬとも限らない。――島地は女に対して交渉は持ちたいが、負担は一切避けたい方針だった。

そんな重荷を負うと、いろいろと面倒くさいことが起り、心理的にも影響して仕事にもさし支えかねない。いまなら景子から手が引ける。別に手を出したというところまでいっていないのだから何でもない。

だが、そう考える一方、このまま景子に何も手出しができなかったことが残念に思えてきた。細貝貞夫が死ねば、景子との距離はずっと近くなる。

彼は、かぼそい顔つきをした景子の顔を目に泛《うか》べた。世の中のことをあまり知らない女だった。彼女は中学の教師の娘に生れた。その父親が見込んだ教え子の細貝貞夫に娶《めあ》わせた。父親は資産を残さずに死亡した。景子は夫を失っても帰る家がない。愛知県の両親のいない兄だけの実家と、妹夫婦がいるらしいが、これとて彼女が身を寄せるべき家ではあるまい。

島地は、未亡人になった景子が、このままムザムザと他人の手に行きそうな気がした。それが惜しくなったのだ。せっかく機縁の小さな糸を彼女に捲《ま》きつけておきながら、何もしないうちに切るのが残念だった。景子を背負い込むのはいやだが、そうしないで済むような方法で、彼女を手に入れたい欲望が強く湧《わ》いてきた。未亡人というのも新しい魅力だった。佐野明子とは、また違った趣がある。

島地は、意識の中ですでに細貝貞夫を殺していた。


席には、六人の男がいた。島地章吾が床柱の前に坐《すわ》っている。次に並んでいるのは、彼の研究室にいる講師二人だった。今度の高校用教科書社会科歴史の委員である。島地と対い合っているのは、秀学図書の瀬川社長、松永編集部長、それに担当の岡田だった。

テーブルに酒や料理が運ばれているが、女の姿はひとりもない。まだ話が終らないので、芸者たちは別間に遊んでいる。

島地章吾はひどく機嫌がいい。話の途中もときどき思いついた諧謔《かいぎやく》を云っては自分で笑っていた。

テーブルの上には、表紙の青い一冊の本が置かれている。

「高等学校学習指導要領解説社会編」で今度文部省が新しく出したものだ。先ほどからこれを中心に六人の間にかなり打ち合せが進んでいた。まず執筆者の問題だが、これは監修者の島地の責任で人選している。

この秀学図書では、高校用の教科書のほかに中学用のものも出している。島地はその両方の監修責任者になっているが、中学用の編集委員は、また高校とは違った顔ぶれだ。

一同は始終なごやかな雰囲気に包まれていた。島地はここに同座している講師二人のほかに四人の編集委員を択んでいる。二人は島地の息のかかった助手だ。あとの二人は東京の高等学校に勤めている教師と、大阪の教師とである。東京と大阪の現場の先生を択んだのは、教科書販売上の必要からでもある。

「これでやれやれです」

社長はにこにこしていた。

「今度は大いに東海地区で売り込み合戦をやりたいと思いますよ。あそこは精研出版さんの牙城《がじょう》ですから、大いに挑戦をします」

「そして、いよいよもって儲《もう》けようというわけだな。わたしも印税を沢山頂ける」

「いや、どうも」

みんなが笑っていると、襖《ふすま》を開けて女中が顔を出した。

「島地先生にお電話でございます」

島地は、来たな、と思った。云わずとしれた横田からの電話だ。先ほどからそれを心待ちにしていたところだった。女中の案内で廊下を歩き電話室に入った。

「もしもし、島地です」

「あ、横田です……先生、細貝先生は一時間前に亡くなられました。六時十五分でした」

横田の声には、昂奮《こうふん》と悲哀とがこもっていた。

島地は電話室を出て廊下を戻った。細貝貞夫が死んだ。——

横田のあわてたような悲しげな声を聞くと、細貝が死んだという実感が胸に伝わってきた。

しかし、これは予想通りだったから、意外な感じはしない。危篤を伝えられた老人が死亡したという記事を読んだようなものである。助かるほうがむしろ奇蹟《きせき》なのだ。

横田の電話では、今夜がお通夜で、明日の夕方荼毘《だび》に付するという。告別式の日取りは今のところ未定だが、多分、明後日あたりになるだろうといっていた。

昨日、横田に四万円ほど渡しておいたが、あれは香典となってしまった。いつも横田が間に入っているので、景子自身からの声が聞かれないのは残念だが、いずれ告別式でも済めば、彼女から何とか連絡があるはずだ。金を渡しているだけに、彼女としても黙ってはいられない。

せっかく古本屋を開くつもりだったのが、こうなると商売の計画も挫折であろう。

景子はどうするだろうか。郷里に帰るのだろうか。それとも古本屋を女手一つでつづけてゆくつもりだろうか。今は夫の死を悲しむことでいっぱいだが、二、三日経てば、景子は、その現実が、彼女の前に否応なしに眼をむいてくるのである。細貝貞夫を取巻く連中は、そのときに島地のことを思い出すにちがいない。細貝貞夫を取巻く連中は、本を読んだり、しゃべったりすることは得手でも、実生活となると殆《ほと》んどが無能力者ばかりだ。彼女が頼りにできる者は一人もいない。

これはしばらく黙って様子を見ておくことだと島地は思った。向うから寄りかかってくるのを待つのだ。いや、今でも島地には遠くから自分に呼びかけてくる景子の声が聞えるような気がした。

島地は席に戻った。

彼は細貝貞夫の死を皆には黙っていた。それを披露しても、一時は愕《おど》くかもしれないが、それはどこかで交通事故があったという話を聞く程度で、この人びとにはさして関心がないのである。細貝貞夫は、彼らの「商売」からすれば完全に無縁の歴史家であった。

しかし、島地がそれを皆にいわなかったのは、その理由だけでなく、細貝の死を自分だけの胸の中にたたみ、これから起るであろう景子との関係の発展を独りで考え、その想像を醱酵《はっこう》させたかったからである。

「島地先生」

瀬川が彼の着席を待ちかねたように云った。

「今度の文部省の指導要領によると、歴史の著述は文化的な面を相当強く出すようにとありますね。これについて今までとは違った執筆者も考慮しなければいけないと思いますが、いかがでしょうか？」

島地は黙って青い表紙の「指導要領」を開いた。

「そうだね」

彼はしばらく黙って頁をくり、活字を読み下《くだ》していた。

「技術的な点からいえば」

と島地は云った。

「今の執筆陣では、室町時代が弱いね。今度は能楽と美術方面、たとえば、水墨画の専門家に頼むことも必要だろうな」

具体的な打ち合せが三十分ぐらいつづいたときだった。

また女中が襖から顔をのぞかせた。

「島地先生、お電話でございます」

島地は振り返った。また横田から何か云ってきたのかと思うと、

「あの、B新聞社文化部の重枝《しげえだ》さまとおっしゃいます」

島地はうなずいた。

「先生、お忙しいですな」

瀬川が向い側から島地の起《た》つのを見て軽く笑った。

「ちょっと失礼します」

「どうぞ、どうぞ」

瀬川社長も、島地の裏は担当の岡田などから聞いて知っている。いや、岡田だけではなく、それは教育関係の出版界では誰もが知っているので、その方面からも耳にしていた。

島地のところへ新聞社から電話が掛かったと聞いても、半信半疑でいる。実際に新聞社かどうか分らないといった表情だ。

しかし、それは実際に新聞社だった。

「島地先生ですか？」

電話の声は、島地もよく知っている文化部の担当記者だ。

「どうも、お出先にお電話して申し訳ございません」

「いやいや……何ですか？」

島地はこの新聞社にも二ヵ月に一回ぐらいは寄稿している。

「実は、細貝先生が急にお亡くなりになりました。今日夕方の六時すぎに。……ご存じでいらっしゃいますか？」

「ああ、聞きました」

島地は簡単に答えた。

「学生から連絡があったからね」

「そうですか。ついては細貝さんの死を悼むという意味で、三枚半程度の随筆をお願いできませんでしょうか？」

島地は意外に思った。細貝貞夫には、まだそんなニュース価値があったのか。尤《もつと》も、一時期は華やかだったからな……。

「ぼくが細貝君のことを書くのか？」

島地はちょっと考えた。

「ええ。いろいろな方がおられますが、やはり島地先生がいちばん適任だろうと部長も云っていますので……先生は細貝さんを個人的にご存じでしょう？」

「そう。それほど深くは知っていないが、面識がないでもない」

「それで結構です。わたしのほうとしては、細貝貞夫氏の業績といったほうからご執筆いただきたいのです。それに個人的な思い出というものを付けていただければ、なおさら結構です」

新聞社が島地を指定してきたのは、やはり彼のネームバリューと、いつも寄稿している定連という理由だったにちがいない。

「分りました。書きましょう」

島地は答えた。

「そうですか。では、明後日の朝刊に間に合せたいと思いますから、明日の午前中までにお願いします。お忙しいところすみません」

島地は電話を切って、また廊下を戻った。細貝貞夫の追悼文を書く気持が決ったのは、その文章の構想がすぐ泛《うか》んだからだった。細貝貞夫をほめてやろう。死んだ人を称讃《しょうさん》するのは礼儀だし、少しも実害はない。いや、その装飾的な文章を書くことで、景子の気持をぐっとこちらに引きつけることができる。

島地の頭には、新聞に載せる細貝貞夫の追悼文の一節さえ泛んでいた。

（……細貝貞夫氏と私とは、戦後、日本歴史についてたびたび話し合った。そのころの氏は、進歩的な学者として卓抜した理念を持っていた。私は氏からどれだけ教えられたか分らない。いま、突然の訃《ふ》を聞いて、茫然自失《ぼうぜんじしつ》している。氏を失ったことは史学界の大きな損失で、年齢的にこれからというときだけに惜しみても余りがある）

こんな文句がひとりでに口の中で呟《つぶや》くように出てきた。

できるだけ壮麗な文章を駆使してやろう。嫌な奴だったが、死んでしまえば、ちょっと可哀想だ。しかし、これから長生きしていても二度と以前のような脚光を浴びることはないだろう。彼が死亡して、その追悼文を載せるのはこの新聞社くらいなものだ。

細貝貞夫は、これから永らえて古本屋などして苦労するよりも、いっそのこと死んだほうがよかったのかもしれない。彼を受入れる時勢は過ぎたからだ。島地は、いま、自分でも一つの頂点に立っていると思っている。だから余計に細貝貞夫の晩年がみすぼらしく見えるのだ。

島地は、戦争中、若い歴史学者として「大政翼賛会」の中に入っていた。それは彼の先生に当る人が皇国史観を持っていたからで、彼も弟子として率いられて所属していたのだった。

戦争が済むと、先生のほうはパージとなって現役を去った。島地は幸いなことにそれほど目立たない存在だったから、進歩的な歴史観に転進ができた。戦後に活躍しはじめた進歩的歴史学者の多くは、戦争中、野に身を伏せていた人びとばかりである。細貝貞夫もその一人で、彼は或《あ》る出版社の歴史辞典の編集者として隠れていた。

戦争が終ると、島地は、その多彩な才能と、カンのよさと、ジャーナリスチックな文章とで華々しく世に出た。戦中に「大政翼賛会」に所属していたことなどオクビにも出さなかった。

爾来《じらい》、彼の年齢で彼ほどの声望を持っているものも珍しい。

教科書監修者に常連のように名前を出してきたのも、彼の名声によるものだ。しかし、触覚の鋭い彼は、再びその学説を目立たぬように右寄りに転回させている。ほかの者は最近の新情勢で教科書ジャーナリズムから転落してゆくのに、彼だけはその座を守りつづけている。

しかし、島地自身は、自分の身体の中に二つの血液が流れていることを自覚していた。一つは学説に対する名誉心であり、一つは女に対する本能的な興味だった。細貝景子も、彼は一応は征服したかった。ここまできた以上、その気持に引返しようがなかった。

——島地が座に戻ってみると、皆の間には、文部省の新指導要領に盛られた「文化」問題についての話がつづいていた。

第六章　空《くう》隙《げき》

建設所長の秋吉良一は陰気な男だった。

彼はダム工事と共に山を十数年間歩き続けてきていた。そのためか、性格が閉鎖的だった。いわば土建屋の最も悪いタイプを秋吉所長は持っているようだった。

彼は技術に自信があった。そのためにとかく事務屋を軽蔑《けいべつ》していた。尤も、事務系統の人間を軽蔑する所長の心理は、一種の劣等感の裏返しとも解釈できないことはない。事務屋は部署が移るたびに大体その地位が上っていく。その仕事は政治的な高度な内容に変質していくのだ。彼らはその累進の段階として、ダムの補償屋として派遣されるが、二年ぐらい現地に勤めると、また本社に呼び返されて、上の位置に就く。なかには重役になる者もいる。

その点、技術屋には限界があった。どのように腕がよくても、彼らに政治的な参画は許されない。土建屋はどこまでも土建屋だった。そこに技術系統と事務系統との決定的な差異があった。

秋吉所長はこの会社に勤めている間、おそらく山から山を渡りつづけていくのではなかろうか。都会的な空気も吸えず、文化的な生活も許されない彼の眼には、一時の腰掛けとして自分のもとにやってくる事務屋に対して、嫉妬《しっと》と憎悪の感情が内心にこもっているように思える。

技術屋の誇りは、己れの技術への自負である。なるほど会社にとって、かけがえのない人間なのだ。これは当人にとって安全地帯でもあった。しかしうっかりすると地位の停滞地帯でもある。

――それに近ごろの電力界の趨勢《すうせい》は、水力に重点を置いた時代が去り、火力に置き換えられつつある。いわゆる火主水従である。

日本の山岳地帯もすでに開発が半ば終りつつある。費用の点でも、ただ狭隘《きょうあい》な渓流を堰《せ》き止めてダムを造るだけでなく、そこにはさまざまな付帯工事があった。水没地帯のために新しい村作りも必要となってくる。小・中学校舎の新築、橋梁《きょうりょう》の新設、道路の開発などといったものは直接水力電気の開発には関係ないが、これなくしてはダム補償は成立しないのである。ダム工事は、それ自体よりも、こういう公共的な開発事業に相当な金がかかる。――

補償問題は、これらの公益的なものが優先的に片づけられて、個人補償に入るのだが、実は、口には出さないが、これが現地居住者の最大の関心事であった。先方では委員会をつくって会社側と執拗《しつよう》な折衝をつづけた。その間、何度も他のダム現地に行っては横の連絡を確保した。ほかの例を聞いてきては、一銭の損もしたくない肚《はら》である。そして、ようやく基本補償が決定する。

このころになって、やっと会社側の測量隊の入村が許される。

しかし、個人補償問題はまだ片づかない。家屋、田畑の評価を基本決定額以上に要求する。それには実にさまざまな理由がつく。長い交渉の間だから、物価の値上りもある。それを見合っての増額を要求される。

佐野周平が赴任したのは、こういう時期であったが、秋吉所長がどうも彼に協力的でないことが早くも一週間目ごろから彼に感じられた。

女の子が彼の前に来た。

「次長さん、こういう方がご面会です。所長さんがお留守だと云ったら、次長さんにとのことです」

佐野は、その名刺を手にとって見た。

「高知県民主化促進同盟」という肩書だった。

「一人かね？」

「いいえ、三人で見えています」

佐々木がその名刺を横からのぞきこんで、

「あ、次長。この人たちはアカですよ。この間から煩《うる》さく来ています」

と口を尖《とが》らせて云った。

三人の男は、二十四、五歳から三十歳ぐらいの年齢だった。

所長室の横には会議用の椅子とテーブルが並べられてあり、外来者応接用を兼ねている。

佐野が入ってゆくと、三人の男は坐《すわ》ったまま彼の姿をじろりと見上げて迎えた。一人も椅子から起《た》とうとはしなかった。

「所長さんは留守にか知りませんのう」

といちばん年嵩《としかさ》の男が云った。髪の濃い、額の狭い、頬の尖った男だった。

「いま仕事で出ています」

佐野は向い合って坐った。

「あなたが次長さんですろうか？」

「そうです」

三人の男は、不服そうな顔をした。

「所長さんは、いつも留守ですかね。これで三度足を運ぶけんど、一度も会うてくれん」

やはり、頬の尖った男が云った。他の二人は発言をその男に任せた恰好《かっこう》だったが、一人は髪が長く、一人は不精髭《ひげ》を生やしていた。三人とも襟の汚れたワイシャツを着ていた。

「所長は忙しいですからね。どういうご用でしょうか？」

佐野は係長の佐々木から、この人たちは労働運動の尖鋭《せんえい》分子だと聞かされたが、できるだけ虚心な気持で会うつもりにしていた。が、相手の三人は、何か戦闘的な気負いをはじめからその身体に漲《みなぎ》らしていた。

「あなたは、最近こっちのほうへ見えなされた次長さんですか」

「そうです」

「ほんなら、こっちのほうの事情はあんまりご存じじゃありませんろうが」

と多少軽蔑的な眼を向けた。

「いま、あなたのほうでダム工事をしよりますろうが。それについてわれわれは異議を持っちょります」

頰の尖った男が佐野に眼を据えて云った。

「異議といいますと？」

「異議というよりか、反対じゃ」

と横の不精髭が口を入れた。

「それに」

頰の尖った男がうなずいて、

「現地では個人補償の問題が停頓《ていとん》しちゅうそうなけんど、会社側は問題がまとまらん場合、どんなに処置をするつもりですか？」

「失礼ですが、あなた方は、それをどういう資格で訊《き》かれるのですか？」

佐野は訊き返した。

「われわれは、名刺に書いちょりますように、高知県の民主化促進同盟の者です。県下全体について、反動的な分子と闘うのを任務としちょります」

「すると、わたしのほうの社でやっていることが反動という意味ですか？」

「もちろん、反動には違いありませんろう」

と髪の長いのが口を尖らした。

「われわれは、電力開発には絶対反対です」

「とおっしゃると？」

「電力開発は独占企業、特に重工業、兵器生産企業を助け、ひいては戦争に直結しちょります。しかも、ダム工事のために現地住民が居住地と生活を追われるということは、絶対に許せませんのう」

佐野は煙草を出して口にくわえた。

「そういう大きな問題は」

と佐野周平は三人の「民主化促進同盟」の青年に云った。

「一社員であるぼくには、とてもお答えができません。それは、会社に直接いって下さらないとどうにもなりませんね」

彼は微笑して云った。

「むろん、会社への抗議書を送っちょきましたよ。なるほど、あんたは会社の使用人にすぎんけんど、このダム建設工事の責任者のひとりですろうが。いま奥地で個人補償の問題が起きちょりますけんど、われわれとしては、ダム開発が戦争につながっちゅうという建前で反対をしよりますけんど、それぱっかりじゃのうて、現地のことじゃーち会社側が強引に、住民を祖先伝来の土地から追い出すことに絶対反対です」

「お言葉ですが、社のほうでは、すでに何度も現地の方々と話し合ってダム工事の承認を得ています。そのため、すでに補償の基本額は決定しているような次第です」

佐野は答えた。

「それは一部の村のボスが会社側と取引したきに、一般の部落民はボスの取引に曳《ひ》きずられたがですろう。その証拠に、個人補償は行きづまっちゅうじゃありませんか」

頬の尖った男は、詰めよるように云った。

「その点も、いま折衝中です」

「折衝がまとまらんときは、どうしますか？」

「できるだけ納得ずくで話し合いたいと思います」

「そういうことを訊いちゃしませんよ。現地の人が、どうしても土地を捨てんと云い出したら、どうします？」

「社の方針としては」

と佐野は云った。

「すでに決定していることであり、立ち退きに不満であっても、何とかしなければなりません」

「ふん。あなたの考えちゅうのは、強制収用のことですか？」

「そういう場合も起るかもしれません」

「それは土地収用法を適用する意味ですか？」

「わが社としては、工事の期限が迫っておりますから、どうしても話し合いがつかないときは、最後の手段としてそれが考えられます」

「会社側は面倒な話し合いよりも、早う強制執行にもっていきたいんですろうが？」

不精髭の男は訊いた。

「そういうことはなるべく避けます。われわれとしては、飽くまでも粘り強く、現地の方々と話し合いでゆきたいと思います」

「あなたのいうことは矛盾しちょりますのう」

と頰の尖った男は云った。

「一方では工事期限が迫っているので強制収用を辞さんと云い、他方じゃ話し合いでゆきたい云いよる。われわれとしては、あんたがたの方針が話し合いよりも早いところ工事開始に持っていく意図じゃと思うちょりまんけんど、話し合いというのはごまかしですろうが」

「ごまかしたりなどしませんよ」

佐野は、この三人と話すのが少し面倒になってきた。それも現地の人ではなく外部の人間なのだ。

「なるべく土地収用法の適用は避ける。それまで最善の努力をするという意味です」

「一体、基本補償額というのがどだい安い」

と不精髭が云った。

「あれは二年ばかり前に決めた値段で、しかも、当時としてもせんばん安かった。今じゃ物価もかなり高騰しちょります。殊に土地の値上りは急上昇ですきにのう。

それを無理やりに部落民に押しつけて、云うこと聞かざったら強制執行をかけるというのは、あんまり悪辣《あくらつ》じゃありませんかのう」

佐野は、秋吉所長がこの人たちに一度も会わずに逃げていることを考えた。それは所長よりも次長の役目だと考えているのかもしれない。だが、新任の次長に面倒なこと一切を任せ、しかも、何の連絡もしないところに所長の狡《ずる》さをのぞいたような気がした。

この問答は、それから四十分余りもつづいたが、結局、物別れだった。物別れになるより仕方がない。佐野も客も互いに違った次元からの発言だった。

佐野は疲れて、客が帰ったあともしばらくぼんやりしていた。

所長は現場を見回りに出たというが、多分、帰りは遅いに違いない。あるいはこのまま事務所には戻らないような気もした。遅くなると社宅に帰ってしまう。

バラックの窓から見ると、宿舎の屋根が濡《ぬ》れている。いつの間にか雨が降り出していた。

女の給仕が入って来た。また名刺を持っている。

「次長さん、こういう方がお目にかかりたいとおっしゃっていますが」

名刺を見ると、「南海新聞記者湯《ゆ》浅麻夫《あさあさお》」としてある。この新聞の名は佐野も聞いている。二流の地方紙だ。

佐野が、断わろうと思ったとき、

「ほんの五、六分で結構だと云っておられます」

と女の子が云った。

「この人は、よくここに来る人かね？」

佐野は名刺の主のことを訊いた。

「はい、ときどきお見えになります」

「所長さんとは会ってるのかね」

「さあ」

ちょっと考えて、

「たしか、二度ほどお会いになったように思っています」

「いま所長が、いないと云ったかい？」

「はい、そう申しましたら、次長さんにということでした」

佐野はとにかく会うことにした。今度は特殊な立場の人でないという気安さも手伝った。

女の子が出ると、すぐに一人の男がオーバーのまま入って来た。三十七、八のがっちりとした身体の男で、血色のいい顔を初めから愛想よくにこにこさせていた。新聞記者特有の無遠慮さで、佐野の眼の前でオーバーを脱ぎ、馴《な》れ馴れしい態度で云いかけてきた。

「次長さんですね。いま名刺を差上げたものです」

まるで前からの知り合いのように親しそうな笑い方だ。

「今度、こちらに赴任された感想はどうですか？」

「ええ、なかなかいい所だと思ってます」

「次長さんは、土佐は初めてですか？」

「初めてです」

「遊ぶにはなかなかいい所ですが」

と新聞記者は遠慮なく卓上の接待用の煙草に手を伸ばした。

「仕事となると、なかなか骨が折れるでしょう。土佐ッポといいましてね。妙にひねくれた人間が多いですから」

南海新聞記者の湯浅麻夫は、接待煙草を横ぐわえにして悠々と話しこむ。相手の都合など初めから考えていないような顔だった。

「だいぶ、現地の補償問題で揉《も》めているようですな」

湯浅はにこにこしていた。

「そうですね。前から引きつづいて、簡単に解決がつかなくて困っていますよ」

佐野周平は、この新聞記者をよくある地方の顔役と思っていた。年齢からいっても、態度からいっても、そんな印象だった。しかし、取り扱いがよく分らなかった。

「いま、未解決の戸数は、どのくらいあるんですか？」

「ざっと七十七戸でしょうね」

「志波屋部落がほとんどですな？」

「そうです。その中は、上志波屋、下志波屋と二つに分れているが、どちらも互いに牽制《けんせい》し合ってこちらに協力して下さらないので困ります」

「個人補償となると、みんなそんなものですよ……あなたのほうは、一日でも早く片がつかないと工事が遅れるわけでしょう？」

「そうなんです。鋭意、それに向って努力してるんですが」

「いやいや、次長さん。努力だけでは、こういうことは早期解決は望めませんよ」

佐野は相手の顔を見た。やはり湯浅という記者は笑っていたが、その笑い方に一種の意味が読み取れた。

「何かあなたのほうに解決策がありますか？」

佐野は訊《き》いた。やはり取り扱いの分らない相手だった。

「いや次長さん。あなたはこちらに赴任されて早々だから、失礼だが、補償のほうも今度が初めての仕事じゃないですか？」

「そうです」

新聞記者は何もかも知っているようだ。

「それでは、ひとつ、この辺で実弾をぶっつけてみたらどうですか?」

「実弾?」

「今お話しの、志波屋の七十戸ばかりの反対は、各自が一銭でも余計に補償を取りたいと思って狙っているわけですが、その中でも大物が一人います。上志波屋の山《やま》田猪太郎《だいたろう》ですがね。山田は割合と旧い家柄で、あの部落ではボスです。前に村会議員など勤めたりしたこともあります。この男が承諾すれば、大体、ほかの部落民も右へ習えで、承諾に傾くと思いますよ。各戸を一軒ずつ歩くのは大変です。どこもよその様子ばかりを窺《うかが》ってるわけですから、なかなかまとまりっこはないです。自分のほうが先に交渉を成立させると、まるで損をしたように思いますからね。補償費をとる部落民は猜疑心《さいぎしん》が強いですから」

「そうすると、あなたの云う実弾という意味は、その山田さんに金を握らせるという意味ですか」

「いや、そのほうが早道ですよ。あなただって、現地の交渉が暇どれば、それだけ工事が遅れて会社に不利益となりますからな。なに山田には補償額以外に二百万も握らせたらいいでしょう。ぼくは山田猪太郎をよく知っているので、その取りまとめに当ってもいいですよ」

「そりゃお断わりしたほうがいいようですな」

佐野周平はゆっくり答えた。

「ほう」

新聞記者の湯浅麻夫は、佐野に拒絶されて、どんよりとした眼を上げた。

「そりゃどういう理由ですか？　ぼくは解決のいちばん早い方法だと思いますがね」

一本の煙草を吸い終って、つづけざまにもう一本卓上の函から奪い取った。

「特定の人にそういう金銭を贈るのは、どうかと思うんですよ」

佐野は云った。

「なるほど。それは正論ですな……しかし、次長さん。あなたは初めてこられたのだから、あの部落が非常に依怙地《いこじ》な人間の多いことをご存じないんじゃありませんか？　土佐ッポは、昔から妙に意地が強いですからな……先ほど、ぼくと入れ違いにアカの連中がここに来ていたようですが、土佐という所は、昔は勤王の志士を出したと同時に、自由民権の本場でもあります。この前の日教組の闘争でも、この土佐が全国でいちばん尖鋭《せんえい》でしたからな」

「………」

「次長さん、あの志波屋部落は、あなたもすでに視察されてるそうですが、それほど貧乏で困っている所ではありません。山奥にしては裕福な所です。それに、あの辺は良林が多く、林野庁の職員も多勢入っている。林野庁の労働組合である〝全林野〟は、官庁労組でもいちばん尖鋭ですからね。問題がこじれると、全林野も動き出すかも分りませんよ」

「……」

「まあ、次長さんのおっしゃることも分らないことはないが、こういうことはほかのダムの工事の場合でもやってますからな。あなたも、工事の期限と、現地補償の問題との板挟みになって、これから苦労されるでしょうが、ぼくはその苦労を少しでも早くあなたから取り除いてあげたいんですよ。それに、いま云ったように全林野にでも横合から出てこられたら、余計に解決が困難になります」

「ご親切は有難いが、どうも、あなたの云われる名案には賛成できません」

「やっぱりお断わりになるんですか？」

「少しは長引いても、地道に一軒一軒と話し合ってゆきたいと思います」

「次長さんは手腕家だから」

と相手は皮肉に云った。

「そういう自信があるんでしょう。では、ぼくも提案を引っこめましょう」

「ご助言は有難いと思っています。これからもよろしく」

「しかしですな、次長さん。もしも、あなたの説得が十分でなく、どうしても承知しない家が出たらどうしますか？」

「そうですね、大体、全部の説得を成功させたいと思いますが、二、三の反対のあるのは止むを得ないでしょう」

「ははあ。すると、そういう家は強制収用に持ってゆくということですな？」

「そうしたくないんですが、しかし、工事期限もあることだし、それに、村の連絡会ではすでに基本額の決定もしています。社としては既定方針でゆくよりほかはないと思います」

「分りました。今の言葉をよく覚えておきましょう」

南海新聞の湯浅麻夫は、くわえ煙草を乱暴に灰皿に揉み消すと、腹の上までズボンを押し上げて起《た》ち上った。

所長はその日帰らなかった。雨が降っている。

五時になると、一応仕事が終って所員も帰った。佐野は主任の佐々木から、留守中に行なわれた個人補償の進行状態を聞いた。少しも進んでいなかった。

明日か明後日かは志波屋部落に入らねばならない。先ほど新聞記者が云った上志波屋の山田猪太郎には、佐野もここに来てから現地で一度会っている。家は旧家で、本人の話だと、鎌倉時代から続いている家柄だというのだ。

祖先は平経盛で、それを証明する文書も、鎧も刀も、家宝として遺っているという。ここにも平家落人《おちうど》の伝説があった。

事実、山田家の祖先は庄屋《しょうや》のようなことをしていたらしく、付近の村民にかなりな発言力を持っている。佐野の会ったときの山田猪太郎は、頑として彼の話を受付けなかった。

基本額決定のことに触れると、あれは志波屋部落に関係のない田積村の村長の口利きで、貧乏な若い連中が勝手に決めた不都合な協定だと、怒るのであった。

新聞記者の湯浅と称する男は、山田に二百万もやれば補償がすらすら運ぶというが、湯浅自身が間に入ってコミッションを取るのは分りきっていた。

佐野は腹立ちまぎれに湯浅の申し出を拒絶したものの、彼の言葉がまだ気持の中に残っていた。所長は工事開始を焦っている。一日遅れれば、それだけ補償の責任者の佐野を非難するに違いなかった。所長は初めから佐野に協調的ではない。——

事務所から人が全部いなくなると、彼はスーツケースを提げて長い廊下を奥に行き、自分の部屋の前に立った。ポケットから鍵《かぎ》を出して錠を開ける。

三日間の空気が彼の鼻に流れて来た。人間を感じさせない空気だった。

冷たい部屋の中でトランクを開けた。衣類が几帳面《きちょうめん》にたたんで詰め込まれてある。下着、セーター。こんど明子が新しく作ってくれた地の厚い寝巻、隅《すみ》に薬が挿《はさ》み込まれてあった。

羽田の空港へ見送りに来た明子の顔が泛《うか》んだ。売店の薬をもっと買いたいと云っていた明子だ。

合宿所の世話をしているおばさんが火鉢《ひばち》に火を入れて持って来てくれた。

「次長さん。晩御飯のお支度が出来ちょりますけんど」

佐野は食堂に行った。ここに泊っている若い職員が四、五人いっしょだった。

「次長さん、マージャンをおやりになりませんか？」

誘われたが、佐野は断わった。部屋に戻って、畳の上に仰向けになった。

――明子は今ごろどうしているだろうか。晩飯がすんでテレビでも見ているだろうか。

佐野は、高知から来た新聞に島地章吾の文章を見つけたが、明子への便りでもそれを話題にするつもりになれなかった。島地のことを云うのは、どうも言葉が咽喉《のど》につかえてくる。明子は佐野が島地のことを意識しているのを知っている。明子の態度から、それが彼にもよく分るのだ。

佐野は起き上ると、食堂の横に付いているスナックバーに飲みに出かけた。長い廊下に、雨の音がつづいていた。

第七章　生　活

夫が死んで、細貝景子は夢のような中で日を送った。思考も身体も自分のものではなかった。一人で悲しみに浸るには、その孤独が邪魔された。

告別式には大勢の人が来てくれた。学者、友人——日ごろ遠ざかっていた人たちが集った。学生が意外に多かった。いつも出入りしている学生のほかに、細貝の著書を読んでいたからという学生もいた。そのため葬式は意外に賑《にぎ》やかだった。

新聞には、島地章吾の書いた細貝貞夫を悼む文章が載っていた。

「こういうものが出ていますよ」

学生の朝枝が景子に持って来て見せた。文章は、細貝貞夫の業績と人柄の讃美《さんび》に満ちていた。島地章吾というポピュラーな名前が、死んだ細貝貞夫を引き立てようとしている文章だ。礼儀に満ちた追悼文だった。

「そういえば、島地先生は葬式に見えませんでしたね」

学生は云った。

島地はこなかった。しかし、景子は島地から弔電を貰《もら》っている。弔電も、新聞の追悼文も、島地から見舞だと云ってもらった金のことを気持にひびかせる。しかし、それほど彼が悪い人とは景子には思えないのだ。汽車の中で遇《あ》ったとき、古本屋をはじめると云ったら、早速、約束通り、知り合いの所から本を運んでくれた。ほかの人が悪口を云うほど不純な人とは考えられない。

通夜の晩だった。集ってくれた若手の歴史学者は、故人にも、島地にも、共通の関係を持っている人が多かった。

「そういえば、島地がここに来ていないね」

と一人が云った。

「忙しいんだろう」

とほかの者が云った。その言葉に冷笑が含まれていた。

「奴《やっこ》さんは、なにしろ、アルバイトのほうが盛大なんでね。近ごろは、教科書のほかに通俗講座ものも出しているじゃないか」

その場には学生の横田も同席していた。景子は、横田には島地の所へ使いに行ってもらっているので、島地の悪い噂にはらはらした。しかし、口を出して止めるわけにはいかなかった。

「あの男は要領がいいからな」

と次の人が云った。

「ぼくは彼の若いころを知っているが、戦争中は例の大政翼賛会に入っていた。それが終戦後になると、急に進歩的歴史学者として華々しく売り出してきたので、愕《おどろ》いたよ」

「そのときに教科書や本が売れて、しこたま印税が入ったんだな。たしか、あの男は戦災で家も焼いたし、蔵書も失ったはずだ。それがすぐ立派な家を建てるし、蔵書は揃えるしで、大した勢いだった」

「この前、古本屋で聞いたんだがね」

と別の男が云った。

「島地章吾先生は、学校の図書館でも買いかねるような高価本をどんどん買って下さる、と云っていたよ。学校だと予算の制限があって、そんな高い本は買えないからな」

「それが島地の自慢でもあるんだ。あいつは云っていたよ。自分の持っているものは、学校の図書館なんかではお目にかかれないとね」

通夜の席の話はまだ続いた。

「ジャーナリズムへの売り込みもすごく巧妙だそうじゃないか」

と若手の学者は云った。

「何か機会があると、すぐに自分の書いたものを本にしたがる。ほら、あの男はよく講演やラジオなどで話をするだろう、そいつを録音にとってあとで手を入れてまとめ、出版するんだそうだ。学者というよりも、事業家だね」

「いや、ぼくもそれを聞いている。その目的は金儲《かねもう》けだけとは限らないんだな。そういうふうにして、絶えず自分の名前をマスコミの中に売っておけば、教科書の監修者として地方の学校などでよく採択してくれる。こういう狙いがあるようにぼくはカンぐっているんだがね」

「とにかく、ひどい男だ」

別の者も云った。

「島地のいる学校でも、彼に反感を持っている講師や助手連がいるがね。ただし、島地に狙われたら昇進が絶対にできないから、みんな黙っているんだ。事実、あの男は執念深いからね。イヤなことはいつまでも根に持っている」

「あそこは島地が助教授だが、主任教授なんか、島地の勢力に押されて影がうすくなっている。彼は事実上の教授みたいなもんだ。それを彼ははっきり人に云っているそうだよ。うちの教授はロボットだとね」

「浜田《はまだ》先生は」

とひとりが云った。

「たしか今年が定年じゃなかったかな」

「そうなんだ。すると、順繰りで彼が教授になる。今までさえあのくらいだから、教授になったときの島地の威張り方はいまからでも想像できるよ」

人々はうす笑いを浮べていた。通夜の席だったが、この嗤《わら》いは不謹慎ではなかった。

ここに永い眠りについている細貝貞夫も、島地章吾を決して快くは思わなかったひとりなのである。

「島地が教授になったときの人事が見ものだね」

とひとりがなおも云った。

「自分の後釜《あとがま》に誰をもってくるかだ。まず彼の覚えの目出度いものが順繰りに、助教授、講師となるだろうが、講師の小林《こばやし》君など絶対に助教授にはなれっこないね。彼自身もあきらめているそうだよ」

「小林君は、島地章吾とは前から合わなかったからね」

「そうなんだ。小林君がどこかの席で島地章吾をちょっと批判したんだな。われわれからみると当然の言葉なんだが。つまり、それはこうだ。最近の島地の発言がふらふらしているだろう。あれは文部省の学習指導方針が変ったときからだ。彼の学説が曖昧《あいまい》になったのもその辺からきているということを云ったんだな。まあ、それほど強い言葉ではなかったろうが、小林君も迂闊《うかつ》に口をすべらしたんだ。それが回り回って島地の耳に入ったもんだから、さあ大変だ。島地は云っているそうだよ、おれの眼の黒いうちは、小林を絶対に助教授にさせないとね」

通夜の席は島地の陰口で賑った。

「あの男も自分の保身に一生懸命だ。考えてみれば、また自分がいつ蹴落《けおと》されるか分らないので血眼になっている状態だから、可哀想ともいえるな」

「島地もそこは考えているよ。油断をすると、彼に恨みを抱いている連中がいっせいに反旗をひるがえすからね。あの男としては始終眼を光らせていなければならない」

「いつも緊張しっぱなしだね」

「いや、そうでもないよ。なかなか余裕しゃくしゃくたるところもあるそうじゃないか。ほら、例の女ぐせさ……」

その人はそこまで云って景子のいることに気がつき、あとの言葉をのみ込んだ。

景子は夫の枕辺《まくらべ》に線香をついだり、蠟燭《ろうそく》の火が消えないように絶えず気をつけていた。彼女の耳には通夜の客の島地批判が遠慮なく入ってくる。もう、その話はやめてもらいたかった。

ここに集ってくれている学者たちは、一面から見ると不遇に置かれている人たちばかりだった。そういえば、死んだ夫もそのひとりだ。島地章吾に対しての悪感情は、夫もこの人たちと同じだったと思う。

この人たちの言葉の底には、明らかに島地章吾への嫉妬《しっと》があった。いま一流の大学で実力を築き、教科書の監修者として数百万の印税を儲け、その名声で部数の多い通俗講座ものを出している。新聞にも雑誌にも、彼の名前が大きく出る。そういう頂点に立っている男に対するこれは日蔭者《ひかげもの》の暗い羨望《せんぼう》と妬心《ねたみ》であった。その通夜が終り、告別式もすむと、夫の友人たちも潮がひくようにみんな引上げてしまった。愛知県からきている親戚《しんせき》も多くは帰って行き、田舎の本家を守っている兄夫婦と妹夫婦だけが、初七日の法事を済ませるまで滞在した。

細貝景子は、はじめてひとりに置かれた。

田舎の兄はもらった香典の金額を帳面に記《つ》けていたが、

「学者といっても、えらく金高は少ないもんだな」

と景子に云った。

「A先生は相当有名な方だが、中身は千円札が一枚しか包まれていない。こっちの先生は五百円だ」

しかし、それが普通なのだ。B氏はいちばん細貝貞夫と気が合って、始終訪ねてきては夜遅くまで話しこんでいたが、香典はやはり千円だった。この千円でB氏は細貝貞夫との今までの交情に締めくくりをつけている。B氏はもっと額面をはずみたかったであろう。

葬式がすむと、もう、どの学者も友人も彼女の家をのぞきはしなかった。それは未亡人という立場になった景子への配慮もあったであろう。夫が死んでみると、彼につながるあらゆる交友関係が冷たく影を消したのである。

奥さん、これからどうしますか、と訊《き》く夫の友人はいた。しかし、それについて深く追及する者はいなかった。うっかり訊けば、経済的な損失を覚悟せねばならないと皆は考えているようだった。

「景子」

と田舎の兄は訊いた。

「貞夫さんがはじめかけた古本屋のほうはどうするのだ。お前であとの商売がやれるのか？」

商売のことを兄から訊かれるまでもなかった。景子はそれが頭から離れない。

夫は商売をはじめる寸前になって仆《たお》れた。夥《おびただ》しい書籍が棚に積まれている。その一冊一冊にも夫の生々しい跡が残っていた。

夫の蔵書、よそから仕入れた本、友人が寄贈してくれた本、それらが全部夫の息吹きを受けていた。この本なら売れるとか、これは売れそうもないが店の飾りとしてならべて置こう、などという夫の言葉が、一冊一冊の背文字から声を放たせていた。

——夫は実にあっさりと死んでしまった。脚立の上に立って意気ごんで本をならべていた姿が、夫の死の直前の姿だった。言葉も、

「向うの座敷に五、六冊くったのがあるだろう。あれをこっちに持っておいで」

と景子に云ったのが最後になった。

夫婦を永遠に引き裂くのにはあまりに乾いた会話だった。夫はそのあと、ただ睡りこけて大きな鼾《いびき》をかくだけだった。

通夜の席から告別式が済んで、それまで街頭のように雑多に混み合っていた人数が散ってしまうと、景子は孤独の中に入った。初めて、夫が自分の魂をごっそり奪い取って行ったような気がした。死んだ者よりも残された者に消滅感があった。夫の日用品が家の中じゅうに散乱しているのも、死者の臭いの生々しさがあった。

夫は短気なほうだった。しかし、それ以上に景子にやさしかった。一人になってみると、そんないい所ばかりが泛《うか》んでくる。

奥に泊っている兄夫婦さえ景子には邪魔な他人だった。兄は奥の間で携帯ラジオを鳴らしている。嫂《あによめ》の声もはずんでいる。葬式に来たのか、東京見物に来たのか分らなかった。

「死んだ者は仕方がないさ」

と兄は云った。

「お前までいつまでもくよくよして身体をこわしては、何にもならない。これからはお前が一人だからな。当分はしっかりしなくちゃ」

当分という意味は何のことだろうか。景子の再婚までという含みだろうか。景子の悲しみを和らげようとする兄の言葉が、他人よりも冷たく、意地悪く聞えた。

兄夫婦は、街へ出ては田舎への土産をせっせと買っていた。景子には血がつながっていても、死んだ貞夫とは何の縁故もないと云いたげだった。

景子は告別式の晩、蒲団《ふとん》の中で思いきり泣いた。さすがに誰も彼女一人の所にはやってこなかった。

「景子さん、疲れたでしょう。今夜はぐっすりおやすみなさいね」

嫂はそう云った。余計な親切に苛立《いらだ》ちをおぼえた。が、景子は、これで完全に自分が一人になったのを知った。夫は死という巨大な力で彼女を拒否した。一切の責任を負わない独り勝手な逃亡だった。

夜中から雨が降り出した。

それを聞きながら景子は、火葬場から持ち帰った白布に包まれた夫の骨を抱いた。遺骨は箱の中で微《かす》かな音を立てた。妻の魂を揺さぶるような虚しい音だった。

「景子、少し話したいことがある」

逗留《とうりゅう》している実兄が景子を呼んだのは、初七日のかたちばかりの法事を済ませたあとだった。

この法事には夫の友人は僅《わず》かしか集らなかった。その中には学生の横田と朝枝とがいた。

それが最後の区切りだった。初七日に死者と生者との因縁が完全に絶たれてしまう。客のために出した座蒲団が散らかったままに眼に虚しく映る。

「この前もちょっと訊いてみたが、古本屋のほうはどうするかい？」

「ええ、それもいま考えています」

景子は答えた。嫂の姿はなかった。

「葬式が済んで間がないから、いろいろと忙しくて、お前もすぐには返事ができなかっただろう。だが、初七日も済んだことだし、わたしたちもぼつぼつ帰らねばならない」

景子はうつむいた。

「そこで、お前が迷っているのも、わたしにはよく分る。死んだ貞夫さんの考えで、夫婦だけで商売をはじめようとした矢先に、この不幸だ。わたしはとてもお前がひとりでこの商売をつづけられるようには思っていない」

「……」

「わたしはここに来てから、この辺や、阿佐ヶ谷や、中野あたりの古本屋さんを、それとなく見て回った。どんな小さな店でも、あれでは人手が三人ぐらいは要る。まして女のお前が一人でやれるわけはない。どうしても人を頼まねばならないわけだ」

兄は煙草を短く区切っては吸い、話をつづけた。

この兄は、田舎に僅かばかりの田しか持っていない。もともと零細な農業だった。

「ええ、どうだい、お前もそう思わないか?」

「ええ」

景子はうなずいた。実兄の云う懸念は景子もとうに考えていた。

夫は、ただ生活費さえ古本屋で儲《もう》ければいいと云っていた。そして、自分の論文を書く時間と、それを出版する費用とを、この商売で得たいという考えだった。景子には主に店を見させ、中学生くらいの少年を二人ばかり傭《やと》おうなどといっていた。

景子は、夫がいたらそれは出来ると思った。しかし、自分一人になってみると、その自信が少なかった。だが、これは、何としてでもやり遂げなければならないのだ。この前から心の中で努力しているのは、細まってゆく自信を自分で掻《か》き立てていることだった。夫の遺志というよりも、自分の生活のためだった。

「わたしも兄さんの云うことはよく分りますが、女でもやれないことはないと思ってますわ」

「そいじゃ人を傭うのか?」

「ええ、頑張ってみます」

「出来るかな?」

と実兄はしばらく烟《けむり》ばかりを吹かせていた。その蒼《あお》い烟の中の兄の顔は思案顔だった。

「なあ、景子」

と兄はしばらくして云った。

「どうだろう、せっかく始めた商売だし、今さら廃《や》めるわけにはいかない。人を傭うよりは、わたしたちと共同でやらないか?」

景子は、はっとなって兄の顔を見戍《みまも》った。

「いや、誤解のないようにしてくれ」

と兄は少し気の弱そうな顔になった。

「わたしはお前のことが心配なのだ。とても一人でこの商売をやってゆくことはできない。すぐに人を傭っても、素人にソロバンがとれるとは思えないからな。わたしはこの前から古本屋さんを回って、その商売振りを見て歩いたのだ」

「兄さん」

景子は鋭く云った。

「兄さんはいつからそんなつもりになったんですか？」

「いつからということもない。貞夫さんの遺骨を火葬場から持って帰って、さて、この店の中を見回したときに、将来のお前のことが考えられたのだ。お前だって今さら愛知の田舎に帰ってゆくわけにもいくまい。それに、この店を出すにつけても、相当な金がかかっているはずだ。お前が貞夫さんの頼みだと云うから、わたしはなけなしの金を集めて、この家の権利金の半分の五十万円ほど都合した。それも苦しい算段をしてな」

「…………」

「思い違いをしないようにしてもらいたいが、わたしはお前に出した金を枷《かせ》にして、お前と一緒に商売をしようというんじゃないんだよ。だがな、わたしらも、あんな小さい百姓をしていては将来性がないのだ。子供も三人いるしな、これからどうしても教育に金がかかる。あと二年したら、上の坊主も大学だ。次のは高等学校とつづいている」

景子は、眼の前が一変したような気になった。兄が自分のことを心配していろいろ訊《き》いてくれるのかと思っているとそうではなかった。兄はすでにこの家の中に片足を入れていたのであった。

嫂の姿が見えない。景子にはぴんと来るものがあった。兄の発案ではなかった。うしろに嫂が控えている。嫂が実直な兄をうしろでつついている。

嫂は名古屋の人間だった。もともと百姓仕事は嫌いなほうだ。そのことでいつも兄夫婦にはいさかいが起り、結局、兄が一人で野良仕事をやってきたようなものだった。しかし、兄も老いてきた。子供も大きくなっている。子供の教育を口実に云っているが、それは兄一家の生活の建て直しだった。

景子は、この前この店を開くのに兄から五十万円借りて帰った。そのとき涙が流れたほどうれしかった。

古本屋は立地条件が第一である。店は権利金だけで百万円取られた。もう少しいい場所だと、権利金だけで二百万円以上取られる。夫は、ここならまあまあだろうと云って、景子を実家に走らせたりして、やっと百万円都合したのだった。

しかし、兄の言葉にも拘らず、その借りた権利金の半分が兄の今の発言の有力な芯《しん》になっていた。兄が初七日まで滞在すると云っていたのは、実は兄に商売の下心があったのだ。この前からたびたび夫婦で外出していたが、あれは東京見物でもなく、買物でもなく、実は古本屋の見学だったのである。

「なあ、景子。わたしもお前を一人ここに置くのも心細い。まだ若いからな。お前に間違った道を踏ませては、亡くなった貞夫さんに申し訳ない」

実兄の話は次第に人情が絡《から》んできた。

「それよりも、わたしと一緒に暮して、商売も共同でやり、ゆくゆくはわたしがいい再縁先を見つけてやりたいのだ」


島地章吾は学校の講義が終ると、まっすぐに新宿の喫茶店に急いだ。

細貝景子からの電話は、今日の昼ごろ、学校に掛かってきた。景子の声で、今日お目にかかりたいというのだ。お宅に伺ったほうがよろしいでしょうか、それとも学校のほうにお伺いしましょうか、と彼女は訊いた。喫茶店は島地のほうから指定した。

あとで気づいたのだが、武蔵野館の前というのは、ちょっと拙《まず》かったなと思った。あの辺は喫茶店が多く、学生が徘徊《はいかい》している。まあ、今のところ、こんなデイトぐらいは見られてもさしつかえないが、何かの噂でも立つのが嫌だった。

喫茶店のドアを押すと、階下のボックスがひと目で見渡せた。若い男女の客ばかりだった。学生もいる。しかし、島地の顔を知っていないようだった。景子の細い顔が隅のほうで遠慮がちにうつむいている。島地はボックスの間を縫った。

彼女は、自分の眼の前に影が射《さ》したのを感じてか眼を上げた。

「やあ」

島地はお辞儀をした。景子も急いで椅子から起《た》ち上った。今日は塩沢か何かの黒っぽい着物だった。

「このたびは、どうも」

島地は初めて悔《くや》みを述べた。

「細貝君も急なことで、何とも申し上げる言葉がありません」

「ありがとう存じます」

景子は下を向いたまま頭を下げた。

「生前には、主人も先生にはいろいろとご厚誼《こうぎ》を戴《いただ》きましたが」

「いやいや。仕事の都合でお葬式にも伺えなくて申し訳ありません」

「いいえ、どういたしまして。お忙しくていらっしゃいますから。どうぞ、それはご懸念くださいませんように」

「ほんとに失礼しました」

島地は景子の真向いの椅子に腰を下ろした。煙草を取って口にくわえ、かがみこんでマッチで火を点《つ》けた。景子の黒っぽい着物が白い顔を浮き上らせている。

「しかし、なんですな、急なことでしたね」

と悔みのつづきを述べた。

「はい、わたくしも夢のようでございます」

景子は、この前汽車で遇《あ》ったときよりも一段ときれいになったようである。皮膚の白さも冴《さ》えを増していた。女は夫を失った直後からこのように変化するものか。そこには肉体的な条件以外に、悲しみという精神的な激動が不純物を濾過《ろか》し、排除しているように思える。

「そうでしょう、ごもっともです。わたしも立派な畏友《いゆう》を失いました」

「あ、先生の細貝について書かれた文章を新聞で拝見しました。ありがとう存じました」

「やあ、お恥しい次第です」

島地は蒼い烟をたゆたわせながら、景子がどういう用事で自分を訪ねてきたかを考えていた。まさか金の礼だけではあるまい。

景子は、コーヒーを運んだ女の子が去ると、島地に改まったように頭を下げた。

「この前から、先生にはいろいろとお世話になりました。また、横田さんに託して、細貝の病気見舞にたくさんのお金を戴きまして、ほんとうにありがとうございました。それに本のこともございます。お忙しい中をわざわざご先方まで引き取りにいらしていただいて、申し訳ございませんでした」

「そのことですか。それならわざわざお礼を云われるまでもありませんよ。あんなものは何でもありません」

すると、景子は懐ろから白い封筒を出した。それを細い指先で押し出すようにしてテーブルの上にすべらせた。

「まことに失礼でございますが、お見舞として戴いたお金をお納め願いとうございます」

「何ですって？」

島地は景子の顔を見つめた。

「見舞金をお返しになるというんですか？」

「はい……実は横田さんから封筒を預かって、中を開けてびっくりしたんです。あんな大金をお見舞として頂戴《ちょうだい》しては申し訳ございません。勿体《もったい》のうございます」

「お気を悪くなさったんですか？」

島地は心配そうに景子に訊いたが、彼女はやはり少しうつむいたままでいた。

「とんでもございません。ただ、そんなにお金を戴いては、わたくしが困るのでございます」

「奥さん」

と島地は云った。

「あなたは何か誤解してらっしゃるんじゃないでしょうか？」

「………」

「ご主人が急に仆《たお》れられたと聞いて、失礼ですが、大変だろうと思ったんです。この前、列車の中であなたのお話を聞いて、新しい商売にはほとんど全財産を注《つ》ぎ込んでいらっしゃるように受取りました。それで差当ってのご入費も必要ではないかと思ったんです。こりゃぼくのご主人に対しての友情のあらわれですよ。それ以外の何ものでもありません」

景子は眼を伏せていた。

「ですから、ぼくはわざとご香典はお届けしなかったんです。どうか、そのつもりで虚心に受取っていただきたいんですが」

「………」

「少し偉そうな口を利かしていただくと」

島地はわざと軽くほほえんだ。

「今のぼくにとっては、あれくらいの金はそれほど苦痛ではないんです。もし、ぼくが経済的に困っていると、あるいは千円も差上げられなかったかと思います。人間は、それが可能な環境の中にいる限り、出来得る範囲のことはしたいものです。そういう気持なんですよ……また、ぼくが一旦《いったん》お出しした以上、まさか、そうですかと云って懐ろに逆戻りもできないじゃありませんか。どうかお納め下さい」

景子はしばらくうつむいたままだったが、ようやく決心をつけたように、丁寧に頭を下げた。

彼女はテーブルの白い封筒を掌に載せ、おし戴くようにして黒っぽい着物の懐ろの間に納めた。島地は安心した。

「それよりも、奥さん。古本屋のほうはやっぱりおつづけになるんですか？」

「ええ、そのつもりなんですが……」

景子は島地から古本屋を続けてやるのかと訊《き》かれて重い返事になった。実兄夫婦が協同でやろうと云い出したのは昨日からである。

やはり一人では無理だという気もする。もともと夫と二人で計画した仕事だったのだ。ここにも、夫の死が早くも彼女の生活を破壊しかけていた。夫は、彼女の深部の肉塊をもぎとって行ったような悲しみをさせただけでなく、彼女の生活の基底まで不安定にしたのだ。

景子は結局兄の申込み通りに従わねばならぬだろうと考えていた。ひとりでは商売ができないこと、五十万円の金を融通してもらっていること、その一つ一つを聞くと、兄に抵抗できなかった。もとより、兄妹で一緒の商売をしようというのは美しい言葉であった。

だが、その先が問題だった。兄は郷里での零細農業に絶望して、新しい活路を景子の古本屋に見つけている。嫂《あによめ》の発案だし、これからは彼女とも一緒に暮さなければならない。男の子が三人、長男は再来年、大学を受験する。その下も高等学校で、末っ子が中学二年生だ。

そんな家族と景子は暮すのだ。人数の点でも圧倒的に兄一家が多い。景子のほうが兄に寄食するかたちになりそうだった。こういうことが見え透いているのに、景子はそれを拒否することができなかった。もし断われば、兄は嫂から焚《た》きつけられて貸した五十万円を返せと云うかもしれない。その金は、兄が少しばかりの土地、山林を削って作ったものだ。あるいはそのころから兄夫婦の計画があったのかもしれない。

だが、それで古本屋を投げ出すわけにもいかなかった。夫の遺志もある。注ぎこんだ金もある。景子は苦しいところに立っていた。こういう窮地に身を置くのも夫が死んだためだ。しかもまだ初七日が終ったばかりだった。

「やっぱりおやりになるんですね？」

島地章吾は、景子の重い返事と、浮かない表情を観察しながら念を押した。

「はい……とにかくやってみたいと思っています」

「そうですか。折角、あれだけ準備が出来たのですから、止めるわけにもいかないでしょうね……しかし、奥さん、ぼくはそれとなくほかの古本屋に訊いてみたんですがね。いや、ぼくの所には図書館の関係もあって、神田あたりの大きな古本屋が出入りしているんです。その店員の話を聞いてみたんですが、なかなか楽でなさそうですよ」

島地は少しずつ景子に怯《おび》えを与えた。

彼が神田の一流の古本屋から話を聞いたというのは事実だった。そして、彼は古本屋の経営上いちばん困難な点だけを根掘り葉掘り聞き出しておいた。

「あなたのことは云いませんでしたがね。ただ漠然と、ぼくの友人が古本屋をはじめるんだが、何か参考的なことを云ってくれないかと聞いてみたんです」

果して、景子は眼をいっぱいに開いて島地の口もとを見つめた。

島地は景子がひどい不安に陥っていることを、その表情から知った。

「友人が古本屋をはじめるのだ、とぼくが云ったもんだから、その店員は首をかしげていました……つまり、そういうケースはほかにもあるんだそうですね。本の好きな学校の先生が定年で退職したとき、いちばんに思いつく商売が古本屋だそうです。そこで、自分の蔵書や、友人の本の寄贈や、それから退職金などで、一応商売になるだけの本を揃えるというんです。しかし、それもほとんど駄目だそうですね」

「……」

景子は息を呑《の》んだような顔をしていた。

「素人ではむつかしいだろうというのが、連中の結論です。まず、古本屋をするには、十年の経験が必要だと云っていますよ。まあ、これは彼らの自負心かも分りませんがね。つまり、売れそうな本を仕入れるというのが、なかなか大変のようですね。ぼくらは普通の古本屋の前を何気なく通って、あの奥につくねんと坐《すわ》っているおやじを見ていると、気楽そうに考えますが、やはりそれだけの修練が積まれているわけですね。ですから……学校の先生が、自分の趣味と、一応よそ目にはきれいに見える古本屋に眼をつけるのも当然ですが、たいてい失敗するそうですよ」

島地は述べた。心なしか景子の顔が心配そうだった。

「学校の先生の悪い点は」

と島地はつづけた。

「店にならべてる本が、どうしても自分の趣味になりがちだそうです。こういうのも失敗の原因の一つだと云っていますが、細貝君はそんなことはなかったですか？」

云われてみると、たしかに細貝にもその点があった。いや、その傾向は大いに濃厚だった。夫は、くだらない本ばかりならべているのは、いかに商売とはいっても空しい気持がする、目のある人にはぜひ買ってもらいたい本をならべるんだ、と云って、彼の学問に関係のありそうなものをかなり出していた。

島地はつづけた。

「また本を買うのにも、相当目端《めはし》が利かないといけないそうですな。高い本を買って損をしたり、いい本を持っていても、すぐに同業者に目をつけられて抜かれて行ったりするんだそうですよ。とにかく素人が初めて古本屋をやった場合に、目をつけられるのは同業者からだそうですね。値段が分らないから、目ぼしい本をどんどん買いに来るんだそうですよ。それで、初めての者は本がよく売れるので、この分なら商売繁昌《はんじょう》だと思って喜んでいると、目ぼしい本が店頭からなくなった途端、本棚は寂れ、客が寄りつかなくなるんだそうです。その空いた本棚を埋める本がなかなか手に入らず、結局、寂しい店には客も寄りつかないから、しくじるんだそうです」

島地は悪い点だけを云い立てた。

「それから、本の仕入れですが、それぞれ組合の競市《せりいち》があるんだそうですな。ここで適当な値段の掛声が出ると一人前だそうですが、初めのうちは、馴《な》れないのと気おくれとで、なかなか声が出ないそうですよ。欲しいと思う本も、あっという間に同業者に買われてしまう」

と島地は古本屋を初めて開く者が陥る弱点をつづけた。

「厄介なのは全集ものだそうですよ。これに適正な値段をつけて仕入れるまでには、まず十年だそうですね。ほら、戦前の本は、二円だとか、二円五十銭だとかいう定価がついていますね。それなんかがいっとうむずかしいと云っていました。それと、現在、どういう傾向の本が求められているか、どんな本が市場から姿を消しているか、絶えず豊富な知識を持っていなければいけないんだと云うんです」

景子の顔が次第に心細そうになってうつむいた。島地は、自分の言葉がこれほど景子に動揺を与えるとは思わなかった。効果は意外なほど利いている。

「もう一つあるんです。それは万引だそうですね。嫌なことですが、この被害はどうしても避けられないんだそうです。ですから、万引にやられそうな本は、店主が坐っているすぐ横にならべて置くんだといいます。そういえば、どこの古本屋に行っても、英語の辞書類がおやじの坐っている近くにならべられてあるのを不思議に思っていましたが、辞書類が一番狙われるんだそうですよ……そのほか、神田あたりに行ってゾッキ本を仕入れるコツ。屑屋《くずや》が各家庭から払い下げを受けて市場に持っていく古雑誌などは、なかなか儲《もう》かるんだそうですが、これも前から旧《ふる》い古本屋がちゃんと押えていてなかなか新米には手が出ないといいます。どこの世界も同じことで、初めて店を開く者には、眼に見えない圧迫が旧い所からあるそうですね……

……」

景子は重苦しい顔になってうつむいていた。その白い顔はいくらか蒼味《あおみ》を帯びてきたように思える。

島地はそこまで云って、突然、笑い声を立てた。

「いや、これはぼくが神田の古本屋の店員に聞いたことで、全部が全部あなたの店に当てはまるとは限りませんよ。だから、そう心配なさらないでもいいと思います。要するに、あなたのこれからの商売にいくらかでも参考になればと思ってお話ししただけです。やはり、旧い友だちの奥さんが一人でやられると思うと、他人事ではありませんからね。つい、ぼくも店員に余計な質問をしたわけです」

「有難うございました」

景子は低い声で云い、頭を低くした。彼女は苦しげな溜息《ためいき》をついた。

島地章吾は参考的な忠言だといっているが、実はいちばん悪い材料をならべて、一つ一つ、景子の踏み台の脚をはずしていたのだ。遂には彼女の支柱はゆらぎ、傾斜し、崩壊してゆくことであろう。その効果を島地は狙っていた。

景子は蒼ざめた顔になっていた。眼をじっとテーブルの端に据え、思い詰めたような硬い表情だった。その顔も島地は美しいと思う。女は悲しむか、怒るか、そんな激情がくる前の顔が一段と冴《さ》えて見える。

しかし、島地は、自分の言葉が案外に早く彼女に効いたことにいささか愕《おどろ》きを感じた。それに、彼女の硬張《こわば》った顔を見ると、その内心の動揺が彼の眼にもはっきりと映る。

これは少し云い過ぎたかな、と彼は反省した。が、次には、景子が初めから浮かない顔でいたことに気づいた。

希望を持っている人間だったら、最初は明るい表情でいるものだ。それが危険な材料を聞くにつれて顔が曇り、不安げに変化してゆかねばならない。だが、景子にはそんな経過がなかった。最初見たときから屈託のありそうな表情だった。

島地は景子の気持を考えてみた。自分が云い出す前から彼女には迷いがあったのだ。

夫を失った打撃はもちろんだが、それにしても、何か今後の生き方に決心をつけたような、新しい生活に立ち向うような、真剣な顔つきがもっと出ていなければならない。

そういうものが景子には全く見られなかった。島地の忠告は、彼女が前から持っている不安をさらに深めることに役立っただけのようだった。

——何かある。

島地は咄嗟《とっさ》にそう考えた。彼はそれが何であるかを知りたかった。女は不安を覚えているとき、思わず隙を見せるものだった。

「奥さん」

島地は、動作だけは気軽そうにコーヒー茶碗《ちゃわん》を握った。

「まあ、ぼくの云ったことは悪い面だけをならべたんですが、もし、それで余計な心配をなさったら謝ります」

「いいえ」

景子は微《かす》かに首を振った。

「いいことを聞かしていただきましたわ」

その唇の端に微笑が泛《うか》んだが、それも無理に作ったような暗い翳《かげ》りがあった。

「それとも、奥さんには新しい商売でご心配なことがあるんですか？　もし、それだったら、ぼくは余計なことを云ったと思うんです。その代り、できるだけぼくもお力添えしますよ。ことによったら、始終、神田の古本屋が出入りしているので、馴れた奴をお宅に差し向けてアドバイスさせてもいいですよ」

やはり浮かない顔だった。

何か迷っている。何を云っても彼女ははっきりとしなかった。島地には、ははあ、と来るものがあった。もしかすると、彼女の商売には、陰で自分よりもっと有力な忠告者があるのではなかろうか。そのために何となく返事が煮え切らないのではないだろうか。

それは十分に考えられる。彼女は孤独になったのだ。

島地は急に胸の中に熱さを覚えた。景子の背後にいるかもしれない男への競争心だった。

第八章　転　機

景子が去ったあと、島地は二度目に取ったレモンティーをスプーンで掻《か》き回していた。黄色いレモンのうすい輪が紅茶の上に浮いている。島地はそれを見つめながら、景子のいなくなったあとの余韻《よいん》といったものを味わっていた。

今日のところは、ひとまず彼女を帰さなければなるまい。当人にしてもそのつもりで出かけて来たのだから、早く家に帰りたがっている。島地は次の機会を待つことにした。あせることはない。近いうち、彼女のほうから来ることは決まっていた。

——景子は結局、彼の追及に遭《あ》って、ようやく現在の悩みを途切れ途切れ言葉にした。

田舎の兄夫婦から、古本屋の共同経営を申込まれているが、表面上、それを断わる理由がない。はっきりとは口に出さないが、兄夫婦から彼女の商売を横取りされる不安を感じているらしい。

ありそうなことだ、と島地も思った。それも口には出さないが、顔色だけで彼女の心配は大いに尤《もっと》もだとうなずいておいた。一人になった妹に、兄は俄然《がぜん》襲いかかっているのである。その実兄というのは、彼の妻の代弁者となっているらしい。その問題は大変に複雑だ、と島地は景子に答えた。もう少し様子を見て、兄夫婦が実際にどのような行動に出るか、はっきり分ったら、自分に相談してほしいと云った。景子は彼のその言葉に従うと答えた。彼女はまだ孤独には馴《な》らされていない。

島地はレモンの透明な色を眺めながら、これから先どのようなことになるかを考えていた。どのように彼女に協力すべきかではなかった。どのように景子との情事が流れてゆくかの想像だった。島地には彼女に対して責任感も義務感もなかった。

女の流れ方といえば、佐野明子はあれからどうしているだろうか。これは景子の場合と違って、夫婦という一見安全に見える紐帯《ちゅうたい》の中にいる。

景子は永遠に配偶者を失い、明子は長期に夫から離れている。明子のほうに安らぎがあるかもしれないが、その安全感がかえって彼女に危険をもたらすことになるかもしれない。

夫と死別した孤独の女は危険を避けようと努力しながら危険に吸い寄せられ、夫のある女は安全地帯に安堵《あんど》しながら危険を求めている。

島地は、何となく満ち足りた気持で残りの紅茶を飲み、伝票を持ってレジに歩みよった。

その時、大学生が四、五人かたまって入口のドアを押し開けるようにして入って来たが、その一人がふと島地の前で足を停めた。

「島地先生」

見ると、これが横田だった。

「やあ」

島地も立ち停まった。

「この前は、いろいろ有難うございました」

横田は丁寧にお辞儀をした。

「いや、なに」

島地は笑って、

「君も大変だったな」

と云ったが、さきほど景子と二人でお茶を喫《の》んでいるところを見られなかったのに、どことなく安心した。

学生の横田は友だちに向って先に行くように云った。学生たちは島地をじろじろと見ながら階上へどやどやと上った。

「失礼しました」

横田は島地に云った。

「先生にちょっとお願いがあるんですが」

「ぼくに？」

「はあ、お宅に伺うつもりでしたが、ちょうどここでお目にかかったので、早速、申し上げたいんです」

「長い話だったら、ちょっと……」

「いいえ、すぐすみます」

二人は階段の下で立ち話をはじめた。

「先生、実は、今度ぼくらの学校で大学祭があります。つきましては、そのときの講演会に先生にお話を願いたいんですが？」

「いつだね？」

「はあ、まことに申し訳ないんですが、あと一週間くらいなんです」

「そりゃア君……また急だな」

「はい」

横田は頭を下げた。

「実は、予定された講師の方がひとり急に病気に罹《かか》られて出席をお断わりになったんです。ぼくらとしては、すっかり安心していたのですが、それだけにあわてました。そこで、みんなで委員会を開いたんですが、お断わりになったその講師の方に見劣りのない方がほかに見当らなかったので、どなたでもというわけにはいかないんです」

「だれだね？　病気になった人は？」

「フランス文学の高野豊《たかのゆたか》先生です」

島地はその名前を聞いて、高野博士なら大家だし、名前もポピュラーだから、その代りならまあいいだろうと思った。ただし、簡単に引受けては軽率にすぎる。

「そりゃ、君。ちょっとひどいな。もう少し早く分っていれば、ぼくだって都合がつかないこともないが」

「先生、これはぼくらの委員会で一致して決ったことなんです」

「そりゃ、無茶だ。君のほうの勝手じゃないか」

「おっしゃる通りです」

横田はきれいな顔に恐縮したような表情を見せたが、語調は強かった。

「ぼくらがご無理なお願いしていることはよく分っていますが、いまも申しましたように、先生のほかに高野先生の代りを願う方が見当らないのです。ぼくは、この前から、先生にお近づきを願ったので、つい甘えた気持になって、交渉を引受けたんです。先生、どうかよろしくお願いします」

「うん、そりゃ、まあ、君にはこの間からいろいろ世話になったが」

島地はまだ愚図愚図していた。引受けていいと決心したが、こちらが飛びついたような印象を与えてはいけない。

「先生、お願いします。本当にお忙しい先生にお願いするのは、重々ご無理だと思っていますが、お引受け下さると、ぼくもみんなの前で威張れますし、第一、学生たちが先生にきて戴《いただ》くと大喜びです」

「ぼくの話は、わりと学生たちの間に人気があるんだよ」

と島地は微笑《ほほえ》みながら云った。

「ぼくの講義のときは教室がいつも満員なんだ。ただし、ぼくの漫談が面白がられているのかもしれないがね」

島地は手帳を出した。助教授の手帳は真黒なくらい小さな文字が書きこまれてある。スケジュールが詰っているのだ。出版社との打合せ会、教授会、研究会、雑誌の締切日、対談、実地調査、講演、テレビの座談会。――

「ちょうど、運よくその日だけは空いている」

「君のことだ、まあ、仕方がないだろう」

手帳を閉じた。

島地が承知すると、横田は頭を深く下げた。

「これで、ぼくも顔がたちます。先生、有難うございました」

「妙なところで相談が決ったね」

二人はまだ階段の下に立っていた。さっきから彼らの横を客がすり抜けて上ったり、下りたりしていた。

「先生、演題はまだ決らないでしょうか？」

「君も気が早いね」

「申し訳ないんですが、もう時日がないので、構内の学生にパンフレットを配るのに講演の題目をつけたいんです」

「そうだね」

島地はちょっと考えていたが、

「〝塩の路〟としようか」

「塩は、食塩の塩ですね？」

「そう、ソルト・ロードだ」

「変った題ですね。なんだか面白そうなお話のようですね」

「どうだかな」

島地は口辺に笑いを浮べた。この前からこの題名が気に入っている島地は、この「塩の路」の岐《わか》れ道の一つの涯がようやく見えたような気がしている。その向うに細貝景子が立っている。

横田が手帳を出してその演題をメモした。

「先生」

と横田はそれを学生服のポケットに入れて別な表情を向けた。

「さっき、そこで細貝先生の奥さんにお会いしましたよ」

島地ははっとした。

「そうかね？」

「なんだか急いで歩いていらしたようですから、別に、お引き留めはしませんでしたが……ぼくは、奥さんが先生とお会いになったんじゃないかと思ってました」

「冗談じゃない。君、こんなところで細貝君の細君と会うわけはないよ」

「いや、すぐそこで奥さんにお会いして、ここでまた、先生にお目にかかったもんですから、つい、そう考えたんです。失礼しました」

横田は島地の顔をじろりと見た。どうも疑いの晴れないような眼つきだった。

近ごろの学生の態度は目上の者に不遜《ふそん》である。たった今、講演を頼んでおいて、もうこれだった。この横田という男は、なかなか秀才のようだし、それに礼儀正しいと思っていたが、いまの不作法な眼つきは気に喰《く》わない。島地はちょっと不快になった。それで、いまの約束を取消してやろうかと思ったが、まあそれも大人気ないので、何かのときに文句をいってやろうと思った。それというのも横田が、景子のことを島地に結びつけているのが痛いからだった。近ごろの学生は何を考えているか分らない。

今の学生は何を考えているか分らない。——島地は新宿の街を歩きながら考える。現に彼の歩いている道にも学生の姿は多かった。喫茶店に出入りしたり、女の子を伴《つ》れてぶらぶらしたりしている。一体、本気になって勉強しているつもりなのだろうか。だんだん小利口になって、妙なところで気が利く才子にはなっている。が、真に学問する気構えがあるではなく、就職には眼の色を変えている。また、学校も学問する場の自信を失い、就職のための資格養成所になっている。

近ごろの学生は音楽やスポーツなどにはいやに詳しい。彼らはそれが教養だと思っている。音楽を語らせるとひとかどの通であり、プロ野球のことは選手の私生活まで知っていて野球評論家顔負けだ。

とにかく、博識だが底が浅い。それに、若い女の子ばかり追い回している。

——おれの青春と比べてみるといい。

島地は、そんなことを回想するのだ。

彼にはほとんど青春というものがなかった。若いときから学問一筋に打ち込んで、こつこつと勉強してきた。スポーツもやらず、遊びも知らなかった。卒業しても学校に残り、助手、講師と、地道な研究に従ってきた。資料の収集、古文書の渉猟《しょうりょう》、そんな作業が毎日の生活だった。

なんとかして一人前の学者になりたい。それだけが彼の唯一の希望だった。もとより生活も楽ではなかった。学生時代は二、三軒の家庭教師を受持って回った。助手、講師の時代もアルバイトをした。それでも学問への情熱は燃え旺《さか》るばかりだった。あのころは毎晩五時間ぐらいしか睡眠を取っていなかった。

今から思うと、異性に接触する機会も時間もなかったのだ。友人が女の関係で転落したり、駄目になったりするのを見て、自分自身を戒心したものだ。要するに、苦労の青春だった。

助手時代に地方の学校から口がかかってきたことがある。条件は大そうよかった。しかし、中央から離れることが辛くてそれを断わり、薄給生活をつづけた。都会生活に残りたいというのではなく、学問の中心から離れるのが嫌だったのだ。またも貧乏の連続だった。

やっとどうにかなったのは戦後になって、いわゆる進歩的歴史学者としてジャーナリズムに認められるようになってからである。生活も少しは楽になってきた。学校での位置も助教授となり、マスコミに迎えられはじめた。

ようやくそこまで来たのは、青春を犠牲にした結果だともいえる。お蔭《かげ》で彼の学説は鋭いと云われ、近ごろ稀《まれ》にみる秀才だとも云われた。要するに努力なのだ。天才などというものはあり得るはずがない。誰の才能もほとんど大差はない。あとは自分の享楽的な本能を犠牲にしてそれに努力するかどうかにかかってくる。ある頂上に立って、初めて島地にゆとりができた。彼はようやく学問の世界から、眼をほかの世界に向ける余裕をもったのだ。

このとき、彼の前に一人の女性が現われた。島地は、それまで十数年間抑制された青春をその対象に奔流させた。

女は神楽坂《かぐらざか》の芸者だった。

――島地がその芸者に初めて遇《あ》ったのは、ある出版社の招待の席だった。

芸者は喜久江《きくえ》といった。

もう年増芸者で、子供が一人いた。しかし、島地にとっては初めての恋愛だった。彼は夢中になった。ちょうど、彼が教科書を書きはじめ、その印税や、ほかの雑誌に書く原稿料などで、急に収入がふえたところだった。彼は喜久江を独占した。島地は、喜久江のために女に対する眼を開かされたといっていい。彼は彼女に逢《あ》う時間をかなり無理をして作った。

このころ、島地は教科書の編集や、講座ものの執筆に、出版社側からホテルなどにカンヅメされることが多かった。彼はそういう時間を喜久江との逢瀬《おうせ》に当てた。島地がいちばん怖れていたのは、その情事が学校側に知れることだった。しかし、これまで誠実な学徒として通っていたおかげで、少しばかり気をつけさえすれば、その秘密が洩《も》れることはなかった。

次は妻だった。

島地は、それまでほとんどの研究時間を自分の書斎で過ごしていたが、喜久江との関係ができると、妻に対して外に出る口実を作らねばならなかった。それは出版社の座談会であり、対談であり、打合せ会が利用された。妻は疑わなかった。彼は秘密を守ることに自信を得た。

島地の名声が上るにつれ、出版社に対するわがままも利くようになった。島地は、出版社との打合せ会や、教科書の編纂《へんさん》会などの会場を、東京でなく、熱海や箱根にするよう要求した。

のみならず、そういうときには必ず喜久江をその行先に呼び寄せた。初めは出版社もそれを知らなかった。が、やがて編集部員がそれを嗅《か》ぎ出すと、今度は逆に彼から工作の協力を頼むようになった。

島地は次第に大胆になった。それは、彼の著書が学生や一般読者に迎えられ、発行部数が多くなって、出版社への権威が確立したからである。

島地は、到頭、喜久江との宿泊費まで出版社へ伝票を回すようになった。

もっとも、それは島地だけの罪ではない。彼の意を迎えようとする出版社の阿諛《あゆ》からでもあった。が、一度そんな便利を覚えてしまうと、島地もずるずるそれをつづけた。

——島地は、それを悪いとは思っていない。彼はそれを反省するよりも、青年時代の青春を犠牲にした代償をいま取返しているのだと思っていた。つまり、彼の若いときからの辛酸がここにようやく成果を稔《みの》らせ、ともかくも一つの目標地に達した。自分は今の若い者のように勉強も努力も放擲《ほうてき》して女と遊んでいるのとは違うのだ。いわばそれだけの努力を経て、長かった灰色の青春の代償をいま得ているにすぎない。非難されることはないと考えていた。

喜久江とのことは三年余りもつづいた。島地は、彼女との交渉がまだ終らないとき、別の女性に手を出した。それが喜久江に知れて、彼にとっては最初の情熱を傾けた女と別れた。そのとき、印税のほぼ三分の一を女に手切金として奪われた。一度、そんな世界に足を踏みこむと、島地の深部に眠っていた本能的な意識は引っ込むことを知らなかった。それは、彼自身が容易に制禦《せいぎょ》できないものだった。

景子は高円寺駅に下りた。道筋に古本屋が二軒ある。その前を通るとき、自然とのぞきこむような眼になった。一軒は大きな店だが、一軒はやや小さい。どちらもかなりの客が入っていた。ぎっしり詰った本棚の間の狭い通路に客が立ち読みしたり、棚の本をじろじろ眺めたりしている。奥のほうに店番らしい人の影もあった。

景子は島地に云われたことを、心の中に重く抱いていた。その眼で二軒の古本屋を見ると、どちらも年季を入れた商売人のような感じがする。とても、素人の自分が足もとにも及ばないような威圧感をうける。

島地から聞いた話は、景子も満更知らないではなかった。夫が古本屋を思い立ったとき、方々の古書店で参考的に聞いた話も似たようなものだった。

「なに、なんとかやれるだろう」

夫は持前の世間知らずの楽天さから踏み切ったのだ。

ほかに適当な商売を思いつかないためもあった。あまり忙しくなくて、勉強の時間があって、しかも学問に多少とも関連した雰囲気をもつ商売といえば、まさに古本屋が適当だった。景子は夫の学者気質《かたぎ》が商人には向かないとは知りながら、夫と二人ならむずかしい商売も何とかできると信じていた。しかし、夫を失ってみると、島地から聞いた話が前から抱いていた不安を現実の前に拡大させた。

自分の家に戻った。表のガラス戸は白いカーテンで閉めたままにしてある。棚に並べた本も三分の一はまだ未整理のままで、紐《ひも》でくくった本が土間に転がっていた。

開店前というよりも、休業状態の暗い空気だった。

景子が奥の間に行くと、火鉢を囲んで実兄と嫂《あによめ》とが顔を寄せ合って話をしていた。

が、景子が入ってきた姿を見ると、夫婦は話を急に中止し、顔を離した。兄はとってつけたように煙草を口に咥《くわ》えた。

「あら、お帰んなさい」

嫂が景子に笑い顔を向けた。

「早かったのね」

「ええ」

兄夫婦には有楽町まで用事があるといって出かけたのだった。

「寒かったでしょう。ここにおあたんなさい」

嫂は火鉢の前を空けた。

「ええ、着物を着更えてきます」

景子は次の間に入って帯を解きはじめた。夫の遺骨が白い祭壇の上に載っている。蠟燭《ろうそく》の火は消え、線香は灰になっていた。

兄夫婦は、自分たちのこれからの生活だけに心を奪われていた。景子は蠟燭を灯《とも》し、新しい線香に火をつけた。

実の兄妹《きょうだい》の愛情も当てにはならなかった。本当に自分のことを考えてくれていたのは、いま眼の前の白木の箱の中に納っている夫だけだった。彼女の姿を見て、兄夫婦が急に話を止めたのも、何を相談していたか察しがつく。景子は次第に、この家の中で追い詰められていく自分を感じた。

ひとりでに泪《なみだ》が出た。

「景子」

と兄が閉めた襖《ふすま》の向うから呼んだ。

兄に呼ばれて、景子は急いで顔を直した。

兄はひとりで火鉢の前に坐《すわ》っていた。嫂の姿はなかった。

「景子、ちょっとお前に相談があるんだが」

実兄は何となく眩《まぶ》しい眼つきをして、煙草の烟《けむり》を吹いていた。

この前からの話の続きだと思った。景子はまだはっきりとした返事をしていない。

しかし、結局、兄の云う通りになるよりほかはないという予感めいた諦《あきら》めが心に降りていた。

「実は、この前からいっている古本屋の話だがね」

と兄は煙草の火をもみ消して云った。火鉢にかざしている兄の太い指は節くれ立ち、疵《きず》のような皺《しわ》が刻まれていた。

「お前、どう思う？」

「どう思うって……」

景子はなんの意味か分らなかった。兄はまた眩しげな表情だった。

「いや、今までおれは古本屋がいい商売だと思っていたが、だんだん聞いてみると、それほどでもないらしいな」

兄は具合悪そうに云った。

「今日もその辺の古本屋のおやじさんに会っていろいろと話を聞いてみたんだ。ところが、やっぱり大変な商売らしいな」

「……………」

「おれたちは田舎者なので、貞夫さんがはじめるくらいだから古本屋も何とかやれるだろうと思っていたんだが、聞いてみると、何も分らないおれにはどうも無理だと分ったよ」

兄も、島地の云った通りの話を古本屋から直接聞いて来たに違いなかった。

それでは、商売のほうは諦めるのかと思っていると次の言葉はそうではなかった。

「そこで、そんな難しい商売だと失敗するような気がするんでな。お前もこの商売の準備に大金を投資していることだし、おれも無理な金を都合して入れている。しくじった日には取返しがつかないからな……そこで、これはおれの思いつきだが、いっそ古本屋を止めて、この場所で別な商売をはじめようと思うのだが」

「別の商売って？」

景子は兄の急激な変化におどろいた。

「うむ、せっかく高い権利金を出して、この家を借りたんだから、いま棄ててはそのぶんだけ損になる。次に譲る人を探してきても、それだけの権利金が返ってくるかどうか分らないからな。それに、この間も云ったように、わしも田舎の百姓仕事がそろそろ無理になってきている。そんなわけで、難しい古本屋は諦めて、ここで中華そば屋を始めたらどうかと思うんだよ」

「中華そば屋ですって？」

景子は兄の顔を正面から見た。

兄の言葉の裏に嫂の知恵が動いている。さっき景子が帰るまで二人で相談していたのもそのことに違いあるまい。景子の姿を見て急に話を止めたが、嫂だけはどこかに姿を消している。兄は嫂の指図通りに動いているのだ。万事、兄から話させて、自分は知らぬふりをしている嫂のいつものやり方だった。

「中華そば屋は、はやっているらしいな」

と兄は云いにくいことを吐いたあとの落ちつきからか、眼尻に皺をよせて笑顔になった。

「おれも阿佐ヶ谷のほうをずっと回ってみたが、どの中華そば屋も客でいっぱいなんだよ」

兄はそれから中華そば屋での観察を述べた。

彼は実際にその店の客となって入り、客の出入から、ソバのタネモノ、調理場の具合、傭人の数などをこまごまと調べたに違いなかった。

「そこで、むずかしい古本屋よりも、中華そば屋のほうに切り換えたほうがいいと思うんだがな、どうだい、お前の意見は？」

景子に答えはなかった。兄の急な心変りも、それだけ兄夫婦が「商売」のことに熱心になっているからだ。

景子は、古本屋ならまだ夫の遺志を継ぐという張合いもあったが、中華そば屋などではただ白々とした気持になるだけだった。

「まあ、よく考えてみるがいい」

兄は景子の浮かない顔色を見て、その気持を察して云った。

「みすみす損をすると決った商売をはじめるのも、バカバカしいではないか。お前にしても、おれにしても、なけなしの金を入れてやっていることだ。もし、失敗してみろ、それこそあがきもきかなくなる。もう、やり直しが利かないんだからな」

嫂は台所で茶碗《ちゃわん》の音を立てていた。夕食にはまだ早過ぎるのに、ことさらにそんな所に隠れているのだった。嫂は耳を澄ませながら、そこから兄妹の話し声を聞いているに違いなかった。

「おれたちも、もう十日近くここにいるので、一応、田舎に引揚げねばならんしな」

　と兄はつづけた。

「そういつまでもぐずぐずしていられない。田舎に帰るとなれば、一応の結論を持っていたいのだ。なあ、景子、おれは思うんだが、中華そば屋にすると、また店の改造などで金がかかる。いや、それは、この本を売れば何とかなるだろう。おれはそれとなく駅前の古本屋に交渉してみたんだが……」

　景子はぎょっとなった。

「まあ、話だけだけどな」

　と兄は景子の眼を逸《そ》らすようにした。

「商売人同士の取引だと、大体、半値ぐらいで引き取ってくれるらしい。ここにある本がどれだけか、まだ見当がつかないが、まあ、五、六十万円ぐらいとみて、三十万円ぐらいにはなりそうだ。そうすると、この店構えをそば屋に改造する費用は十分に出る。そのほか、丼だとか、客用の椅子、テーブルだとか、そういった費用も出ると思うんだ。訊《き》いてみると、材料の仕入れのほうは掛でやってくれるそうだし、売るほうは現金で入ってくるから、まあ、うまい商売だ。それに出前の若い者でも二人ばかり雇えば、うちの者も手伝うことだし、十分にやっていけると思うんだ」

兄は話だけと云っていたが、もしかすると、景子の留守にその古本屋を呼んで、商品の見積りをさせたに違いなかった。

景子は胸が詰ってきた。彼女はそこにいたたまれず、台所に下りた。

嫂《あによめ》が湯を沸かしていた。

「あら景子さん、いま、お茶を淹《い》れるところだったのよ」

嫂はとぼけた顔で云った。

「もう少し、兄さんと話していたらどう?」

「ええ」

景子は行き場がなかった。どこに行っても、兄と嫂との眼がある。もう、この家の中が兄夫婦に占領されたような思いだった。景子は遺骨の置いてある部屋に走り込むと、そこに崩れるように坐った。

秀学図書出版の岡田が、島地の出勤前を狙って朝九時ごろ彼の家にやって来た。

「なんだい、いやに早いな?」

島地は朝飯が終ったばかりだった。学校は十一時からである。それまで、頼まれた原稿を三枚書く予定でいた。島地は筆が速いほうだ。面倒なときは録音機に吹き込んで、テープのまま出版社に渡すこともある。

「先生、先日はたいへん失礼しました」

岡田も心得たもので、島地の妻が応接間から去ったあとで切り出した。

「いやいや。……箱根は、君、愉《たの》しかったよ」

岡田は頭を下げて笑っている。

「またぼくをどこかに引張り出すつもりで来たのかね？」

「はい。やっぱり先生はお察しが早いですな」

「冗談じゃないよ。で、なんだい？」

「実は、ご講演をお願いしたいんですが」

「講演か。今度はどっちだ？」

「はい、静岡のほうでございますが」

「静岡？」

島地の頭には、箱根で遇《あ》ったB県のボス谷村彰徳の坊主頭が浮ぶ。彼の勢力範囲もその地方だ。

「また地方の教師に話をしろというのかい？」

島地はこれまでそういう地方の教師の会にたびたび呼ばれていて、そのほうでもベテランだった。

「はい。学校の先生方がぜひ先生にということで、お願いに上ったのでございます」

「すると、B県では、君のほうもだいぶ苦戦してるらしいな?」

「苦戦というほどではございませんが、この辺で少し切り込まないと、あとの売り込みが弱くなりますので、どうしても先生に……」

岡田も、教科書の販売では裏にも通じている島地に匿《かく》しようがなかった。

教科書出版会社では、普通、各学校にセールスマンを回らせて常時売り込みに努めているが、それには、ときどき、現場の先生の集会に中央の有名な学者や文化人を呼び寄せて講演してもらうと案外な効果をもたらす。また、地元でも、今度、某先生を伴《つ》れて来て話をさせてくれれば、向う二年間ぐらいはお前のほうの教科書を使ってやる、という約束をする学校グループもある。事情を知らない学者や文化人などは、出版社から頼まれると、普通の講演会だと思ってのこのこと出かけるが、出版社側にはちゃんとそんな商略があるわけだった。だが、島地は、そんなところもその経験で熟知している。

「なにしろ、B県では」

と岡田は説明した。

「まだうちの地盤が固まったというわけではありませんので、この際、先生の教科書を系統的に定着させたいと、社長も意気ごんでおります。どうか、ひとつ、お願いいたします」

「君、今度は困るね」

「いけませんか？」

岡田は残念そうにしていた。

「B県は前に三度も行っている。もう飽いたよ。新しい土地にしてくれ」

島地は岡田を応接間に待たしておいて、居間に戻って洋服に着更えはじめた。

「あら、もう、お出かけですか？」

妻が入って来た。近ごろ、また皺《しわ》が目立ってきた。

「ああ。岡田がいま来たので、学校へ出るまでに一つ用事ができた」

島地はワイシャツのボタンを掛けながら云った。

「岡田さん、何の用事ですか？」

妻は疑り深そうな眼つきで訊いた。

「講演に出てくれというんだ」

「いつですか？」

「おれのほうの都合のつくときでいいと云ってるが断わった」

妻は黙っていた。疑わしそうな顔をしている。

島地の眼には細貝景子の姿が泛《うか》んでいる。昨日の午後、学校に電話がかかって来て、兄夫婦が古本屋を中華そば屋に変えたいといったことを報告した。それで、自分としては気の乗らない話なので、今後どのように身の振り方をつけたらいいか相談したいと云ってきたのだ。今日の夕方、新宿で景子と逢《あ》うことになっている。

島地は玄関に出ると、岡田にふいと、

「ねえ、君、君ンところでセールスに女性を採用しないかね?」

と訊いた。

島地が女の販売員を君のとこで使わないかと訊いたのは、その場の思いつきだった。

しかし、その気持の中には、そんなことを訊くだけの根底があった。彼は漠然と景子の今後について考えている。

短い電話だったからはっきりとは分らないが、どうやら、景子はあの家を出ることになるかもしれない。古本屋の共同経営でさえ気に染まないところへ、兄夫婦の中華そば屋の計画は、彼女にとっては我慢ができないことであろう。電話の声も悲しそうだった。愬《うった》えるような、泣いているような調子に聞えた。いまの彼女は島地を頼りにしている。

結局、あの家は彼女が金を貰《もら》って出て行くことになるであろう。その金も彼女が投資した全部というわけではあるまい。それでは中華そば屋の開店資金がなくなってしまうから、いずれ後払いということになって彼女のほうが負かされてしまう。そうなると、さし当っての生活が問題になってくる。いま三十半ばの女が新しい職を得ることは、特技がない限り大そう困難である。

しかし、島地が女のセールスマンのことを訊《き》いてみたのは、何も彼女の生活の安定を考えたからではなかった。彼にしてみれば、折角、自分を頼りにして来ているらしい景子に、自分の手の届かない所に去られてしまうのが残念だったのだ。秀学図書なら絶えず島地と連絡がある会社だし、そこに世話をしたということになれば、景子は島地の影響をいつも心理的にも受けていることになる。

これはまだ漠然とした考えだったが、つまり、そんなことがふいと心に泛んだのである。

「女のセールスマンですか」

と岡田はうなずいて、

「ええ、地方の駐在員に最近女性を使ってなかなか成績がいいそうです」

「それは地方駐在員が禁止された代りかね？」

「まあ、そうですね」

教科書出版社では、その販売政策の一つとして、各地方に駐在員を置いて売り込みに当らせていたが、この駐在員は、元教育委員、元校長といった、いわゆる地方教育界の顔役が多い。文部省ではその弊害を認めて、数年前から禁止していたのであった。

「先生、どなたか心当りがあるんですか？」

岡田はちらりと島地の顔をのぞく。その眼つきは、先生、珍しいことを云い出したものだ、と云いたげだった。それをもう一つ掘り下げて、何かある、と問いたそうな詮索《せんさく》が顔つきに現われた。

「いや」

島地は軽くいなして、

「ちょっと訊いてみただけなんだがね」

と答えたが、それだけでは岡田にカンぐられそうなので、

「ぼくは考えるんだがね、セールスにも、これからどんどん婦人を採用したらいいと思う。そのほうが男より効果が上るんじゃないかな」

と云った。

「そうですね」

岡田は島地に逆らわなかった。

第九章　冷　雨

島地章吾は顔が広い。

細貝景子が自分を頼るのは無理もない、と彼は思っている。ほかにどんな奴が彼女の力になり得るだろうか。

口先や筆先では高邁《こうまい》な理論を展開する奴が、実生活となるとからっきし駄目なのだ。昔の学者はそれで通った。いや、今でも、実生活に疎《うと》いということが学者の純粋さと同義語であるように思っているむきもある。旧い考えだ。

島地は、実生活がしっかりしていないと、その論がいかに崇高でも筆者を軽蔑《けいべつ》したくなる。生活力のある人間でないと価値がない。自分の生活さえろくに支えられない学者に、どうして理論の権威が感じられようか。昔は大学教授だというと、大臣や陸軍大将と同じくらいの値打があった。生活も中流以上のいとなみができた。しかし、今の教授は薄給に喘《あえ》いで、せいぜい、会社の課長クラスぐらいに転落してしまった。世人が昔通りの尊敬を認めなくなったのは当然である。

ましてや助教授、講師の段階になると、いくつもの学校の非常勤講師を兼ねなければ食ってゆけぬ。それすらも彼らは血眼になって探しているではないか。どこかの学校に講師の欠員ができると聞けば、禿鷹《はげたか》のように群がってそれを奪おうとしている。口では研究研究と云いながら、各学校の講師巡回業で寧日《ねいじつ》なき有様である。

彼らほど、金銭を軽蔑しながら金銭を欲して血眼になっているものはない。つまらない学習雑誌の執筆者の口にしても、内心では書きたくて仕方がないのに、そういう連中に限って、会えば、

（いやア、忙しいのに、つい、責め立てられて書かされちゃってね）

などと云っている。

ひどいのになると、そういう受験雑誌に自分の学校の出題傾向をそれとなく出したため問題を起した例もある。その原稿料といえばわずか一枚についてせいぜい七、八百円程度だ。

（どうも、本代に追われて貧乏してね）

などといっているが、ろくな本など買ってもいない。だから学校の図書館の蔵書がどんどん行方不明になるのだ。

細貝貞夫が生きているころは、その史観に同調した連中が彼の周囲に寄って、いかにも親しそうに交際していた。しかし、彼が死んで景子一人が遺されたとき、み

んな彼女を敬遠して寄り付かなくなったではないか。彼らはその言い訳にこう云うだろう。

(どうも、未亡人一人ではね)

道心堅固に聞えるが、実は金銭的な援助面での係り合いをおそれているのである。それに、世間の狭いところで暮しているから、まるきり広い人間関係を持っていない。だから景子の場合でも、いざ、今後の身の振り方を頼もうにも、世話をしてくれそうな人間が一人もいないのだ。

島地はそんなことを思いながら景子と逢う場所に急いでいた。

「そりゃ、お兄さんと別れたほうがいいですな」

島地章吾は、自分の眼の前に泪《なみだ》ぐんでうつむいている細貝景子に云った。

「事情をお聞きすると、やっぱり一緒にいるのが無理な気がしますね」

新宿の喫茶店だったが、この前とは場所を違えていた。それも島地の指定だ。この前の店は、あまりに広すぎて明るすぎる。それに学生の横田に遇《あ》ったことも気に入らない。ここだと狭くて恰好《かっこう》の店だと眼をつけておいたのだ。

この店の客席の椅子は向い合せでなく、二人掛けのロマンスシートになっている。カップルが隣り合って坐《すわ》り、前の客の背中だけを見ているような仕組みになっている。

黄昏《たそがれ》どきだったが、うす暗い店には光のうすい照明がついていた。万事、若い人好みの店だった。静かなレコードが鳴っている。

細貝景子は、入って来てこの椅子の具合を見たとき、ちょっと困惑した顔をしたが、結局、腰を下ろした。

そうだ、結局、この女はそうなるよりほかないのだ。この店が気に入らないといって、断わって出て行くほどの勇気はない。つまり島地の指図に無抵抗に従う運命になってゆく。——島地は、その僅《わず》かな動作にさえ景子の今後が予想されるのだった。

景子はいろいろと話した。兄夫婦が古本屋を廃めて中華そば屋に変えようとしていること、その準備も進んでいるらしいこと、そして田舎を引揚げ、一家でそれにかかるつもりでいること、そのため景子自身の立場がいま浮き上りそうになっていることなど。——

その話の途中で景子の声がふいと変ったりした。

島地は、その話に熱心に耳を傾けていた。いかにも心《しん》から彼女の相談相手になっている姿勢だった。適当に質問し、適当に相槌《あいづち》を打った。しかし、多くは首をかしげ、静かな沈黙で彼女の話を吸い取っていた。

しかし、話を聞きながらも、彼の視線はうす明るい光の中に浮き上って見える景子の横顔にちらちらと当っていた。すぐ横だから、ちょっと身体を動かせば彼女の膝《ひざ》にも肩にも、手にも触れそうだった。島地は景子の暗い話の内容と、その身体に接触しそうな自分の位置とを愉しんでいた。

彼が意見を云ったのは、彼女の話が一区切りついてからだった。

「そりゃ、お兄さんのほうはあなたが主体だと思って、一応尊敬するかもしれませんがね。しかし、あなたのお話を聞いていると、どうやら、お嫂《ねえ》さんのほうが兄さんを牛耳《ぎゅうじ》っているようです。当分はどちらも遠慮するからうまくゆくかもしれませんが、そのうち、きっと不愉快な結果になりそうですな」

彼は静かに云った。

「それに子供さんが三人もあるというし、だんだん、あなたは母屋《おもや》を取られてゆきますよ。そんなことになるよりも、どうです、今のうちに思い切って出資金を清算し、兄さんと別れませんか。なに、アパートにでも住んで、どこかに勤めれば、結局、そのほうが気が楽じゃないですか」

「わたくしでも、勤め口があるでしょうか？」

景子も島地の言葉に気持がかなり動いたようだった。

「それはありますよ」

島地はこともなげに答えた。

「あなたがそのつもりになれば、ぼくも多少、知合いがないでもないから聞き合せてみてもいいですよ」

実はもっと顔が広いのだという意味を匂わせていた。教師でも自分ほど交際範囲の広いものはそう多くないだろうと島地は考えている。出版社や新聞社関係はもとより、いわゆる文化人にしても、実業界にしても少なからず面識がある。近ごろの彼は注文さえあれば社会批評も試みるつもりだった。

「でも、わたくしのようなものでも勤まりましょうか？」

景子は不安げに訊《き》いた。

「大丈夫です。あなたがそういう決心をなさるなら、適当なところを今からでも、それとなく当っておいてもいいですよ。こういうことは、やはり急にはまとまりませんからね」

島地の気持の中には、今朝、秀学図書の岡田に話したことがおぼろげな形となっている。だが、それを具体的に話すには、もう少し、景子の気持が固まるのを待たなければならない。

事実、景子はまだ最後の決心がつかないでいた。兄夫婦と同居する自信は失っていたが、すぐその家を出て未知の職業に就く方向には、まだ距離があった。

「まあ、よく考えて下さい。ぼくはあなたがその決心になりさえすれば、いつでもお世話をします」

　島地は云った。

「本当に、ご親切にありがとう存じます」

　景子は心から感謝するように頭を下げた。

「主人の死が急だったものですから、あとのことがなんにもできないでいて……」

「ご尤《もつと》もです。それが普通ですよ。ところで、なんですか、あの家からあなたが出られると、兄さんはあなたの出資分を払い戻してくれますかね」

「兄も自分の金は持っていませんから、わたくしの分は、月々の借金の形で返したいといっています。でも、それではわたくしが困りますから、全部ではなくとも少しまとまったものはもらって出るつもりです」

　月々返済するといっても、そんな兄だったら、どこまで当てになるか分ったものではない。結局、彼女は金まで取上げられる結果になりそうだ。

　だが、いくら何でも出資の三分の一は払ってくれるに違いない。まず二、三十万円がいいところか。それくらいあれば景子をアパートに入れても別にこちらから金を出す必要はない。島地は自分の金を出してまでも、景子を助けるという気持はなかった。そんな資本をかけるほど、この女は高価ではなかった。彼にすれば、旅先で獲得する女より、目先の変った刺戟《しげき》と興味とを求めているにすぎなかった。

秀学図書に世話をするというのも、責任ある形では考えていなかった。

島地と景子が喫茶店を出たとき、いつの間にか雨が降り出していた。空気は冷たく湿っている。雨には霙《みぞれ》が混っていそうだった。

島地は通りかかったタクシーを停めた。

「さあ、どうぞお乗り下さい。お宅までお送りしますよ」

島地は景子を先に乗せた。車は新宿の賑《にぎ》やかな通りから青梅街道へ向った。白く曇った窓には、雨が粒となって打ってくる。

「もし、兄さんのいる家を出るんだったら、早く決めたほうがいいですな」

島地はすぐ横に坐っている景子に云った。

「あまりぐずぐずしていると、お互いの感情もこじれるし、あなただって立直りが遅れるでしょう」

景子はうなずいていた。

「それに、アパートのほうも早いとこ手を回さなければならないでしょう。近ごろはどこも高くて、ちょっと気の利いたところだと一万円は取られるといいますからね」

この女だったら、給料はまず一万五千円までだろう。秀学図書に世話をしても、大体、そんな程度だ。つまり、アパート代には、彼女が兄から返して貰《もら》う金が当てられることになる。不安な生活だった。島地は、アパートといえばどの辺が適当だろうかと考えた。なるべく自分の家から離れたところがいい。これは、彼が訪問する場合、妻にも他人にも気づかれない用心からだった。といっても、あまり遠くても困る。なるべく学校から自宅までの途中がいい。

「あなたがアパートをさがすというのも大変でしょうから、そのほうは他人《ひと》に頼んで探さしてもいいですよ。公団アパートもあるが、あれはなかなか当らないし、入居資格もうるさいですからな。やはり個人経営のところで、しばらく辛抱するほかないでしょう。そのうち、いいところがあったらかわることですな」

島地は先々の話を進めていた。景子が兄と別れる決心の前に、すでにそれを仮定の事実として路線を作っている。

「女一人のアパート暮しでは、何かと不安な点もあるでしょうから、入居者の様子も考えておかねばなりませんよ」

学生のいないアパートがいい。それに、やたらといろいろな種類の人間が住む家は避けたほうがいいのだ。なるべく女ばかりのいるひっそりとしたアパートが理想的だった。島地が訪ねて行っても、他人の口の端《は》に上るようなところは困る。

いつぞや誰かに聞いたことがあるが、赤坂や渋谷、新宿あたりには、バーの女給さんや、二号さんばかりが住んでいるアパートがあるという。できればそういうところが望ましいのだ。それに、近所の者が交際好きで、絶えず遊びにくるような具合でも困る。――

島地の空想はひとりでにそんなことに伸びていた。ふと見ると、傍《かたわら》の景子の横顔が蒼《あお》いくらいに白くなっていた。

景子はうつむいて肩を落していた。顔色も真白になっている。

彼女は何を思案しているのだろうか。兄夫婦の家を出るのは、もう決定的なようだが、問題は、兄がどれくらい金を返してくれるかである。彼女もおそらくそれを心配しているのではなかろうか。

それから、兄と別れたのちの独立――おそらく、勧めた経験のない景子にとっては最初の冒険であろう。島地に勧められながらも、そんな不安と迷いとが彼女を苦悩させているようだった。

「寒いですか？」

と島地は訊いた。

「顔色がよくないようですな？」

景子は、いいえ、と口の中で云って微かに頭を振った。

彼女はおれをどんなふうに考えているのだろうか、と彼は思った。この前から電話を掛けてきたり、街で逢《あ》ったりしているが、いまもこうして車の中で二人きりだった。今後の身の振り方の相談相手として頼っているのは分るが、ただそれだけだろうか。異性への意識はないのだろうか。島地は窓に冷たく打ってくる雨滴を眺めながら、景子が夫を失った直後の動揺で心理的にも異常な状態になっているように思われた。彼女の白くなった顔は、島地への意識で緊張しているようにも考えられる。

島地は、ふと、学生時代に読んだ小説の一つを思い出した。

作者も題名も忘れてしまったが、それは、夫を亡くしたばかりの妻が、他の男と、埋葬したばかりの夫の墳墓の上で性行為をするという話だった。それが妙に印象に残っている。

女の心理ほど微妙なものはない、と島地は考える。

その小説でも、未亡人になったばかりの女は、夫の生存中は貞節であった。それが夫の死という衝撃的な状況下に置かれて日ごろの意識の均衡《きんこう》を失い、異様に興奮したように書かれてある。それを読んだとき、彼は少し不自然に感じたが、その後、さまざまな女との交渉で、その小説の描写が少しも不自然でないと思うようになった。

今も外には冷雨が降りしきっている。窓は白くなって、外の景色もぼやけている。女の心理には、こういう天候的な条件も大きく支配するのではなかろうか。彼女の蒼ざめた顔は、思いなしか慄えているように見える。

島地は思い切って云った。

「奥さん、寒かったら、窓から離れたほうがいいですよ。さあ、こっちにいらっしゃい」

彼は座席から身体をずらせた。景子は動かなかったが、その身体を急に硬くしたようだった。それがかえって島地の心を誘った。

「どうぞ」

島地は彼女の身体をこちらに移すようにその肩に手を伸ばした。彼の置いた手の下で彼女の身体が慄えた。

景子の肩に置いた島地の手にだんだん力がはいった。

車の窓ガラスが曇っているので、外から見られる気遣いはなかった。彼はさしうつむいている景子の顔をのぞいた。

彼女の肩が激しく動いていた。島地の掌《てのひら》はその動揺を吸い取っていた。

「奥さん」

島地は運転手の背中にちらりと眼を投げると、彼女の耳近くで、小声で云った。

「何も心配することはありませんよ……ぼくがどんな努力でもしますから、安心して下さい」

それは愛情の表現ではなかったが、愛に似た言葉だった。友人の妻への義俠心《ぎきょうしん》とも取れるし、窮地に陥った一人の女性への同情とも取れた。それをどう解釈するかは景子自身の気持に預けたという恰好《かっこう》だった。

島地はまだ彼女を正面から誘わなかった。少しずつ、少しずつ、相手の様子を窺《うかが》いながら手繰《たぐ》って見ねばならなかった。

曖昧《あいまい》な云い方の積み重ねで自然とこちらの意志を女に悟らせ、感情の波を起させる。これが彼の方法だった。

一つは大学助教授という彼の面目からでもあった。拒絶されたときの立場のなさ、男を下げたときの狼狽《ろうばい》、そんな不体裁《ふていさい》を彼は恐れていた。

その結果、どこまで相手が反応を示すかをさまざまな実験で試みる。その過程も愉《たの》しかった。

うなだれた景子は明らかに惑乱していた。しかし、島地に押えられた肩を外すでもなく、そのまませつなげな息を吐いていた。景子の白い項《うなじ》が露わになっている。しっとりとした脂肪の艶《つや》が島地の眼を吸い寄せた。それに、透いて見えそうなうすい耳朶《みみたぶ》も彼の欲心を唆《そそ》った。

「だんな」

運転手が突然云った。

いた。

「高円寺は、どこの辺ですかア？」

見ると、ワイパーの動いている白いガラスの裂け目から中央線の踏切りが迫って

島地はさりげなく彼女の肩から手をはずした。

「その踏切りを渡って、二つ目の辻《つじ》から左に曲ってくれたまえ」

景子はまだ、硬直したようにじっとしている。もはや、島地の意志を知ったに違いなかった。激しい動揺がその姿勢から起っていた。

島地は何でもないように煙草を吸った。これでいいのだ。ひとまず、ここで、立停らなければなるまい。あとは景子がどう出てくるか、だった。

自動車が揺れて、景子の肩が島地のほうへ揺らいだ。景子は、突然、夢から醒《さ》めたようになった。

「そこでいいんです。そこで停めて下さい」

彼女は運転手に叫んだ。

雨の降りしきる中に、島地に見憶えの狭い路が霞《かす》んで見えた。

「ここでいいんですか？」

「ええ……すぐ、そこですから」

景子は、車が停ると、ドアを自分で開けた。

「雨に濡《ぬ》れますよ」

島地がうしろから云ったが、景子は耳に届かぬように急いで降りた。すでに平衡を失った女の姿だった。

古本屋になった家は、まだ四、五軒向うのはずだった。景子は振返りもせず雨の中を駆け出すように歩いていた。島地は、開いたままになっているドアから顔を外にのぞかせた。

そのとき、景子の歩いている前に緑色の女傘が立停るのが見えた。和服に紫色のコートだった。

その女に景子が何か答えている。すると、中年女は傘を傾けて島地のほうを見た。額の広い、ごつごつした感じの顔だった。島地は景子の嫂《あによめ》だと直感した。

彼は咄嗟《とっさ》に顔を引っこめてドアを閉めた。

「君、元のほうに返ってくれ」

運転手に命じた。

車はバックをはじめた。向うの傘の女は、まだ不審げな顔でこちらを見つめている。その傍に景子がしょんぼりと立っていた。車が踏切りのところまで来たとき、あの嫂が行きずりの光景をどのように解釈するだろうかと考えてみた。

景子は男に車で送られたのだ。嫂は、多分、使いに出る途中の目撃だったに違いない。あのとき、二言、三言、景子に訊《たず》ねていたが、嫂は奇異な面持で島地のほうをのぞいていた。それで折悪しく島地と顔が合ったのだった。男が慌てて車をバックさせた様子も嫂にはかえって怪しげに映ったに違いあるまい。

夫を失ったばかりの女が、相乗りの車で男に送られてくる——嫂がどんな料簡でそれを夫に告げるか想像ができた。兄夫婦と景子とは微妙な立場のさ中だった。とかく、中年の人妻は年若い女に猜疑心《さいぎしん》を向けがちだが、それが景子だから、なおさら嫂は意地悪い眼で判断するであろう。

車は青梅街道に出た。

「だんな、どちらへ行きます?」

島地は、自分の家に帰るつもりだったので、吉祥寺の方向へ向わせた。

——これで景子が兄夫婦と別れるもう一つの要因が出来たような気がした。それにしても、車の中で景子の身体に触れた感覚が、島地の手に残っていた。彼は、その余熱のようなものを消すのが惜しいような気がした。

佐野明子を考えついたのは、そんな心理からである。

「運転手さん、雪ヶ谷のほうへやってくれ」

「はあ?」

「急に用事を思い出したんだ。そっちへ回ってくれ」

車は雨の中を代田橋《だいたばし》に向けて走った。ここから雪ヶ谷まではかなりの時間がある。島地は、久し振りに逢《あ》う明子に心が向っていた。すると景子のことがもううすれかけていた。

女に逢いたいという気持は、一種の連鎖《れんさ》反応からかもしれない。景子の身体の感触が、島地の心を潮の満ちるように昂ぶらせていた。このままの気持で明子に逢えば、今度は景子に向ったときよりももっと大胆に振舞えそうだった。つまり、景子という女の進行状態を土台にして、明子へはそれ以上の行動に移れそうだった。

何といっても景子への行動は中途半端なものだった。彼女の手を握る暇もなかった。肩は押えたが、その身体を抱き寄せるでもなかった。まだ先の愉しみがあると思って手控えたのだが、この中途半端な気持の不満が今度は明子を求めさせたのだった。

車はようやく雪ヶ谷の街に入った。島地は、たった一人で家にいるに違いない明子に、どのような方法で接近するかを考えた。しかし、差当ってこれという案はなかった。彼は出たとこ勝負でのぞむことにした。

佐野明子は景子と違ってずっと性格が明るかった。佐野の家に行っても冗談口を利き合う間柄だ。そんなことで、あのめそめそした景子から比べるとひどく新鮮な気持になれた。

見憶えの道を走って佐野の家の前に出た。門をのぞくと、ドアは閉まっている。女ばかりだから、ひっそりと奥に潜んでいるに違いなかった。島地は車から降りて、雨の中を小走りに玄関に駆けこんだ。冷たい雨が首筋に入った。ブザーのボタンを押した。

奥から出てくるのを待ちながら、彼は愉しげな気持で外を見た。雨は外燈《がいとう》の光に白い筋を浮かせている。

出てくる気配がなかった。彼はもう一度ボタンを押した。

留守かなと思ったのは、ことりとも家の中で音がしないことだった。窓の灯は消えている。初めて留守だと知って、試みにノブに手をかけたが、びくりとも動かなかった。

留守だったのか。

島地は失望した。と同時に、今時分、明子がどこに行っているのかと思った。女中も一緒にいないところをみると、明子は女中を伴《つ》れて映画にでも行っているのかもしれない。

逸《はや》っていた心が一時に落ちた。

こういうことだったら、あのタクシーを帰すのではなかった。この通りはめったに車が通らない。駅まで歩くのに十分以上もかかる。島地が雨脚を眺めて立っていると、番傘をさした老婆が隣の家から道に出てきた。

老婆は、玄関の軒に佇《たたず》んでいる島地に眼を止めた。

「佐野さんはお留守でございますよ」

彼女は教えた。留守番でも頼まれていたのかもしれない。

「どこにいらっしゃいましたか？」

島地は頭を下げて訊《き》いた。

「旦那《だんな》さんは出張ですが、奥さまは同窓会とかでお出かけになりました」

「女中さんはいませんか？」

「昨日から、郷里に不幸があって帰っているようです」

雨はまだ止まない。島地はオーバーの襟を立てて軒の下に佇んでいた。

佐野明子は女子大時代の同窓会に出かけたという。島地には、明子の所在ない気持が推測できそうだった。むろん、同窓会は毎年のことだろうが、今回はいつもより特におしゃれをして出かけたように思える。ひとり居の淋しさを紛《まぎ》らわすために、女はときどきそんなことをする。

今になっても帰ってこないところをみると、同窓会が果てても、友だちと一緒にどこかに回って、お茶を喫《の》んだり、買物をしたりしているような気がする。ひとりで真直ぐに戻っても仕方がないのだ。

女中がいないからよけいに家の中が冷たい部屋になっている。それは男の場合よりもっと荒廃した感じではあるまいか。男は外で酒を飲んだり、マージャンをしたりして孤独な家庭に戻る。女は、せいぜい友だちと茶をのんだり買物をしたりする程度だ。浅い気の紛らわし方だった。

島地は明子をこの家の前で待っていようかと思った。遅くなるといっても九時ごろまでには帰ってくるだろう。しかし、九時にはまだ二時間以上もあった。冷たい雨の飛沫《しぶき》を浴びながら、軒下にぼんやり立っているのもやりきれない。

それに、あいにくと九時には秀学図書の岡田が自宅に打合せにくることになっている。心残りだが、今夜はひとまず帰らねばならない。

それでも今にも明子が戻ってくるような気がして島地は雨の道路を透かして見たりした。自分がこの軒下から去ると、入れ違いに明子が帰ってくるように思えて、決断がつかない。折角の機会を逃すようで、もう少し、もう少し、と彼はぐずぐずしていた。

島地は煙草を吸いながら、ふと眼を玄関の入口にある郵便受に止めた。何気なくその中をのぞいてみると、白い物が差入口の端に見えた。明子はこの郵便物を見ないうちに出かけたものらしい。

島地は、その中に手を入れた。玄関のドアの上には外燈が点《つ》いている。郵便物は二通あった。予想した四国の佐野周平からの手紙はなかった。

一通はデパートのダイレクトメイルだった。一通は四角い封筒で、裏を見ると、「星雲同人社」としてある。明子の入っている現代俳句の結社の名前だった。封がはがれかけている。糊《のり》が利いていないのだ。島地は指の先でそっと剝《は》がした。

中は二枚折のカードになっていて、返信用の葉書が挿まっていた。

活字の文句を読んでみると、今年初めての例会をしたいからぜひ出席してもらいたいという意味で、日時と場所とが書いてある。

日時　三月二日(土)　湯河原温泉　南渓荘。

三月三日(日)　真鶴岬吟行。　同夕刻　東京駅着　解散。

島地は、カードを元の封筒に入れて、封じ目に唾《つば》をつけ、掌《てのひら》で上から押えて郵便受に返した。

明子の姿はやはり見えない。人通りも少なくなっている。

島地は、いま読んだ吟行の日付と、湯河原温泉の旅館の名前とを手帳にメモした。雨の中を歩き出した。

佐野明子はきっとこの吟行に参加するだろう。——

秀学図書の岡田が約束通り九時ごろやって来た。

「君、早速だがね」

島地は応接間に通して岡田に云った。

「今度の執筆者の打合せは、どうだね、少し遠くへ行ってやらないか」

「遠くといいますと？」

岡田はまた始まったという表情を眼にちらりと見せたが、あとは何気ない顔をして訊き返した。

「執筆者の会合も、すでに三回目になっている。そういつもいつも都内の侘《わび》しい旅館では、士気に関係するよ」

「はあ、ごもっともです」

岡田はうなずいた。

「いよいよ追込みとなれば、君のほうから尻《しり》をひっぱたかれるからね」

「申し訳ありません」

「そこでだ、次の会合は、いよいよ実質的な最後の打合せとなるだろう。で、ぼくの考えだが、この際、みんなの気分を換えさせるために、湯河原あたりはどうだね？」

島地はじろりと岡田の顔色を見た。

「湯河原ですか」

「いけないかね？」

「いや、いけなくはありませんが……」

「それくらいの費用は出せるだろ？　秀学図書がこんなサービスしてくれるかと思って、みんなは大いに感奮するよ」

「わたしのほうとしては、出来るだけいい本を書いていただかねばなりませんので、一応、編集部長に相談してみます」

「ああ、そうしたまえ。いや、これはぼくの強い意志だと伝えてほしい」

「先生」

岡田は島地の顔を見まもった。

「それは、何か特別に先生のご都合があるんでございますか？」

「あのね」

島地は平気で云った。

「まあ、君のことだから何もかも云ってしまうが、実はそこでこっそりと会いたい人があるんだ」

岡田は口もとを綻《ほころ》ばせかけたが、島地が案外真面目な顔をしているので、慌てて顔色を元に戻した。

「そこで、日にちも少し変えてほしい」

「はあ」

「たしか、今度の打合せ会は二月の末だったね?」

「そうです」

「それを三月二日の晩にしてほしいんだ。土曜日だよ」

「待って下さい」

岡田は手帳を出して、舐《な》めるように指先で頁を繰っていたが、

「なるほど、土曜日でございますね」

「土曜日だと、学校に仕事を持っている執筆者は都合がいい。ぜひ、その日に決めてくれたまえ」

「分りました。そう伝えます」

岡田は鉛筆で手帳に書きこんでいた。

佐野明子は必ずその日湯河原に行くだろう。星雲同人社からのあの通知に、彼女は出席の回答を出すに違いないと島地は信じていた。

「ははあ」

第十章　傾　斜

島地章吾は午後になってB大学からの迎えの車を受けた。

島地助教授は玄関に出てその車を眺め、汚ない車だと思った。こんな車で迎えにくるのは失礼だ。尤《もっと》も今日は学校側の直接の主催ではないので、学生の車かもしれない。

学生といえば、迎えにきたのは横田や朝枝ではなく、全く見知らない学生だった。

「横田君は？」

と訊《き》くと、会場で先生をお待ちしていますという返事だ。なぜここまで迎えにこないのか、こちらは忙しい身体で行くのだ。講演を依頼したなら、自分で迎えにくるのが当然の礼儀ではないか。島地は不快な気持になって車に乗ったが、学校に着くまでむっつりとして煙草ばかり喫《す》っていた。横に並んでいる学生にも口を利かなかった。

B大学の校門近くまでくると、着飾った人たちがぞろぞろと歩いている。若い女がいやに多い。杉の葉で飾った大学祭のアーチの下をくぐると、万国旗が頭上にはためいている。拡声機からは絶えずレコードが流れ、多勢の人が校庭から校舎の間を埋めつくしている。腕章を捲《ま》いた学生が島地の車を誘導した。多勢の眼の中で貧弱な車に乗っている自分がいよいよ不愉快になった。

講演会場は校舎のいちばん奥まった棟にある。そこには人もあまり歩いていなかった。講演会場としてはいちばん悪い場所である。

島地が車から下りると、また見知らない学生が彼を迎え、校舎の裏に導いた。入ると、講師の控え室になっている、六畳ぐらいの狭いところに通された。狭いくせに妙にがらんとしている。賑《にぎ》やかなところとはおよそ隔絶した場所だ。貧弱な机と椅子があるだけで、どうぞお掛け下さい、というから腰を下ろすと、これもまた不細工な顔をした女子学生が冷えた茶をごつい手でついでくれた。

横田も朝枝も現われない。島地の前に出ている講師の声がぼそぼそと流れてくる。

「君」

と島地は鼻の丸い女子学生に訊いた。

「聴衆は何人ぐらい来ているかね？」

女子学生は小首を傾げて、

「五、六十人ぐらいでしょうね」

と愛想のない答えをした。

島地はがっかりした。今日の講演会の講師として自分の名前は前から発表されているはずだろうに、入りが悪いのはどうしたことか。島地は自分の名前はかなりポピュラーだと考えている。教科書の監修者になっているくらいだから、ネームバリューはあるはずだった。通俗講座ものの監修をしたり、通俗歴史書を書いたりして、それも相当な売行きを示しているから、世間的にも知られている名前だ。

島地は聴衆が少ないのは、学生たちのPRが悪いのだと思って余計に不愉快さが昂じてきた。赤い机は、熱い湯呑《ゆの》みなどを置いた塗りの剝《は》げあとがあっちこっちで白くなっている。

「島地先生、どうぞお願いします」

髪を不精に長く伸ばした学生が、ぶっきら棒な調子で彼を演壇に誘った。

島地章吾は演壇に登った。

ここは小講堂になっているので、聴衆席が勾配《こうばい》式になっている。見渡すと定員三百人くらいのところにばらばらにしか聴衆は坐《すわ》っていなかった。島地はそれを見ただけで、しゃべる意欲を失った。寒い風が、聴衆席から講師の顔に流れてくるようだった。

髪を伸ばした学生が横に立って聴衆に島地を紹介した。

「C大学助教授の島地章吾先生をご紹介します。先生は皆さんご承知のように、日本歴史を専攻なすっていらっしゃいます。本日の演題は〝サルト・ロード〟すなわち〝塩の路〟というのです。ご静聴願います」

拍手がばらばらと起った。気の抜けたような手の鳴り方だった。

島地は紹介の学生が演壇のソデに消えて行くのを眼の端で見ながら、また不愉快になった。「サルト・ロード」とは何という読み方をする奴であろう。英語の正確な発音では「ソールト」に近くなければならない。「サルト」などとは中学生よりまだ初歩的な云い方だ。大学生にもなってそんな発音しかできない学生に島地は軽蔑《けいべつ》を感じ、同時に自分の講演までひどく安っぽく見られるような気がした。

島地はまばらに坐っている聴衆に向って、はずまない声でしゃべり始めた。

「私は日本の古代生活を少しばかり調べているものですが、近ごろは古塩にいささか興味を持っております。ご承知のように日本では岩塩というものを産出していません。従って、古代の日本人は塩をもっぱら海水から得ていたのであります。ところが、現在、日本の山地に残っている地名をちょっと調べてみましても、この塩という字がつく場所が案外多いことが分ります。塩山、塩木山、取塩木山、などの地名はすでに延喜式《えんぎしき》・和名抄《わみょうしょう》に載っているのがありますから——」

聴衆は静かに聞いていたが、突然、外から音楽が鳴り始めた。ラジオスピーカーに乗ってモダンジャズが不遠慮に講堂に侵入した。

島地は肚《はら》の中で舌打ちした。まさか、あれを止めさせろとは云えないし、我慢しながら先を続けていると、正面のドアから新しく人が入ってきたり、坐っていた学生が出ていったり、落着かないことおびただしい。

島地の話は進んだ。適当に聴衆を飽かせないためにユーモアも入れてみた。その辺は多年教壇に立っているし、地方講演に出掛けたりなどしている経験で手馴《てな》れたものだったが、聴衆はさっぱり反応を示さない。学生たちは頬杖《ほおづえ》を突いたり、机に背中を曲げて顎《あご》を載せたりして自堕落な態度だった。中には居睡りする者もいる。人の出入りは相変らず多い。演壇に立っている講師をちょいとのぞいて面白くもなさそうな様子で去って行く。島地は肚に据えかねてこの講演を途中から投げることにした。

島地の持ち時間の約束は約四十分だった。

だが、こんな寒々とした聴衆に向って、時間いっぱいにしゃべるのがバカバカしくなってきた。相変らず、外からは絶えず煩《うる》さい音楽が聞えてくる。

島地は後悔した。こんなところにくるのではなかった。聴衆の出入りが激しいのも、ほかにもっと面白いものが催されているからである。演劇、映画、歌謡曲大会。それに寿司、やき鳥などの模擬店も出ている。講演など聞くというような雰囲気ではないのだ。島地は自分の大学にこういう催しがないので、迂闊《うかつ》にも、そのことに気がつかなかった。

彼は話の途中でいい加減な結論をつけた。

「……実は、もっとお話ししたいんですが、みなさんもご退屈でしょうからこの辺で終らせていただきます」

すると、学生の中から声が飛んできた。

「退屈はしてないぞ。もっとやれ」

島地はその声のほうに眼を向けた。その辺は学生たちが三十人くらいかたまっていて聴衆の中心部みたいになっている。

「退屈していないといわれましたが、講師のほうは、こういう雰囲気では気分がのりません。それで、話の途中までですが、続ける気持がないのです」

島地は、生意気な学生にやり返した。

「ずるいぞ」

と別なほうから声があがった。

「講師は約束時間いっぱい話を続ける義務がある」

それは、やはりその辺の中からだった。

「講師というものは」

と島地はそのほうの学生の群れに顔を向けた。

「なるほど、約束時間いっぱいしゃべる義務があります。しかし、それには講師を快くしゃべらせる条件が必要です。こんな状況ではこれ以上しゃべる義務を認めません」

島地は自分でも思ってみなかったような闘志が出てきた。それは先ほどから積み重なっている忿懣《ふんまん》の結果だった。

「委員」

と聴衆の一人が、舞台脇にいる髪の長い男に声をかけた。やはり学生だった。

「講師はあんなことを云っているが、それでいいのか？」

髪の長い男は困った顔をしていた。実際、島地の話はまだ時間の三分の一にも達していなかった。

「みなさん、静粛に願います」

委員は仕方なさそうに聴衆に向って云った。

「静粛とはなんだ。われわれは静かに聴いている。講師のほうがわがままなのだ」

島地は演壇の上から睨《にら》んでいた。このまま引込むのが学生たちに負けるような気がした。

「しかし、講師が話を続けるのが嫌だったら、われわれは他のことを質問しようではないか？」

聴衆の学生のひとりが云った。

「委員。講師に訊《き》いてくれ。われわれは時間いっぱい講師の話を聞く権利があるが、講師が今の講演を中絶するのだったら、残りの時間のぶんを質疑応答に回すことを希望する」

「よろしい」

島地も意地になっていた。

一人の学生が手をあげて起《た》ち上った。いちばん聴衆がかたまっている席の中からだった。眼鏡を掛けた蒼白い顔の学生だ。

「島地先生にお訊《たず》ねします」

学生は両手をうしろに組んだ。

「先生は、今から十二、三年前には、唯物史観的な歴史観を書いておられたように承知しています。当時書かれたものを、古い雑誌などで今ごろ読み返していますが、最近の先生の学説は、それとは少し違ったような印象を受けます。先生の史観は、当時と現在と一貫したものであるかどうか、お聞かせねがいたいと思います」

島地は来たなと思った。すでに講演の残り時間を質問に代えようという動議があったときから、この問が出るのを予感していた。

島地に反感を持っている連中は、口を開けば同じことを云っている。この学生も、多分、その辺から知恵を仕込まれたのであろう。

「その点は」

と島地は云った。

「ぼくの考えは、必ずしも一貫していないことを認めます」

学生の席が少し動揺した。

「しかしながら」

と島地はざわめきを抑えるように大きな声を出した。

「学者はその研究の過程で絶えず前進をしているわけです。従って、若いときの考え方と現在とに、その過程において多少の食い違いがあるのは極めてあり得ることです。でなければ学問に進歩はないわけです。しかし、といって、大きな修正はしていないことをはっきりと申し上げておきます」

「それでは、先生が最近になって反動化されたのは、いわゆる先生の研究段階における進歩の結果と解釈してよろしいのですか？」

「僕は反動化していると思っていない」

と島地はむっとして云った。学生たちの術策に乗るまいと警戒しながらも、つい、平静が失われそうになった。

「今のぼくの史観は、極めて学問に忠実な立場に立っていると思っている。それを他人が反動的とか、後退的とか評価するのは勝手だが、ぼく自身は現在の立場が正しいと思っています」

「先生が」

と蒼白い顔の学生は質問をつづけた。

「在来の自説をいわゆる修正した時期は、恰《あたか》も文部省の教科書検定問題が起った時に当ります。これと、先生の学説修正とに関連がありますか？」

「それは絶対にないと答えましょう」

島地は少し顔に血を上らせて答えた。

「それではお訊ねします。三十八年度の文部省の社会科教科書指導要領によると、在来の政治的、社会的な記述で問題点になるようなものは、悉《ことごと》く引込められている。先生は歴史学者でも、日本古来の生活文化を民間伝承的資料を併用して唯物史観的な解釈をしてきたユニークな学者ですが、その立場から今度の文部省の指導要領についてご意見を伺いたいと思います。というのは先生も高校用、中学用社会科日本史の教科書の監修をしばしばやってこられたからです」

「質問の要点がはっきりしないが……」

「はっきりしないとは何だ？　ごまかすな」

と聴衆席からヤジが飛んだ。

島地は、身体の中から少しずつ熱くなってきた。彼らは左翼の連中かもしれない。

「静かにしろ」

と聴衆の中でうるさい学生を止める声があった。

「講師に話をつづけさせろ」

島地は、これも連中同士の駆引だとは知りながらも、口を動かさずにはいられなかった。

「今の、質問の意味が分らないというのは、その焦点がはっきりしてないからです」

島地が云うと、蒼白い顔の学生は眼鏡を光らせて云った。

「つまり、今度の文部省の社会科日本史の指導要領が文化史方面の資料を相当入れているということについて、専門家の島地先生からその是非を伺いたいのです」

「それなら答えられます」

と島地は云った。

「文化史的なものを取入れるのは、決して悪いことではない。われわれの祖先は素晴しい芸術作品を遺《のこ》し、文化をここまで進歩させてくれました。これを生徒に教えるのは意義あることです。ただ、いま指摘のあったように、そのために大事な社会史、政治史の問題がぼかされてしまうのは危険です。この点は、ぼくも常から文部省の当局といつも争っています」

「よく分りました。われわれは、文部省の教科書専門家の中に、戦前の皇国史観を唱えた学者の弟子筋が防衛庁の教官などを経てもぐりこんでいるのを知っています。そういう反動分子と島地先生が争われているのはたいへん結構と思います。先生は自説を忠実に教科書編纂《へんさん》の上に実行されるわけですね？」

「そのつもりでいます」

「もし、検定でその点がひっかかり、不合格になった場合はどうしますか？」

「教科書は」

と島地は咳《せき》をして云った。

「まず、生徒たちの眼にふれなければ意味がありません。読まれないでは、せっかく作った教科書が何もならないことになります。そういう点で、ぼくはぎりぎりの線で文部省の新方針に抵抗して良心的なものを作りたいと思います」

「詭弁《きべん》だ」

とヤジが飛んだ。

「島地先生は」

と蒼白い顔の学生はゆっくりした調子で質問を続けた。

「良心的な教科書を作るとおっしゃいましたが、すでに文部省の指導方針が規定されている以上、その枠内でしか書けないわけです。それからはみ出れば検定に不合格になることは明瞭《めいりよう》であります。したがって先生がここでどのように良心的なものを作るといっても、すでに反動的な規定の中で書かざるを得ないことになりますが、この矛盾をどうお考えですか？」

「必ずしも、そうは考えない」

と島地は学生がねちねちした調子なので、自分のほうが興奮してきた。

「文部省の指導方針に屈従して全部の学者が生ぬるい教科書を編纂することになれば文部省の術策に陥ることになる。また、だからといって検定に落されるようなものばかり作っていては、これまた文部省の思う壺になる。それで、ぼくとしては文部省の指導要領の規定の限界内で良心的なものを作り、抵抗していきたいと思います」

「それは非現実的な理論としか思えません。文部省の検定に合格するためには必然的に敵側と妥協せざるを得ないでしょう。先生が口に良心的だとか、抵抗だとか云っても、すでに妥協がある限り空論にすぎないと思います」

「それは見解の相違ですな」

と島地は云い切った。

「ぼくは自分の信念でそれが可能だと思いますし、君たちはそうでないというし、これは実際に出来上った本を見てもらうより仕方がない。現在、新教科書の編集が続けられているので、その出来上ったものを見て判断してもらいたい。まだ、なんにもできていない架空なものを論じ合っても仕方がない」

「ぼくは、先生が編纂しようとする教科書に限って云っているのではありません」

と学生は云い返した。

「先生が文部省の方針に反対し、争っているといいながら、自分の書く教科書は検定にパスさせようとなさっている、その矛盾について説明を求めているのです」

「いま云った通りだ。これ以上説明しても仕方がない。それは水掛け論になるだけですよ」

「水掛け論とは思いません。こういうことは学者の根本態度としてわれわれは知りたいのです」

「そういう質疑応答をここでする約束ではなかった。わたしはただここに頼まれて講演をしにきただけだ」

と島地は顔に血を上らせて云った。

「これで失礼する」

「待って下さい」

今度は横にいた長い髪の委員が島地を制《と》めた。

「まだ時間が残っています。先生は時間いっぱい学生の質問を受けると約束なさいました」

「何を云うか」

と島地は委員を睨《にら》んだ。

「ぼくは、こんな下らない問答をしにここにきたのではない。失礼ではないか」

失礼とはなんだ、と学生たちが騒ぎ出した。

「はっきりものを云ったらどうだ。また教科書でたんまりと印税がかせぎたいのだろう。それが島地史学の支柱だろう。文部省に抵抗しているとか、良心的なものを書くとかいっているが、とんだお笑い草だよ」

島地は顔色を変えて演壇の上に突っ立っていた。

外からスピーカーに乗ったジャズが一段と高く聞えてくる。眼の前の聴衆の顔がざわざわと動いているのが、眼にぼんやりと映っていた。蒼白い学生が口を開いていたが、何を云っているのか島地の耳にはもう聞えなかった。

「似而非《えせ》学者、帰れ」

とざわめきの中から大きな声があがった。

「誰がこんな男を呼んだのだ？」

「いや、反動だ。はっきりしている」

「日和見《ひよりみ》主義者」

「待て待て」

と、その群れの中から肥《ふと》った学生が大きな声でみなを静めた。彼は椅子から起《た》つと、島地に真直ぐに顔を向けた。

「島地先生、われわれは先生の日ごろの学者的態度に批判を持っているものです。先生は、戦前、たしか時局協力機関の中におられましたね？　どうですか、それは事実ですか？」

島地は唇を震わしていた。

「返事をせんか？」

「認めたんだな」

という声がまた起った。

「ご返事がないところをみると、その事実があったと思います。終戦後になって、先生は進歩的な史学に転向された。それはたいへん結構でした。ところが、先ほども質問者が云ったように、文部省の指導要領が妙な具合に曲ってきたときから、先生の再度の転換が行なわれました。これはもうはっきりしています」

「そうだ、明瞭だ」

「その通り」

また周囲から声が出た。学生服よりも愚連隊のような恰好《かっこう》をしているものが多かった。

「われわれは」

と肥った学生はつづけた。

「右翼学者でも、それなりに態度が終始一貫しているなら、それなりに立派だと思っている。しかし、先生は、絶えず情勢を見ながら自説を変えている。こういう日和見は学者の風上にもおけない態度だと思う。われわれは、そういうオポチュニストに批判を持っているのです」

学生たちの眼が一斉に島地に集っていた。

島地はテーブルの前から離れた。演壇をソデのほうへ歩いたが、膝頭《ひざがしら》から力が脱けていた。

どっと嘲笑《ちょうしょう》が湧いた。

控え室に戻ったが、島地は興奮で息もつけないくらいだった。眼の前が黒ずんできて、色彩が失われていた。ここに呼び出されたのは誰かの陰謀だと思った。

「島地先生」

耳もとで別な声がした。

見ると、横田がいやにかしこまった態度で立っていた。

「どうも、たいへん失礼なことになって申し訳ありません」

横田が眼鏡を光らせながら恭々《うやうや》しくお辞儀した。

島地は横田の顔を見ると腹が立ってきた。彼は今ごろになってのこのこやってきた横田を睨みつけた。

「横田君」

「はあ」

横田は白い顔を上げた。

「今の有様を見たかい？」

「いえ、ぼくはほかの委員をしていたので、最後のほうだけを聞いただけです」

「あれはなんだ。あんな失礼な聴衆があるかい。ぼくは、なにもここに吊《つる》し上げに遭いに来たんじゃないよ」

島地は吊し上げという言葉が、自分でも敗北感にとれると思ったか、すぐ云い直した。

「ぼくは、あんな学生たちに負けはしないがね。だが、衆を頼んで野次り倒すとはなにごとだ。この大学の学生は、講演を依頼した講師に対するエチケットも知っていないのか？」

「すみません」

「ぼくの立場を考えてみろ。そもそも、大学祭があるからぜひ講演してくれと君が頼むから、ぼくは細貝君の因縁で義理を立ててやったのだ。それになんだ、君はぼくを迎えにもこなかったじゃないか？」

「それは、先ほども云いましたように、ほかの委員をしておりましたので……」

「君、ぼくは君の頼みだから引受けたんだよ。迎えにくるのが当然の礼儀だし、ぼくの講演がすむまでここに詰めているのが義務だと思うがね。ね、そうじゃないか？」

「はあ、ちょっと、向うの手がはずせませんでしたから」

「そんな言い訳をいまさら聞いても仕方がない。要するに誠意だ。ぼくに向って会場で変なことを云っていた奴らは左翼学生かい？」

「そうではないと思います」

「ぼくもたびたび講演はしたが、こんな侮辱に遭ったことはないよ。これが良識ある学生の態度かい。ぼくはここの学長先生に抗議しようと思っている」

「しかし、先生。今日の催しは学生自治でやっておりますので」

「なに学生自治だと？　あれで自治ができているのかい。まるきり無秩序じゃないか」

先ほどの髪の長い委員の学生が入ってきて島地の横に進んだ。

「先生、どうも有難うございました。これはほんのお車代でございます」

彼はポケットから四角い熨斗《のし》袋を取出したが、それは角が崩れて皺《しわ》がよっていた。

島地は、じろりとそれを見返した。

「なんだい?」

「はあ、ご講演のお礼でございます。金がないものですから、本当にわずかでございます」

島地が手を出して受取らなかったので、学生は彼の前の机に置いた。

島地はそれを見ると、全身から怒りが込み上ってきた。どう制禦《せいぎょ》する余裕もなかった。彼はその熨斗袋をひったくると、いきなり袋ごと引裂いて、その場に叩《たた》き捨てた。蒼くなっていた。

「馬鹿にするな」

まわりの学生が、さすがにぎょっとなったように島地の顔を見つめた。

うきうきしたジャズのレコードが一段と高く流れてきた。

髪の長い委員の学生が、島地の引裂いた熨斗袋を拾い上げた。袋の裂け目から半分に破られた五千円札の端がのぞいている。彼はそれを袋から出して指でつなぐ恰好をしている。

部屋にはしらじらとした空気が漂った。

「先生、そうご立腹なさると困るんですが……」

横田が島地をなだめるように云った。

「今日のところは、本当にこちらの不手際で申し訳ございません」

委員の一人が茶の仕度をしている女子学生に、

「君、五千円持っていない？　あとでこれを貼り合せて返してあげるよ」

と島地の破った五千円札を手で見せていた。

「五千円札なんてないわ」

「だれか持ってないかな」

こんな問答を聞くと、島地は余計に腹が立った。

「いいんだ、君」

と彼は尖《とが》った声で云った。

「そんな礼なんか要らないよ」

島地は隅の椅子に畳んで載せてあるオーバーを取った。激しい勢なので、女子学生が紅茶の盆を手に持ったまま茫然《ぼうぜん》と立っていた。

「先生……」

横田がなおも島地の傍で頭を下げた。

「先生、本当にお気を悪くしないで下さい。いま騒いだのは一部の学生ですから」

「なに」

島地は横田を睨《にら》みつけた。

「一部の学生だって？……今日の講演にどれだけの人数がきたかい。騒いでいる連中がほとんどじゃないか。え、君、聴衆席はまばらだったが、連中のいるところだけは人数がかたまっていたよ。明らかに陰謀だ」

「そんな、先生……」

「いや、そうだ。これは、ぼくを陥れようとする策動だ。大体、あそこだけ学生たちがかたまっているのは初めから魂胆があったのだ。横田君、君は気がつかなかったのか？」

島地は唇まで白くして言葉が顫《ふる》えた。

「君の責任だよ。君がぼくを呼んだんだからね」

このとき、この部屋の入口に夥《おびただ》しい学生の靴音がした。島地が見ると、先ほど会場にいた連中だったので彼はぎょっとなった。相変らず愚連隊みたいな恰好をしているが、今度はみんないやに黙っていた。

島地が息をのんでいると、先頭にいる顔の長い学生が一歩前に出て島地に向い合った。

「島地先生、先ほどはたいへん失礼をしました」

と丁寧に頭を下げた。

「ちょっとした雰囲気から変な空気になりまして迷惑をかけました。ぼくたち、謝りに来たんです」

「………」

島地は棒立ちになっていた。学生たちに出口を塞《ふさ》がれているので帰ることもできない。

「島地先生。恐れ入りますが、サインをしていただきたいという学生がおりますが、お願いできませんでしょうか？」

先頭の学生が云った。

島地は呆気《あっけ》にとられた。

あれほど攻撃しておきながら、今になって自著にサインをせよというのだ。

「ご講演を聞けなかったという学生なんですが、先生のファンだそうです」

その群れの中から背の低い学生がにこにこしながら、片手に島地の本を持って現われた。その表紙を一目見ただけで、彼にはそれが十年前に書いた「上代史における階級性の諸問題」だと分った。当時、評判になった彼の著書だった。

島地が黙っていると、その学生はつかつかと彼の前に寄ってきて表紙の次を開いて両手でさし出した。

「どうぞお願いします」

島地は仕方がないので、万年筆で乱暴に自分の名を書流した。

「ありがとうございました。先生、これはいつごろお書きになられたんですか？」

「そうだな、昭和二十七、八年ごろ、いろんな雑誌に出したものを集めたものだ」

島地は気むずかしい顔で答えた。

「どうも」

学生が本を抱えて引込むと、前の学生がまた口を開いた。

「先ほどはあんな状態になって申し訳ありませんが、ここに来ているのは、島地先生の歴史学に興味を持っている者ばかりです。恐縮ですが、もう一言だけ、質問させていただきたいのですが……」

「困る」

と島地ははっきり云った。

「君たちは何か悪意をもってぼくに対している。それなら答える義務はないようだね」

「先生のお気を悪くしたのはこの通り謝っております。今度は学問的な質問ですから、どうか教えていただきたいんですが……それは先ほどの文部省の新教科書の指導方針が社会科日本史において文化面を大きく取扱うということに関連するのですが、先生が良心的に〝文化〟をお書き下さるなら、それはそれで甚だ結構だと思うんです」

島地は用心して聞いた。風向きが変ったようだが、何か下心があるのかもしれない。とにかく外に出ようにも出口を多勢で塞いでいるのだから無理をしてもまごまごするだけである。そんなみっともない恰好になるより、やはり威厳をもった態度で終始したい。

「どういうことだね？」

彼は、ちょっと落ちついてみせた。

「はあ、つまりですね。文化といっても、美術についていくら書いても仕方がないと思うんです。それだったら、美術史にふんだんに出ています。われわれが先生に期待するのは文化史に出てくる上代や中世の美術工芸品がほとんど奴隷による製作品だという事実の記述です。当時の仏師、彫金師、皮革工、絵師、大工などの賤民はそれぞれ貴族階級に隷属していた奴隷です。たとえば、平安文化の特徴になっている写経にしても正倉院文書によると、写経師たちがあまりの苛《か》酷《こく》な労働条件に集団で待遇改善の要求をつきつけています……こういう奴隷的な生産手段から見た日本文化史といったものを先生に期待したいのです」

と島地は少し機嫌を直した。たしかに、そういう見方はありうる。だが、それはいかにも左翼かぶれの学生の云いそうな生硬な議論だった。妙なことに、こういうふうに向い合ってみると、島地もいつか学生の理論に合わせたい気持になりそうだった。それは曾て彼も古代史、上代史のあたりで階級性を強く打出して、さかんに書き散らした時期があったからである。

だが、永い間の教師生活の習性で、自分が学生たちに魅力的な存在でありたい意識が心の底に横たわっているのが根本だった。

「たしかに、そういう面で文化史を捉《とら》えるのは面白いな。いい意見を聞かしてくれたよ」

と彼は思わずお愛想みたいなことを云った。これなら自分の威厳が損われずにここを出て行けそうだった。

「先生それでは、ぜひ、その方向で書いて下さい。つまり、文部省が文化を大切にするという指示の逆手を取ってもらいたいのです」

「分った。出来るだけそうしよう。文部省の連中とやり合うのは、またひと骨だがね」

島地はだんだん顔色を元に戻していた。――さっき騒いでいた連中は、この入口を塞いでいる学生の中にはいなかった。あの蒼白い質問者の顔も見えない。

「とにかく、学者の良心においてやりますよ。文部官僚に正面から抵抗しているのは、ぼくらぐらいのものだからね」

つい、いい気になっていると、

「先生」

と集っている中から一人の学生が進み出た。

「これにサインしていただけませんか。先生の論文です」

表紙は分らなかったが、中身が開かれている。紙質の粗悪な、うすっぺらな雑誌だった。

島地はそこに眼を据えた。

「神道と歴史観」

題名の下に、はっきりと「島地章吾」の活字が入っている。

それに眼を止めた瞬間、島地は心が凍るような気がした。手が動かなくなった。

「サインしていただけませんか」

唇の厚い学生が島地に催促した。

また罠《わな》にかかったと島地は思った。

すると、先ほどサインをしてもらった学生がその雑誌をひったくって表紙をめくった。〝神の道〟という雑誌名が現われた。神祇総庁の機関誌だった。

「おや」

と、その学生は云った。

「先生は、こういう雑誌にご関係があるんですか？」

「あるんだよ」

と、これはその雑誌を出した男だった。

「最近、やっと見つけたんだ。この雑誌には昭和二十八年の奥付がある。それほど前のことではないよ」

「おや、ぼくのサインしてもらった、この〝上代史における階級性の諸問題〟も、同じ年の出版だな」

「先生、妙なことになりましたね」

と先頭の男がニヤニヤして口を切った。

学生は雑誌を片手で振り上げて島地に云った。

「先生は同じ時期に、一方では唯物的史観を展開し、一方では神祇総庁の機関雑誌にこんな皇国史観をお書きになっていたんですか？　すると、さっきの先生の進歩段階における学説の修正ということは、おかしくなりますね。だって、書かれた時期がおんなじでは、両者同時性ということになりませんか？」

「いや先生は、昭和三十年まで、この神祇総庁の講師だったんだよ。世間には知られていないがね」

と、雑誌を見つけ出した学生が自慢そうに暴露した。

島地は、学生のうるさい声を遠い響のように聞いていた。

「いよいよ、ご都合主義者の仮面が剝《は》がれたな」

「こんな二股膏薬がいるから学者が腐敗していくんだ」

「帰れ、帰れ」

「オポチュニスト、ゴー・ホーム」

島地は嘲笑《ちょうしょう》に送られて外に出た。横田が用意した自動車の前に島地を案内するといったが、彼は振り切って勝手に歩いた。

校庭には夥《おびただ》しい人が集まっている。みんな笑顔だったが、島地は自分が嗤《わら》われているように映った。けばけばしい色彩の飾りもの、スピーカーから流れてくるジャズ、校門前にならんでいる露店――島地は砂の上をはだしで歩いているような感じだった。

タクシーに乗った。

「どちらへ？」

「……」

行く当てもなかった。

「銀座」

気持がむしゃくしゃする。憤りはあとからあとからこみ上ってきた。さっきの出来事が眼と耳に蘇《よみがえ》ってくる。

うまく学生たちの術策に乗って、術《すべ》もなく茫然自失《ぼうぜんじしつ》した自分の醜態に腹が立ってきた。あの愚連隊みたいな連中は共産党系の学生にきまっている。かねて、おれに反感を持っている誰かにそそのかされて計画的におれを呼んだに違いない。横田の奴が無能だから連中の陰謀に気づかず、おれを誘う役目を引受けたのだ。島地は、あんな連中を対手《あいて》にしてもはじまらないと、島地は自分で自分の立場を納得させようとした。しかし学生たちが吹っかける青くさい意見はともかくとして、よくもおれのことを調べたものだと思った。殊に神祇総庁の機関誌におれが十年前に書いたものが載っていようとは、あの連中が気づくはずはない。だれかがそれを教えたのだ。どうもおかしい。どこからこの材料が出ているのか。

あいつかな——島地は自分に白い眼を向けている講師のひとりを頭に泛《うか》べた。おれが学校にいる限り、絶対に助教授にさせないと決めている男だ。そうだ、あいつから洩《も》れない限り、ここまでおれのことを調べられるはずはない。

島地は、そんな学生をそそのかしてまで自分を侮辱し、あわよくば失脚を考えている講師に憤怒を覚えた。

今夜は銀座で存分に飲もう。

その晩、島地は銀座裏のバーを四、五軒飲み歩いた。

あんまり一流のところだと金もかかるし、それにいわゆる文化人たちが屯《たむ》ろしているので顔を見られるのが嫌だ。そこで、彼は前に秀学図書の岡田に伴《つ》れられていった二流どころのバーに立寄った。

こういう際は、一人よりも伴れがあったほうが気持がまぎれる。彼は秀学図書に電話をしたが、岡田はあいにくと出張とのことだった。よほど社長か編集部長を呼び出そうかと思ったが、岡田のようにはうちとけられないので、結局、最後まで一人で飲んだ。

今日ぐらい面白くないことはなかった。酒もはずまなかった。やはり面白くないときは酔えない。

あの陰謀は誰だろう？

島地はそんなことばかりを考えてグラスを口に運んだ。ふと、横田に思い当った。

今までは、横田があの左翼の愚連隊どもにだまされて呼び出し役をつとめたのかと思っていたが、案外、この陰謀の策源地は横田かもしれないぞ、と気づいた。

なぜなら、横田は細貝貞夫のところに出入りしていた学生である。細貝の周囲には、島地に反感を持っている在野の学者どもが蝟集《いしゅう》していた。細貝の歿後《ぼつご》も、その連中と横田とはつながりがあろう。してみると、島地憎しの彼らの感情が、ひとつ学生を使ってやっつけてやれという気になったかもしれない。いや、これは大いにあり得るぞ。

島地は、もしそうだとすると、誰がこんなことを考えたか、そういう連中の顔を一つ一つ泛べてみた。たしかにその中の二、三人に心当りがある。彼らは陰では口を極めて島地を罵倒《ばとう》し、吹聴している。あの陰険な策謀を考えそうな手合だ。それに細貝が死んでから、その未亡人になった景子に島地が何かと接触していたのを気づいたのではあるまいか。陰謀はその辺が導火線になっているようにも思える。この前、景子を家の近くまで送ったとき嫂《あによめ》に目撃されたが、もしかすると、そんなことが連中の耳に伝わったのかもしれぬ。

それでなければ、戦前、おれが官製の翼賛会的グループに入っていたことも、神祇総庁の顧問になっていたことも若い学生たちが知るはずがない。殊に今ごろ神祇総庁の古い機関誌を持ち出したところなど、なかなか手が込んでいる。

そうだ、きっとそうだ。

これはおれのすぐ下にいる講師の奴が通謀している。あいつは絶えずおれの身辺を窺って、私生活の裏や、教科書会社との取引などを狡《ずる》い眼つきで観察している。よし、金輪際、おれがいる限りあいつの出世はストップさせてみせるぞ。ことによったら大学から追出して地方行も工作してやろう。いま、東北地方と九州とに講師の口が空いてるはずだ。そんなところにはめこめば、あいつに対する懲罰と、今後自分の身辺から取除くことができるのと一石二鳥である。——

島地は酒を呷《あお》りながら、そんな胸算用をしていた。こういうことを考えていると、彼の胸にようやく愉《たの》しさが戻ってきた。

こんな屈辱を受けたからには黙って引退ることはない。必ず報復しなければならぬ。

島地は自分に反感を持っている連中が今度の陰謀を考えついた直接の動機が景子への接近にあったとすれば、意地にでも景子を自分のものにしなければと決心した。やつらはこんなことでおれが景子から離れると思っているのだろうか。相手が相手ならこちらもこちらだ。今までは景子という女だけに興味があったが、こうなると、是が非でも彼女を手に入れることで、連中にひと泡吹かせてやらねばならぬ。

さすがに四、五軒目のバーから彼の酔いも回ってきた。

家に帰ったのが十二時ごろだった。玄関は閉まっている。ブザーを五、六回鳴らして待っていると、玄関の灯が点《つ》いて、女房の影がガラス戸に動いた。

内側の錠がはずれて格子戸が開いた。

「ずいぶん遅かったじゃありませんか？」

女房はお帰りなさいとも云わないで眼を三角にして立っている。

「打合せがあったんだ」

島地は妻の前をゆらゆらしながら式台に通り抜けた。

「どこの打合せですか？」

「秀学図書だ。なにしろ、編集会議も最後の追込みになってるからな」

島地はここで、そうだ、女房に前もって湯河原のことを云っておかなければいけない、と思いついた。

「三、四日したら、湯河原で最後の総仕上げをやる」

「結構ですわ」

女房はつんとした様子で鍵《かぎ》を掛け、玄関から中へずんずん入った。

「どこへでもお好きなところにいらっしゃい」

「水をくれ」

妻は返事もしないで台所に行くと、コップに水を汲《く》んで来た。島地が二階に上ろうとする階段の下だった。

「あなたのお留守に電話がありましたよ」

と妻は尖《とが》った声で云った。

「どこからだ？」

「愛知県の木下《きのした》さんという人ですよ……どういう人ですか？　女の声でしたけれど」

「愛知県の木下？」

島地は半分水を飲みかけて首を捻《ひね》ったが、そうだ、景子からだと知った。たしか、景子の旧姓は木下だったと思う。愛知県は彼女の故郷だ。

「ああ、その人なら大学の卒業生だ。ぼくは教えたことがある……それがどうかしたか？」

「なんだか青山のほうとかに引越して来たからそう伝えて下さいと云ってたわ」

さては、景子はいよいよ高円寺の家を出てアパートに入ったものらしい。

「青山のどこだ？」

「知りません。あとで電話すると云ってましたよ」

妻は島地の様子を胡散《うさんげ》気にうかがっていた。

ばかな女だ。なぜ、学校に電話をしてこないのだ。

島地は残りの水を呷り、明日にでも景子が学校に電話を掛け直してくるだろうと思った。

第十一章　続・山だより

「明子。

二月十日付の手紙ありがとう。

あれからの後便を待っていたが、途切れているので、君がカゼでも引いたのではないかと思ったりしている。というのは、ぼくもこちらに来てカゼを引き、三十八度ばかりの熱を出したからだ。いくら南国だといっても山は冷える。わずか六〇〇メートルの高さだが、海岸側とはまるで気候が違う。昨夜は雨が雪に変った。

熱を出したのもこの現地に来てからだ。しかし、二日ばかり山の旅館で静養したから、もう大丈夫だ。東京方面は流感がはやっているとこちらの新聞にも大きく出ているので、君もそれに罹《かか》ったのではないかと心配しているところだ。

仕事のほうはどうにか馴《な》れてきたが、馴れるにしたがって前途の困難さが身に沁《し》みてきた。

これまでの本社での馴れた仕事から、全然初めてといっていい用地課に変ったので、それだけ戸惑いも多いが、部下の若い連中がぼくをよく助けてくれるので、どうにかやっている。

今は補償問題の最後の攻防戦で、ここ一ヵ月ばかりが大事なところだ。それでなくとも工期が遅れているので、建設所長はじめ現場側は不機嫌である。ぼくも焦っているが、なにしろ、現在残っている部落が強硬なので困惑している。

現地の人たちは、こちらでは話にならないから、東京に行って本社の社長か重役に直接談判する、などと息巻いている。そんなことをしてもわれわれが本社から一切責任をまかされているのだから、といくら説いても無駄なのだ。山の中に孤絶した人びとには公平な判断がつかないらしい。

今のぼくの仕事は、補償以外にもいろいろと複雑な事務を任されている。たとえば、工事資材価格の適否を、その見積書で検討するのもぼくだ。現場の土建屋側が、値段のことなどお構いなしに早く工事に着手したいのと、できるだけ良質な材料を使って完全を期したいと望んでいるのは当然とはいえ、こちらはこちらでその手綱を押える苦労があるわけだ。

苦労話ばかり書いて心配させるようで悪いが、ぼくの生活は案外のんびりしている。東京と違って、ここは山に囲まれた僅《わず》かな盆地だから、どこに足を伸ばしても十分ぐらいで山中の幽谷に達する。

土地の郷土史家の話によると、ここは平家の落人部落だが、それ以外にも、旧幕時代は各藩から脱走した罪人の隠れ場所でもあったという。しかし、住民はおよそ親切だ。

ただ、これは一番の苦手なことだが、村の人はみんな酒が強い。酒はいわゆる〝どぶろく〟だが、非常に濃度の高いもので、これを一升ぐらいはぺろりと飲んでしまう。とてもぼくなど太刀打ちもできない。最も苦痛なのは、補償部落で出来ている委員会との折衝のとき、この酒をすすめられることだ。こちらが飲めないと断わっても、気の荒いのは『次長さん、おれの盃《さかずき》が受けられないのか』と絡《から》んでくる。この間も、うちの若い説得員の態度が悪いというので、猟銃で追っかけられたことがあった。まだこんな始末だから、個人補償問題の解決もいつのことやら見通しがつかない」

ダムの工事は、下流のほうから発電所を作っていた。すでに二カ所がほぼ完成して、志波屋部落の貯水池建設工事が最後に残っている。

会社側の交渉対手《あいて》はまず現地の補償対策委員会だが、委員長は三十二、三の永倉《ながくら》健造《けんぞう》という材木業者だ。

永倉は若いときから森林伐採の運搬人夫頭だった。山から木材を谷の下に落す作業は一つの技術である。筏《いかだ》に組んで下流に流すのも、トラックに積んで山道沿いに運搬するのも、すべて彼の請負仕事だった。

永倉は、いまから三年前にこの土地に流れてきて、土地の材木屋の仕事をしているうちに見込まれて、その家の娘と一緒になったのである。

それだけに山のことは詳しい。その上、彼ほどこまめに町から雑誌や本を買ってきて読む男も珍しかった。仕事の閑《ひま》なときは、絶えず読書をしている。小学校しか卒業していなかったが、全国の山を渡り歩いた彼の半生と、活字からの知識の吸収とが村一番の実践的な「理論家」に仕立てたのだった。

湖底に沈む家屋の持主は、家への漠然とした愛着で補償額に反対する者もいるし、単純に増額を狙う反対もあった。それらを一応理論的に整理して、会社側と接触しているのが彼だった。

永倉は年齢《とし》より老《ふ》けて見える。が、長い間の荒仕事で、体格は箱のようにがっちりとしていた。

「なんぼ会社側が基本決定を楯《たて》にとったち、わしらじゃーち、先祖代々から住んでいる家や土地だから、あんまり画一的にやられちゃたまりませんよ」

交渉の席でいつも永倉はそう云った。

「たとえば、永田の庄作さんの家は、家こそ旧《ふる》いけんど、いまどきあんな材木はもう買えませんからな。どの梁《はり》にしたち、柱にしたち、先祖が丹精こめて一本一本を択んだという自慢がある。つまり、家自体に歴史と由緒があるんですのう。そういう愛着心を考えんと、普通の価格評価だけで解決しようとしたら、そりゃ、無理ですろうが」

永倉は二日前に山に上ってきた佐野周平にも云うのだった。

「そりゃ、わたしらがこんなにして頑張りりゅうために、ダム工事が遅れちょるのは知っちょりますよ。次長さん、あんたの立場もよう分っちょりますけんど、会社側のいうことばっかり聞きよりましては、わたしも村の人間から全権を任されちょります以上、ええ加減に首をたてにふれませんのう」

「ぼくらは、誠意をもって交渉しているつもりですが」

と佐野は云った。

「ぼくも会社の人間には違いないが、現地に来てみると、やはりあなたがたに有利なような解決にしたい気持になりますよ。親近感というのか、こちらの生活にじかにふれてからは、とにかく、現地の味方になりたい気持が強くなっているんです」

雨が降っている。

南四国は雨量が多く、高知市では年間二四三〇ミリで、一三二日の降雨、四国山脈の脊梁《せきりょう》に近い東側山間地では、四五八二ミリで、一五八日の降雨日数を記録する

(例えば東京では一八〇〇ミリ、大阪では一四〇〇ミリ)。ダム造りも、年間のこの降雨量を見合って計画したのだった。

雨になると、向うの山も谿《たに》も磨《す》りガラスを当てたように消えてしまう。冬の雨でも夏の夕立のように激しく降る。

雨上りとなると、霧が盆地に這《は》い下りて、あらゆる山岳も樹木も、人家も真白に隠れてしまって、容易に霽《は》れ上らない。

そういう雨上りの夕方だった。

補償対策委員会の永倉健造が、ひとりで佐野周平を宿に訪ねてきた。宿は「千鳥屋」といって、志波屋部落では二軒ある宿の一つだった。前から会社側が使っている。懇親会を開くときには、必ずここが使われる。

そのとき、佐野周平は風呂《ふろ》から上って、夕飯を食べていた。この部落には、用地課員が小さな家を借りて四、五人の若い者が詰めているのだが、狭いし、若い連中にも気の毒なので、周平はこの宿屋に寝起きしていた。

いまごろ、何の用事できたのだろう、と佐野は思った。これまで永倉が宿にくることはあったが、それは事前に通知があった。彼が不意にやってくることはないのだ。いつもは必ず他の者を伴《つ》れてきているのに、今夜はひとりだった。

佐野はその辺を片づけさせて、自分の座敷に永倉を通させた。

「よう降りましたのう」

永倉は女中の出した茶を喫《の》みながら、外を見た。山の中だから暮れるのも早い。縁側のガラス障子は蒼然《そうぜん》たる霧の中に点々と滲《にじ》んでいる人家の灯を映していた。

永倉は、とりとめのない話をぼつぼつしていたが、女中が去るのを見届けた上で、改まった口調になった。

「次長さん、あんたは、いつもわたしらの味方になっているように云っているが、あれは本当すろうか？」

「もちろん、そうですよ」

「いや、どの次長さんも、あんたみたいなことを云うてくれますけんど、言葉ばァじゃしょうがありませんきにのう。あんたの言葉じゃーちほんまか嘘《うそ》か分らんのう」

佐野には何のことか分らなかった。永倉はジャンパーのポケットにごそごそと手を突込んで、新聞のようなものを取出した。

「佐野さん、あんたはこの前、南海新聞の記者に会いましたろうが？」

「南海新聞？」

佐野は、ようやくいつぞや建設事務所に訪ねてきた、横着な地元新聞の記者の顔を思い出した。

「ああ、何だか話を聞きたいといって来たことがありますね」

「これを見て下さい」

永倉は四つに畳んだ新聞を拡げて、その見出しを指で押えた。

「水没家屋の二、三十軒くらいは潰《つぶ》れても仕方がない――S電佐野建設事務所次長の暴言」

佐野は記事に眼をさらした。

「県下、田積村志波屋部落のダム建設に伴う水没家屋の個人補償問題は、その後、地元と電力会社側と折衝を続けているが、地元では先に決定した基本額よりも増額を要求しているため、未だにまとまらない。地元が基本決定額以上に要求しているのは、その後の経済情勢による物価の昂騰《こうとう》と、個人家屋にそれぞれの特殊条件があるためで、当然な要求だとみられている。これに対して、電力会社側は基本決定額をあくまでも錦《にしき》の御旗にして、強引にダム工事着手に押し切ろうとしている。工期は予定よりも既に一年遅れているので、電力会社側のアセリは激しくなっている。記者は、新任建設事務所次長として赴任してきた佐野周平氏を訪ねて意見をたたいたところ、新次長は傲然《ごうぜん》として次のように答えた。

『会社側としては、現地の事情も分らないではないが、いまになって補償決定額以上に出せというのは無理だ。会社にも予算がある。すでにこの折衝のため工期が一ヵ年遅れているので、諸方面に支障を来《きた》している。これ以上は待てない。もし現地のほうでぐずぐず云って引延ばすようなことがあれば、遠慮なしに強制収用に持っていくつもりだ。そのため、その手続はすでに済ませてある。いつでも発動できるわけだから、現地がいくら反対しても無駄だ』

この言葉に対して、記者が、志波屋部落の中には気の毒な家もある。たとえば補償額を当てにして他から借金をしたり、新しい商売のために金を使ったりしている。その辺の事情を考慮して現地の要求に副《そ》うような温かい心がないかと訊《き》いた。佐野次長は答えて『そんなことをいったら際限《きり》がない。山の中の農家の二十軒や三十軒くらい潰れてもわが社の関知しないところだ。あくまでも予定の工事を進める』とえらい剣幕であった。この佐野次長の暴言は東京から来たばかりの同人のエリート意識によるもので、強権をバックにした傲慢《ごうまん》さといわなければなるまい」

佐野はその記事を読み終った途端、自分の胴体を後ろから突然締め上げられたように感じた。

すぐに、あの横着な新聞記者の顔が泛《うか》んだ。もらった名刺では確か湯浅とかいう姓だった。

その男が買収の話を持込んできたので断わったが、これは彼の腹癒《はらい》せなのだ。

佐野が顔を上げると、敵意に変った永倉の眼が前にあった。

「どうです、佐野さん？」

永倉は佐野が記事を読み了るのを待構えるように云った。

「あなたは、この通りに新聞記者にしゃべったがですか？　家の二、三十軒は潰されたちかまんと云うたがですか、ぼくはそれを聞きに、今日は誰っちゃ伴れんとひとりできたがですよ」

「それは誤解ですよ。いや誤解というよりも、この新聞記者の悪意ですよ」

佐野は説明にかかった。

「たしかに、こういう質問は受けたことがありますがね。だが、それは記者自身も知っていることをわざわざ聞きにきたという感じです。その男は表向きは記事の取材にきたが、実は買収の裏工作をぼくに勧めたんですよ」

佐野は一通り永倉に話して聞かせた。

永倉健造は佐野周平の話を眼を据えて聞いていた。

「そういうわけで、この記事は明らかに、ぼくに対する腹癒せですよ」

佐野はつづけた。

「ぼくが山田猪太郎さんを買収するその斡旋《あっせん》を断わったものだから、記者の湯浅という男がデッチ上げで書いたのです。まだ短い間だが、永倉さんもぼくとつき合って、ぼくがそんなことを云う人間かどうか分るでしょう？」

「そうですのう」

と永倉はいくらか顔色がとけたようだった。

「もしあなたの云う通りですと、これは問題にせんといかんのう」

「もちろん、ぼくのほうも厳重に抗議します」

佐野は云った。

「でないと、この記事を読んだ人が事実と思い違いをしますからね」

「その新聞記者がそんなことを云うたとすると、山田猪太郎さんもその男と打合せしたがかな」

と、永倉がぼそりと呟《つぶや》いた。

それはそうかもしれないのだ。湯浅の勧誘は、志波屋部落の旧家山田猪太郎の意図がなくしては云えることではない。

「山田猪太郎という人は」

と佐野は訊いた。

「どういうお人柄ですか？　参考のために聞いておきたいんですが」

「そうですのう」

永倉は急に曖昧《あいまい》になった。

「ぼくは、そんなことをする人とは思うちょりませんけんど」

「なるほど」

「たしかに、猪太郎さんは村の古い年寄り連中の中心になっちょりますよ。前には区長を何度も勤めたことがあるし、村会議員もしたことがある。ここじゃ分家もかなりあります」

永倉は昏《く》れた外に眼を移して云った。

「まだ、この辺では本家と分家との関係が存外強いですきにのう。本家が承知するとなると分家もみんなそれに従います。従って、猪太郎さんに相当の発言力があるのは事実です」

「では、そこを見込んで、湯浅君が買収の誘いをしたんでしょうね？」

「さあ」

その返事になると、永倉は慎重だった。その点、進歩的なことを云ってもやはり村の人間なのだ。

永倉はしばらく思案顔だったが、

「ほんなら、一つ、猪太郎さんにそれとのうぼくが訊いてみましょう」

永倉は当初の勢いを失っていた。それは、山田猪太郎という人物が、そんな誘いに乗りそうな性格だと永倉に分っているので、言葉も急に弱くなったし、表情も暗くなったのだろう、と佐野は推察した。

女中が銚子《ちょうし》をのせた膳《ぜん》を運んできた。


翌る朝は雨があがっていた。

佐野周平は宿で飯を食べると、ズボンの裾《すそ》を折り曲げて外に出た。厚い霧が峡間《はざま》や山林の上にかかっている。盆地を見下すと、人家の屋根が白くうすれていた。まるで墨絵だった。

坂道を下りて行くと、村の人とすれ違う。佐野をじろりと見て過ぎる者が多い。この前から対策委員会や部落集会などに出ているので、こちらが覚えていなくとも、彼の顔をよく知っているのだ。佐野は自然と会釈の姿勢になる。

電力会社の方針では、村民とはなるべく親密にするようになっている。村の感情を刺戟《しげき》してはならない。対手《あいて》から罵《ののし》られても社員は無抵抗主義であれと云い含めてある。詰所にいる若い課員も、そのへんはよく心得ていて、村民には実によく挨拶《あいさつ》を送っている。山に入ってかなり長いので、土地の者のほとんどが顔見知りのようだった。

佐野は、森林軌道の踏切を渡って、この部落ではいちばんの賑《にぎ》やかな通りを歩いた。詰所は雑貨屋の横から狭い奥に入って行く。民家の一軒をそのまま借りているのだ。若い課員たちが畳にならべた机の上で、仕事をしていた。設計図を拡げていたり、書類を作ったりしている。

「お早うございます」

四人の課員が挨拶した。

「お早う」

佐野は金庫の前の椅子に坐《すわ》った。ここで、昨夜交渉に行った者がいれば、その報告を聞くのである。

そのひとりが自分の机から佐野に声を掛けた。

「次長さん、昨夜は、なにかあったんじゃないでしょうか。二軒の家を回って、帰りがけに山田猪太郎さんの家の前を通ると、三人の対策委員が出てくるのに出会いましたよ」

佐野は顔を向けた。

「その中に、永倉委員長がいました。珍しいことですね。連中が猪太郎さんのところに出掛けるというのは……」

佐野は、さては昨夜、あれから永倉が早速ほかの交渉委員を誘って押しかけたのだと察した。

もし、猪太郎が本当に新聞記者の湯浅と組んで電力会社から懐柔《かいじゆう》資金を取ろうとしたとすれば、許しがたい背信行為なのだ。猪太郎はそれにどう答えたであろうか。むろんそんな事実はないと否定したに違いないが、万一猪太郎が少しでも湯浅の話に心が動いていたとすれば、猪太郎の対策委員に対する返事はただ否定の言葉だけでは終らなかったかもしれぬ。彼はそれを何かのかたちで必要以上に強調したように思える。

卓上の電話のベルが鳴った。これは河口の建設事務所と直通になっている。

「次長さん、所長さんから電話です」

若い課員が受話器を佐野に差し出した。

佐野周平は受話器に耳を当てた。

「佐野です。お早うございます」

「ご苦労さん」

と秋吉所長の渋い声が聞えた。

「早速だが、昨夜、南海新聞を読みました。今から三日前のものです。それにあなたの談話が記事になって出ているが、知っていますか?」

所長からの電話と聞いたときに、佐野はそのことを予感したが、やはりそうだった。

「はあ、こっちに来て、人から見せてもらいました。おどろきました」

「ぼくもびっくりしました。どうしたんです？」

と、所長は落ちついて訊《き》いた。

「悪質なデマです」

佐野は事情を話しはじめた。四人の若い連中もおどろいて手を休め、佐野の声を聞いていた。

「もちろん、ぼくは湯浅という記者の誘いを一蹴《いっしゅう》しました。すると、彼はにやにやしながら、次長さん、そんなことをいっても、あとで困るようなことはありませんかと捨てゼリフを残して引揚げました。それがこのデッチ上げの記事です。故意にぼくの言葉を捏造《ねつぞう》して載せているんです」

「分りました」

秋吉所長はそう云ったが、声の調子は冷たかった。

「その点は、よくこちらからも南海新聞に問い合わせてみましょう。もし、あなたの云う通りだったら、厳重に抗議しておきます」

もし、あなたの云う通りだったら、という所長の言葉も妙だった。なぜすぐに、では新聞社に抗議をしようと云わないのか。

しかし、そんなことに拘泥《こうでい》していても仕方がなかった。

「しかし、佐野さん」

と所長はあとをつづけた。

「そちらの交渉は進捗《しんちょく》していますか?」

「なかなか思うようにいかないので困っています。その都度、報告は事務所のほうへ送っていますが」

「もちろん、それは見ていますがね。しかし、いまの新聞記事はともかくとして、早いとこやってもらわないと困りますよ。とにかく、ぼくら土建屋のほうでは、あなたのやり方が少し手ぬるいんじゃないかという批判が起っていますからね」

秋吉所長の無愛想な声を聞くと、その眉《まゆ》の間に寄せられた縦皺《たてじわ》を見るような思いだった。

たしかに補償問題は遅々としている。しかし、これは佐野の時代にはじまったのではないのだ。前任者のときから引きつづいている弛緩《しかん》状態だった。それは何よりも所長がよく知っている。赴任して来たばかりの佐野が急に解決出来る問題ではなかった。

新聞記事の真偽を確かめたついでに土建屋側の不満を伝えたところなど、いかにも秋吉所長の冷たさにじかにふれた思いだった。所長は初めから佐野に親しみを持っていない。その無遠慮な言葉も、所長が次長に向って云う口吻《こうふん》ではなかった。

佐野は電話が切れると、窓のほうを向いた。昨夜の雨で屋根も道も濡《ぬ》れている。

その坂道の水溜《みずたま》りを避けながら、三人の男がこちらに下って来ているのが見えた。ぬかるみの道を歩いてくる三人は、佐野もよく知った顔だった。真ン中の男は山田猪太郎だった。頭が禿《は》げて体格が大きいからすぐ分る。一人は永倉健造だが、山田の横にならんでいるのは対策委員の一人の久米留吉《くめとめきち》だった。彼はパチンコ屋の経営者だ。

日ごろ、店内のスピーカーで流行歌のレコードをわめかせるので近所の苦情が多い。対策委員を熱心に志願したのも、その不評を恢復《かいふく》しようとしたことと、水没地で一軒しかない娯楽機関というので補償額をうんと取ろうとする魂胆だと陰で噂されていた。

佐野は三人の姿を窓越しに見たとき、来たな、と思った。若い課員の報告は嘘ではなかった。

やがて、表のガラス戸が開いて、久米留吉が顔をのぞかせた。

「次長さん、居るかね？……お、居た居た」

彼はうしろの二人に知らせた。

詰所の課員たちは総立ちになって三人を招じ入れた。客は上りがまちにうしろむきに腰を下ろして長靴を脱いでいた。一文句つけに来たといった背中だった。

佐野の机の横に椅子が三つならび、三人はにこりともしないでそれにかけた。山田猪太郎の顔がいちばん硬直していた。若いとき、村相撲の大関を張ったというだけに、年齢《とし》をとっても、椅子が窮屈なくらい図体が大きい。三人とも佐野に向って真直ぐな姿勢をとっていた。

「次長さん、昨夜、この健造が来てのう」

と猪太郎は腕を組み、大きな声で云った。

「わしにたいちゃえらいことを云うたけんど、あれほんまかよ?」

彼は若い課員が注《つ》いだ茶には眼もくれなかった。佐野はできるだけ柔らかく応対しようとしたが、自然な微笑が出なかった。三人の硬い表情を見ると、気持の余裕を失った。

想像した通りだった。山田猪太郎は昨夜、永倉健造の詰問をうけて、身のあかしを立てに、永倉と久米を連れて早速に乗りこんで来たのだ。彼の眼は血走っているようにみえた。

「あれとはなんですか?」

佐野は咄嗟《とっさ》にうまい答えが出なかった。

「次長さん、とぼけちゃいかんのう。あんた昨日、健造に、わしが南海新聞記者の湯浅君とグルになって、電力会社から部落の懐柔資金を取ろうとしよる、云うたそうなけんど」

「いや、それは……実は」

「実は、何かね」

「詳しいことは永倉さんに云っておきましたが、南海新聞にぼくの談話が間違って出ていたのです。間違いというよりも、その記事を書いた湯浅君のデッチ上げです。しかし、なぜ彼がそんなものを書いたか、ぼくには心当りがあったので、それを云っただけです」

「ほんなら、何かよ、湯浅君があんたに部落の懐柔資金をわしに出せとすすめたいうがかよ？　ほんじゃーきに、わしと湯浅君とグルいうがじゃな」

「グルとは云いません。ぼくは湯浅君の勧めをその通りの言葉で永倉さんに云っただけです」

「また、この新聞記事によると」

と山田猪太郎が云った。

「次長さんは、ダムの建設工事を早めるためには、二、三十軒ばァの民家は押し潰《つぶ》すと云うたと書いちょりますけんどそりゃほんまですか？」

「そんなことを云った憶えはありません。それも湯浅君の作りごとですよ」

佐野は憂鬱《ゆううつ》になって答えた。

「まあ、あんたの云うことを一応信用して、こんなことを云わざったと思いますけんど、それにしたち、もし、わしらが最後まで頑張ると、土地収用法に持って行きなさるつもりですろうが?」

「その前に、できるだけ穏便に解決したいと思います。こうしてわたしが山に入って来たのも、話合いを早急にまとめたいからです」

次長が現場の山の中に逗留《とうりゅう》することは珍しかった。たいてい個々の戸別訪問は若い課員たちに任せ、その報告を事務所で聞く程度だった。大きな交渉や、話合いのときだけは次長が山に出かけて行く。

この志波屋部落の問題も、初期には村長が斡旋《あっせん》に乗り出したものだった。ところが、同じ田積村でも水没区域は志波屋部落に限られているから、補償金を村の利益に分配する必要はないという建前をとり、地元では村長や村会の介入を拒絶した。何の損害も受けない他の地区に口出しされることはないというのである。

交渉は第三者の仲介機関を失ったため、以後は会社側と地元民との直接折衝という形になっている。話がこじれるのも、要するに調停者のないことからきていた。

「話合いと、あんたは簡単に云いますけんど」

と猪太郎はつづけた。

「今のところ会社がこれ以上金を出さん方針なら、平行線をたどるよりほかないと思うのう。わしらも当然な要求が容れられんきにこりゃ頑張るし、あんたのほうもいつまでもべんべんとは待っておられませんろう。やっぱり伝家の宝刀はお抜きになりますろうが？」

土地収用法の適用は手続がなかなか面倒である。普通で二年や三年の期間はかかるので、最近の補償問題では、会社側があらかじめ関係官庁に交渉して一切の手続を完了させる場合が多い。いざとなれば、いつでも同法を発動させる態勢になっているのだ。これだと、五十日以内ぐらいで強制立退きをさせることもありうる。だが、そうなれば、地元民の反撥《はんぱつ》が大きくなる。事実、他のダム工事では、ピケ隊が出て、村民総出で坐《すわ》り込みをやられたことがあった。こうなると、とかく世論は会社側に不利になる。またそういう事態に持ちこまないで解決するのが次長の手腕であった。

「会社のほうじゃ、だいぶ、村の代替地の測量が進んじゅうそうなけんど、正直云うて、わしらは代替地には興味を持っちょりませんよ」

山田猪太郎は皮肉な口ぶりで云った。

電力会社では水没家屋のために移転先の用地を造りつつある。

志波屋部落は狭い盆地がそのまま水底に漬かるので、家屋の立退き先が問題であった。山村の人びとのほとんどが土地に居残ると主張したので、電力会社側では代替地を与えねばならなかった。それが目下工事を進めようとしている山嶺《さんれい》の開鑿《かいさく》である。これは最初、会社側と村側とが基本折衝に入ったころに決ったもので、部落のすぐ上にそびえている山を削って台地を造る計画だった。坪数にして約二万坪。この工事費は、水道や道路などの付帯工事を含めて約一億円を見込んだ。もちろん、家屋に対する補償以外の出費である。

人造湖が出来たあかつきは、湖岸にこれらの新しい村がひろがるわけだった。その設計も、二年前基本的な協議があったころ、会社側と村側とが相談して青写真になっている。現在、切り崩す予定になっている山の麓《ふもと》にも若干の人家があるので、工事にかかる前にはこれらの一時移転が必要だった。しかし、目下、志波屋部落の個人補償問題がこじれているので、山麓《さんろく》地帯の農家もまだそのまま居残っている。この山の斜面一帯には営林局の杉苗木が栽培されている。

だが、会社側の観測で、志波屋部落の中に移転先の新築用地をめぐって微妙な対立があるのが分っていた。どの家も有利な土地に移りたいのが人情である。公平なのは抽籤《ちゅうせん》だが、抽籤だけでも決められないところに隠微な紛争を生んでいる。それだけに目下はじまっている切り崩し山嶺の測量が住民たちの関心事になっているのだった。

猪太郎の云い分は、そんなものでおれたちの眼は晦《くら》まされない、あくまでも補償問題解決が肝腎《かんじん》だと強調しているのだった。

「前の次長さんは、なかなかものの分る人でしたのう」

「そうですのう、ええ人でした」

　猪太郎とパチンコ屋の久米留吉とが話している。前任者を賞めるのは、眼の前にいる佐野を暗に軽蔑《けいべつ》しているからだった。

　果してそうだろうか。前任者が有能だったら、後任者にこのような面倒な未解決を残さないはずだった。問題は何一つ片づけられていない。前任者はほとほと手を焼いて途中から逃げ出した恰好《かっこう》だった。

「次長さん、大きにお邪魔をしましたのう」

　と猪太郎は云った。

「ほんなら、あんたと話しよっても際限《きり》がありませんきに、とにかく、留吉に高知まで行《い》てもろうて、せーからまたあんたと話をしよう。けんど、いずれにしても、あの新聞はもう全村に読まれてしもうたろうきに、わしの立場も苦しいのう、そのことをよう考えちょいてつかさい」

　それは佐野に一種の威嚇の言葉とも取れた。猪太郎は暗に自分の勢力を誇示しているのだ。この会見の間、対策委員長の永倉健造は不思議に一言も発言しなかった。永倉が急にこの交渉劇の後景に後ずさりしたように佐野には思われた。

　三人が帰ったあと、佐野はぽつねんとして窓を見ていた。山田猪太郎と久米留吉とが笑いながら坂道を登って行くのが見える。どうしたことか、永倉の姿はなかった。

ようやく霧が晴れて、明るい光が斜面にならんだ屋根の上に明るく射《さ》していた。

個人補償問題の交渉が急激に悪くなった。

若い用地課員が説得のため戸別訪問をつづけているのだが、山田猪太郎が詰所に抗議に来て以来、どの家もその話に戸を閉《た》ててしまった。

それまでは、若い用地課員が訪問すると座敷に通し、茶など出し、話を聞いてくれたものだった。向うの一方的な要求も、こちらの話で次第に妥協的になったところも多かった。また妥協寸前まで話を漕《こ》ぎつけたのもかなりある。それが云い合わせたように話合いを突然、遮断したのだった。

若い用地課員の報告によると彼らの顔を見るなり先方では戸口から追返したというのである。こちらから向うの時間に合わせて、夕食が終ったころ、暗い山路を歩いてたびたび訪問しているから、向うの家族とも顔馴染《かおなじ》みの仲なのだ。

「おどろきましたね、次長さん。今までは、さあ、あがんなさい、いつもご苦労さんですな、と云ってくれた先が、ぼくの顔を見るなり手を振って戸口から入らせないんですからね。おやじさんも顔つきまで違って、にこりともしないんですよ」

同じような報告がつづいた。

明らかに山田猪太郎からの達しが部落全体に行きわたったに違いなかった。この山村では、本家分家の関係以外に、何らかの姻戚《いんせき》関係が各戸の間にもたれているし、日ごろの交際も親戚以上のところがある。

高知から帰ったパチンコ屋の久米留吉は南海新聞の湯浅が全面的に否定したことを山田猪太郎に報告したらしく、山田は翌る朝、早速、佐野のところに手紙を届けさせた。

「湯浅君は、そんなことを云った事実はないと、はっきり返答しました。これでわしと湯浅との間にあんたの云うような談合がなかったことがはっきりした。だが、村の者はまだ永倉にはなしたあんたの話を信じて、わしにうしろ暗いところがあるように邪推している。この不名誉はいずれ何らかのかたちで解決したいから、そのように含んでおいてもらいたい」

これは、もう、山田猪太郎が直接彼のところに乗り込んできて詰問するというような意味ではあるまい。それは沈黙のうちに手痛い仕返しとなって現われるように思われる。

その第一の現象が、個人補償の交渉を各戸一斉に遮断したことだった。佐野にはそのあとにつづいて何かが起りそうな予感がする。

だが、見当がつかなかった。交渉を拒絶して、このまま徒《いたず》らに解決を長引かせようというのか、それとも新しい計画を考えているのか。もし、何かのもくろみがたくらまれているとすると、それがどういうかたちで出るのだろうか。

「次長さん」

と詰所で電話を聞いていた若い部下が云った。

「所長さんが至急事務所に帰ってくるように云っておられるそうです」

所長が直接佐野に伝えたのではなかった。命令は部下からそれだけを云わせてきたのである。

第十二章　土佐日記

佐野は建設事務所に行くため山を下りることにした。

志波屋部落から道路のあるS部落に出るまでは材木運搬用の森林軌道車を利用しなければならない。村民も営林署から便乗を許可されていた。V字型の谿谷《けいこく》が深く抉《えぐ》られているので、部落まではこの軌道が一つだけだった。ダムが出来れば、S部落からの道路がここまで延長されることになる。軌道車は廃止の運命にあった。

森林軌道の従業員もK営林署の雇傭《こよう》員だった。佐野の前任者で妥結された基本補償決定では、軌道廃止に伴う退職者に会社側から「餞別《せんべつ》」のかたちで一人五万円の贈与が決められていた。

軌道車は小さな木製の車輛《しゃりょう》が三輛連結になっている。佐野がその中に入って発車を待っていると、見送りに来た詰所の若い課員がこんなことを耳打ちした。

「次長さん、今、代替地の測量を拒否する相談がK営林労組で起っているという情報が入りました」

K営林労組は全林野庁労働組合（全林野）の組織下で、全林野は官公庁の中で最も尖鋭《せんえい》な組合として知られている。

この前から、会社側の測量隊が代替地の山に入るのを営林署の従業員が嫌っていた。測量隊が入ると、杉の苗を損傷したり、器材の運搬などに、邪魔になるからという理由だった。会社側としては、なるべく営林署側の仕事に支障を来さないよう測量隊に注意を与えていたが、K営林署組合が測量隊の侵入を拒否しようとするのは、単にそれだけの理由ではなかった。もっと深刻なところに原因が潜んでいた。

志波屋部落では土地に営林署があるため、約千五百人が伐採、植林、運搬などに従っている。部落とその周辺の森林地が水没する結果、彼らの大半が職を失うことになる。それにはまた営林署の移転問題も絡まっている。即ち、ダムの新設で現在志波屋部落にある営林署の事務所が他村に移るので、それに伴う失職者も出てくるわけである。しかし、これらは、基本交渉の際に一応妥結したことだった。だが、それは必ずしも営林署の労働者たちを十分に満足させてはいなかった。彼らの大半は営林署の臨時雇が多く、役所から貰《もら》う退職金は微々たるものだったからである。

彼らは、最近、基本決定による会社側の餞別金額に対して大きな不満を持ちはじめている。代替地の測量がとかく邪魔されるのは、営林署からの退職金が僅少《きんしょう》と分ったため、会社側に増額の要求を考えている。

測量隊を代替地に入らせないことを労組が正式に議決したという情報は、佐野に

と所長は接待煙草の蓋《ふた》を開けて佐野にも一本すすめ、自分も口にくわえて云った。

「南海新聞の記事は困ったものですな」

眼鏡の奥の眼がわざとらしく瞬《また》いた。この人の特徴で口もとから顎にかけての線がうすく、それが冷淡に映る。もともと、自分は技術者だという信念が秋吉所長にはあった。

「どうもご心配をかけまして」

佐野は素直に頭を下げた。

「あれは全く南海新聞の湯浅という記者が悪意を持って書いたものです。数日前に、その男がぼくを訪ねて来まして……」

「ああ、その話なら」

と秋吉は遮《さえぎ》った。

「電話でひと通り聞きましたね」

押えるような云い方で佐野の話の腰を折った。しかし、それはあくまでも簡略な電話の報告だった。実際の報告は、お互いに顔を合わせてから改めてするのが本当のように思われる。少なくともそれが普通の礼儀だし、お互いに納得していく会話だった。

佐野も所長に会っていろいろと話したかった。電話では報告できなかったこともある。また直接に会ったら、それに関連した善後策といったことも相談してみたい。しかし、秋吉の身振りはそんなことを一切拒否していた。もう聞かないでも分っている。余分なことは時間の無駄だ、と云いたげだった。

佐野と会ってもにこりともしない。

秋吉は少し痩せているがスマートな身体《からだ》つきだった。いつぞや酒の席で、学生時代は女に騒がれたものだと自慢したことがある。大変な道楽者だったという話も佐野はほかから聞いていた。だが、この会社に入ってからは山から山へダム建設に歩くだけで、気むずかしい人間になってしまった。

秋吉所長は書類函の中から一通の紙を出して、

「こんなものが本社から回ってきていますよ」

と佐野に突き出した。

それは、本社の「注意事項通達」だった。

――日夜ご奮闘のことと存じます。

今回、政府では各方面に亙《わた》って予算の削減《さくげん》を行ない、そのため本年度の農林省予算もこれが波及を免れず、特に林野庁では現地で使用する雇員の大量解職をはかっております。貴地においては、目下、個人補償問題が行き悩みのかたちですが、この度の政府方針によって貴地の営林署関係からも大量の人員解雇が出る公算が大でありますので、右個人補償問題とからみ、不測の紛糾を来たすおそれがないではありません。依って、この辺の事情を十分にご考慮の上、今後の交渉を円滑且《か》つ速《すみや》かにお進め下さるよう念のため通達申し上げます。

本社総務部長

秋吉所長殿

佐野次長殿

「この通達は」

と秋吉所長は佐野が読み終るのを待って云った。

「今朝《けさ》、こちらに到着したばかりですがね……どうです、こちらの情勢にそういう心配はありませんか？」

所長はまた回転椅子を回して、姿勢を横に変えている。眼も顔も佐野とは別なところに向いていた。

佐野は、山を下るときに若い課員に耳打ちされたことを思い出し、顔が曇った。

「実は、そういう徴候がないでもありません」

と彼は所長の横顔に云った。

「いまのところ、K営林署の雇員整理には問題がからんでいませんが、しかし、これが本格化したら、本社の心配するような事態が起きるかもしれませんね。実は、昨夜、現地の営林署労組で決議があったそうです。つまり、水没部落の代替地工事の測量を拒否しようとする意向らしいんです」

秋吉は黙って長く伸びた煙草の灰を灰皿に静かに落した。

秋吉所長は気難しい顔をして煙草ばかり吹かしていた。やはり、佐野からは身体を横に向けて、椅子から長い脚を投げ出すようにしていた。

「大丈夫ですか？」

秋吉は急に訊《たず》ねた。

「工期は遅れないでしょうね？」

佐野は秋吉の顔を凝視した。

質問は、所長が次長と共に善後策を考えている態度ではなかった。初めから佐野に一切の解決を押しつけた質問だった。いや、非難的な口調だった。

むろん、補償問題は次長の分担であり、責任がある。だが、所長も責任者である以上、もう少し相談し合うべきだった。一緒になって心配するのが普通だし、二人の知恵を出し合って善後策を講じるのが当り前なのだ。

ただ自己の立場だけから着工期の遅延を非難するような秋吉の眼はまるで他人の

態度だし、傍観者の距離だった。

「それでなくとも、あなたも知っているように遅れていますからね……まあ、よく頼みますよ」

秋吉はそう云うと、煙草の吸殻を癇性《かんしょう》に灰皿に押しつけて揉《も》み消した。

佐野は事務所から棟続きになっている合宿に戻った。鍵《かぎ》を掛けている自分の部屋の戸を開けた。五日間の留守が部屋の空気にしらじらとたまっている。

いちばんに郵便受を見たが、そこには明子からの手紙は入っていなかった。

佐野は上着を脱ぐと、ベッドに仰向けになって倒れた。部屋は電気を暗くしたままだった。山の旅館も、この部屋も、自分の住居ではなかった。どこにいても気持がくつろげない。いつも旅をしているような心だった。

事態はむつかしくなってゆきそうだった。志波屋部落の個人補償問題は、当分、解決の見込がないかもしれない。それは初期よりもずっと悪い状態になりかかっていた。それも佐野の放言からという責任になっている。一方、本社の通達にも見られるように、政府予算の削減で営林署は雇員の大量解雇を言渡しそうである。今までのダム工事による離職者と、今度の解雇者とが合流して新しい紛争を起すかもしれない。昨夜山で行なわれた労組の会合も、新情勢を入れての戦術会議のような気がする。

戸がノックされた。

「次長さん、夕食はまだお済ましになりませんか？」

食堂の賄婦《まかないふ》だった。

「ああ、今から行くよ」

佐野は仰向いたまま答えた。

夕飯も欲しくなかった。だが、食堂は八時きりだった。佐野は賄婦の心遣いを考えて寝台から下りた。

食堂の新鮮な刺身も、佐野の舌には美味《おい》しくなかった。彼は靴をはいて、レコードの鳴っている合宿から出た。そのまま暗い海に向って歩いていた。

佐野は町の中に入った。自転車に乗った若者が多い。電力会社の工事現場に働いている青年たちが、佐野の顔を見てひょいと頭を下げたりする。

雑貨屋があり、大衆食堂があった。どこの家からも温かい灯が洩《も》れている。しもた屋の奥のほうで家族が夕飯を食べていた。年寄りもいたし、若い夫婦もいた。足を運ぶにつれて、さまざまな生活が眼に映ってくる。

小さな町だった。

川が流れている。水面に淡い光があった。この川の上流が志波屋部落である。いまごろはあの盆地でも夕飯の家が多いに違いない。詰所の若い課員たちも、山田猪太郎も、パチンコ屋の久米留吉も、佐野が泊った旅館でも食卓を囲んでいるに違いなかった。山に囲まれているため、空の狭い村であった。

長い橋を渡った。細い一本道の両側がこの小さな町の中心になっている。映画館の前には自転車が夥《おびただ》しく並んでいた。

佐野は明子のことを考えた。

やはり夕食を摂っているのではあるまいか。女中相手にひとりで箸《はし》を動かしている妻の姿が泛《うか》んだ。妙なもので、昼間は家を思い出さなかった。思い出すのはいつも灯ともし頃だった。

彼は国道から離れた畑の間を歩いた。前面に黒い海がひろがっている。潮の香りを含んだ寒い風が真正面から吹いてくる。

海岸に出た。遠浅の砂地だった。松林の間に侘《わび》しい明りが洩れていた。

沖には灯が見えない。潮騒《しおさい》のみが高く聞えるだけだった。波は荒い。

佐野は冷たい風にさらされて松の根元に腰を下した。靴の間に砂が入った。ふり返ると、町の灯が細長く見えた。

ここは紀貫之《きのつらゆき》の「土佐日記」に出ている土地だった。

――九日のつとめて、おほみなと（大湊）よりなは（奈半）のとまり（泊）をおはん（追）とて、こぎいでけり。

――十日。けふは、このなは（奈半）のとまりにとまりぬ。

紀貫之がここに泊ったのは一月であった。新暦に直すと、ちょうど今ごろの季節であろう。

貫之が国府を離れるときは多勢の見送りがあったが、ここに仮泊したときは供人だけのひっそりしたものだったのだろう。たった一行の文章の中にその影が動いているようだった。

貫之は女性の筆に仮託してこれを書いたというが、そんなことに疎《うと》い佐野も、作者のその気持が分るような気がした。はじめてここに着いたときも、出迎えの前任者が車の中で通りがかりの松林を指して、この辺りが土佐日記の宇多の松原ですよと教えたものだった。

佐野は、ふと、こういう考証には島地章吾が得意なのに気づいた。すると、彼の眼に急に島地の顔がひろがってきた。

佐野が事務所に出勤すると、秋吉は発電所工事視察に出発して今日は顔を出さないということだった。

佐野には秋吉がわざと自分を避けているように思える。

避けるといっても、それは意識的に不快感を佐野に与えるためのような気がする。

技術屋だから工事視察に出かけても、それが緊急なことかどうかは佐野には分らない。だが、常識として不安な情勢の中だから、今日一日ぐらいは事務所に居残ってじっくりと佐野と相談していいはずだ。それが所長と次長との協力である。秋吉はその協力を自分からいつも外《はず》しているような感じだった。

佐野は山の詰所に直通電話をした。

「その後の様子はどうだね？」

「はあ、やっぱり好転の徴候はないようです」

若い用地課員は答えた。

「代替地の測量は邪魔されているかね？」

「邪魔というよりも、もっと強硬に出てきそうです。今日、明日あたり、はっきりと拒否してくるんじゃないでしょうか。どうも、そんな動きが見えます」

「動き？　何かあったのか」

「はあ、よく分りませんが、ぼくらの知らない顔がだいぶん労組の事務所に出ているようです……もしかすると、よそから送り込まれたオルグじゃないでしょうか？」

「ばかな」

佐野は不安を隠して笑った。

「まだ、そんな必要はないだろう。そこまで情勢は緊迫していないはずだ」

「しかし、盛んに協議しているようですよ」

「営林署が雇員の大量整理を発表するような様子はないかね？」

「さあ、それはまだ聞いておりません」

「よろしい。それじゃ、また何かあったら、こちらに報《し》らせて下さい」

佐野は電話を切った。

オルグが入ったらしいという課員の話も佐野の気持を暗くさせた。まだ確認はしていないようだが、次第にそれが事実のようにも思えてくる。昨日、所長が見せた本社からの通達事項と、今の電話の内容とが暗いところで結びつくのだ。浮かない顔で、留守中に溜《たま》った書類を見ていると、女の子が名刺を運んできた。

「この方がご面会です」

佐野はその名前を読んで、心臓を握られたようになった。南海新聞の湯浅麻夫だった。

「ひとりで来ているのかね？」

「はあ……所長さんにということですが、お留守だというと、次長さんにといっております」

とにかく、応接間に通すようにいって置いたが、佐野はもう書類を見ている余裕を失った。

「やあ、この間は……」

応接間のクッションの上に湯浅は股を拡げて坐《すわ》っていたが、佐野の顔を見るなり、げらげらと笑った。

湯浅の態度は、佐野に対してはじめから何の構えもなかった。まるきり前のゆきがかりがなかったようにケロリとしていた。佐野のほうが顔を硬《こわ》ばらせていた。

「いや、次長さん」

湯浅は歯を剝《む》き出して笑い、肩をゆすった。

「相変らず、お忙しそうですな」

佐野はすぐには声が出なかった。激しい感情が彼のなめらかな言葉を奪っていた。

「君……」

佐野はやっと云った。

「君、困るじゃありませんか」

湯浅が眼を細めた。相変らず股を拡げ、両肩をゆらゆらさせていた。

「ほう、何か、いけないことでもありましたか？」

佐野は身体中の血が頭に上るのを覚えた。

「いけないことだって……君、この間の新聞にぼくを誹謗《ひぼう》する記事を書いたじゃないか」

佐野は吃《ども》った。

「冗談じゃありませんよ。ぼくはいつも公平な立場で書いていますからね。殊さら筆を曲げたりなどしません」

「しかし……」

と佐野は赤くなって続けた。

「ダム工事のためには、志波屋部落の二、三十軒ぐらいどうなってもいいとぼくが云ったように書いたじゃないですか?」

「ああ、あれですか」

湯浅は平然と答えた。

「たしかにあの記事はぼくが書いたんですがね。しかし、整理部に回ってから直されちゃったんですよ」

佐野は絶句した。

「どうも、整理はわれわれの書いた記事をそのまま通してくれませんでね。いつもそれで、ぼくらと整理とは喧嘩《けんか》しているんです。あの記事だって、あなたよりもぼくのほうがよほど腹を立ててるんですよ」

しゃあしゃあとして、

「ほんとに困りますね」

と湯浅は云い、来客用の煙草を不遠慮につまんだ。

「それなら訊《き》くがね」

佐野は湯浅のとぼけ顔を睨《にら》んだ。

「志波屋部落の久米留吉が、あの記事の真偽を糺《ただ》しに君に会いに行ったはずだ」

「へええ。久米留吉がそんなことを云いましたか……久米なんかぼくの前には姿を見せませんよ。多分いい加減な報告をして、本当は高知で遊んでいたんでしょうな」

湯浅はへらへらと笑っていた。

「それでは、君は、久米さんには会っていないんですね？」

「ええ、ぼくは会いませんよ……ですが、待って下さい。彼が新聞社に来たと云うなら、社の誰かに会ったのかもしれませんな」

湯浅の巧妙な逃口上だった。

この問題があとで追及された場合、久米が面会したのは南海新聞社の別の人間だったとしておけば、どうにでもこじつけができると思いついたらしい。彼の弁解にはその巧妙な作為が見えすいている。

佐野は怒りで指の先が顫《ふる》えた。だが、もうこれ以上こんな男と問答してもはじまらないと分った。話すだけ腹が立つ一方だった。どうせ対手《あいて》は、まともでない三流新聞記者だ。

「今日は何か用事ですか？」

佐野は考え直して訊いた。

「いま忙しいのでね、別に用事がなかったらこのまま帰って欲しいな」

「そうですか？」

湯浅はそんな言葉ではこたえなかった。

「忙しいというなら止むを得ませんがね。ちょっとだけ、あなたにお聞きしたいことがあるんですよ」

「ごめんだね」

と佐野は云った。

「君と話していたら、また何を書かれるか分らない」

「あれ、ぼくのほうは、あなたから聞いた通りに書くだけですよ。今度は整理のほうにやかましくいって、ぼくの原稿を直させないようにしますよ」

平然たる面構《つらがま》えだった。

「忙しいなら二、三分だけでいいです。早いとこ云いますがね。こりゃ、あんたのためですよ」

「…………」

湯浅はポケットから悠々メモ帳を取出した。

「東京から流れてきた情報ですがね。最近、政府の方針で財政の削減が決ったそうですが、林野庁でも全国に亙《わた》って不急臨時雇員の大量整理をやるらしいですな」

「…………」

「ここの営林署もだいぶんその犠牲者が出るらしいですよ。それはご存じですか？」

「知らないね」

「そうですか。それに絡んで東京からこちらの〝全林野〟の支部に、オルグがだいぶん入ってきたという情報です。これはご存じでしょうな？」

湯浅がオルグのことを云い出したので、佐野は彼の言葉につり込まれそうになった。さすがに新聞社で、早くもその動きを知っているようだ。

「どうです。これはあんたのほうには正確な情報としてまだ入っていないでしょう？」

湯浅は佐野の顔色を眺め、自慢そうに云った。

「次長さん、油断はできませんよ。このオルグは、この土地の民主化促進同盟の連中と手を組みそうですからな。ほら、この前、ぼくがあんたに会いに来たとき、すれ違って帰って行ったアカの連中ですよ」

ダム工事が独占資本につながるとか、戦争に直結するとか云っていた連中だった。

「東京から来るオルグは、今のところ人数は少ないようです。まだ早いですからな。だから今のうちなら、何とか防げそうですよ。問題は、いま云った土地のアカの連中です。若いし、人数も多いから、丁度いい宣伝になると思って頓狂《とんきょう》に飛び出さんとも限らんですからな。ほら、最近、世間を騒がした数々の土地収用反対運動があるでしょう。鉢巻に赤旗を立ててピケを張るやつですよ。ああいうことになっては、あんたのほうも困るでしょう？」

佐野が返事もできないでいると、湯浅はまたニタニタと笑った。

「だが、心配せんでもいいですよ」

と彼はつづける。

「何といっても、この土地の青年は純真ですからな。そりゃア、尊王攘夷《そんのうじょうい》を出した土地柄だけに、血気は多いです。だが、根は純朴だから単純とも云えますよ。どうですか、ここのところでぼくにその扱いを任せませんか？」

佐野はこの不死鳥のような湯浅の面構えを眺めるだけだった。

「なアに、いくらか金をやれば収まる見込みはあります。実は今日それを所長さんにすすめようと思って来たんですが、どこか工事場に出かけて今日は帰ってこられないそうで、あんたに話を通じておくんですがね。あのアカの若い者は、ぼくのところにも来ています。そのつど飯《めし》ぐらい食わせて帰してるから、ぼくの云うことなら、いやとは云えないはずですよ」

「………」

「どうです、次長さん。問題の火の手が上ったら、もうお仕舞いですよ。その先はどんなことになるか分りませんからな。火事はボヤのうちに消し止めることですね」

「いくら君に渡したら、それが出来る？」

佐野は訊いた。

「そうですか。そういうふうにおっしゃると、ぼくも真剣にこちらのためを考えますよ。そうですな、ざっとの計算だが、五十万円ばかり呉れませんか。そうしたら、見事に土地の青年がオルグと合流することだけは防げます。五十万円ですよ。安いと思いませんか？」

「帰れ！」

佐野は叫んだ。怒りが自分の身体を震わし、制禦《せいぎょ》が利かなかった。彼は湯浅の首筋にとびついた。気づいてみると、湯浅の身体は、テーブルと椅子の間にはまり込んで折れ、応接室の外に多勢の人間が集っていた。

佐野は高知飛行場へ向う自動車に乗っていた。庶務主任が空港まで見送ると云ったが、それは断わった。こんな場合、独りでいたかった。

車は海沿いに走っている。海は凪《な》いでいた。空には淡い雲が出ているが、昨日とまるで違って明るい。

——本社から新しい打合せをしたいから至急帰れ、と電話があったのが昨日の夕方だった。各地のダム建設事務所の次長会議を開きたいからというのである。高知から大阪行の飛行機は二往復しか出ていない。午前十一時の便に乗れば、羽田に午後三時に着くはずだった。会議は明日の午後から開かれる。

なぜ本社が急に次長会議を開くのか佐野にはよく分らなかった。電話に出た総務部の男もはっきりそのことを云わない。だが、本社が急に次長会議を招集するのだから、重大な用件には違いなかった。しかも明日の三月三日は日曜日である。日曜日の会議は珍しい。

飛行場までは二時間ぐらいかかる。途中で小さな町をいくつか過ぎるが、その間は寂しい街道がどこまでも続いていた。農夫が道の真ん中で動かなくなった牛の背中を鞭《むち》で叩《たた》いている。牛が歩かない限り車は立往生だった。運転手はしきりに時間を気にしている。

傍《かたわ》らに森林があった。颱風《たいふう》で葉が赤く枯れている。「土佐日記」に出ている宇多
の松原はここではなく、ずっと陸地のほうだった。
ようやく寂しい空港に着いた。小さな建物に入って時間待ちした。あと二十分く
らいで大阪からの飛行機がくる。
佐野は売店のほうへ歩いて、鰹節《かつおぶし》などを買った。妻の明子への土産だった。東京
出張が急に決ったので高知市へ出て買物を整える暇がない。佐野は、いま起りつつ
ある現地の不安と、東京で待構えているわけの分らない事態とに、自分が挟まれて
ゆくような気がした。
飛行機は海の上へ出たが、まもなく山の地帯に入った。
空港を出発して二十分後に、むやみに皺《しわ》の多い山襞《やまひだ》が下に動いてくる。川が皺の
間を細い筋になって光っていた。それを目標にして眼を上のほうに向けると、うす
いガスの中でそれらしい山のかたちが分った。
なおも川に眼を注ぐと、暗緑色と褐色の皺の中に小さな民家の屋根が光っている。
川のかたちと部落の位置とを目測して、およその見当がついた。足袋《たび》のこはぜくら
いの、白く四角なものが眼に入ったが、それがいま建設中の発電所だと知れた。
志波屋の部落は正確には分らなかったが、ぼんやりとあの辺だとは知れる。が、
その辺一帯は皺だらけの小さな波がいくつも折重なってひろがっていた。ちょっと

視線をそらすと、すぐに分らなくなる。佐野は、志波屋の詰所の若い課員が冗談に云ったことを思い出した。

(飛行機に乗ったら、この辺の上を通るそうだから、さんざん苦労させられた土地に上から小便をひっかけてやろう。思い出にな)

苦労はもっとつづくだろう。湯浅を殴ったことも事態を決してよくはしない。あの男のことだから仕返しを考えて、悪辣《あくらつ》な策動に回るに違いない。

K営林署が雇員の大量整理を発表する前にオルグが入り込んだというのは、少し早過ぎるようにも思うが、あるいは中央の組合本部から派遣されたメンバーかもしれない。すると、土地の「民主化促進同盟」の若い連中が、湯浅あたりの煽動《せんどう》で組合の連中と結びつくかもしれないのだ。

その場合、連中の目標は、馘首《かくしゅ》反対と、電力会社の横暴とに向けられるだろう。殊に湯浅の使嗾《しそう》で、彼の名前が電力会社横暴の象徴になるかもしれない。

この騒動には山田猪太郎あたりが便乗する公算が大きい。電力会社が手こずれば手こずるほど補償額の要求は増大する。また、土地に大掛りな紛糾が起れば、会社側もそうやすやすと土地収用法の適用に踏切ることもできなくなる。山田猪太郎一派の思うツボだった。

秋吉所長はますますこの事態から身をかわすに違いない。すべての責任を佐野になすりつけ、用地課がだらしないことだけを非難するに違いなかった。そうすることでおのれの責任をすり替えようとしている。各地のダム工事を渡り歩いた彼は、その辺の要領は心得たものである。

建設所長は下請工事会社の技術屋と仲がいい。お互いにどこかの山で仕事をし合ってきた間だから、秋吉所長はあらゆる会社の技術屋と顔馴染《かおなじ》みだった。むしろ自社の部下よりも、そういう外の人間とのつき合いのほうがよかった。そんな席では、佐野の悪口と嘲笑《ちようしよう》とが交されているに違いなかった。また、そんな会合での秋吉は、日ごろの仮面を脱いで、うんと羽目をはずすような気がする。

大地の皺が終り、また海の上へ出た。雲の加減で青黒い海面の一個所が輪になって光っている。そのあたりは小さな島がはまっていて、白い渦《うず》が巻いていた。鳴門海峡の上だった。

羽田に着いたのは三時過ぎである。東京は強い風が吹いていた。

佐野はタクシーで真直ぐに自宅に向った。丁度、ラッシュアワーにひっかかって、道路は車で溢《あふ》れていた。タクシーは停っては進み、少し走ってはまた停った。

日ごろは不愛想な東京の街が、佐野にこれほどなごやかな表情で見えたことはなかった。わずか一カ月ぐらいだったが、見おぼえの建物が懐しい。窓から見える通行人も完全に東京の人だった。四国の現地で見るような狡猾《こうかつ》な人間はどこにも歩いていないような気がする。

不意の出張だったので明子にはわざと電報を打たなかった。それをするのが照れ臭くもあったし大げさに取られそうだった。

大森に出て、馬込《まごめ》の広い道路に入ると、いくらか道がすいてきた。

雪ヶ谷の商店街に入った。佐野は窓から眼を放さない。ちょうど夕食の支度時刻なので、明子が買物に歩いているような気がする。どの店も一ヵ月ばかり前に佐野が見かけた通りの人間が働いていた。昨日の続きのように、ちっとも変っていなかった。そんなふうに見ている自分の眼が妙に思える。

わが家の前に着いた。

車の停る音を聞いて誰かが出てくるかと思い戸口を見たが、ドアはしっかりと閉されたままだった。佐野は料金を払いながらも、明子が飛び出してくるような期待があった。

スーツケースと、高知の空港で買った鰹節の包みを提げ、玄関の前に立った。ドアの把手を回したが閉っている。自分がいないので用心深くしていると思い、ブザーを鳴らした。しばらくして、内側から下駄の音が聞え、鍵《かぎ》をあける音がした。

女中の道子《みちこ》が顔をのぞかせた。

「あら」

びっくりしたように道子はドアを大きく開き、あわててお辞儀をした。

「お帰りなさいませ」

佐野はスーツケースだけを持って、土産物は彼女に渡した。玄関で靴を脱ぎながら、奥の物音を聞いた。何も伝わってこない。

「奥さんは?」

片方の足を上げて訊《き》いた。

「あの、お出かけでございます」

「そうか」

買物かと思った。奥へ入りかかると、女中が後ろから追うように云った。

「あの、奥さまは、湯河原でございますが」

「湯河原?」

ふいと立止った。

「はい、なんですか、俳句の会だとかで、今夜は湯河原にお泊りになるそうでございます」

「そうか、泊るのか」

佐野は自分の居間に入って、スーツケースを畳の上に置いたが、同時に自分の気持も落ちた。道子が廊下から台所に走って、ばたばたしている。彼は、その音を少々虚ろな心で聞いた。

部屋がうす暗くなってきた。

佐野は洋服のまま座蒲団《ざぶとん》を枕にして仰向けになった。疲れが肩のうしろから背中にかけて残っている。久しぶりのわが家だった。襖《ふすま》も、天井も物珍しく映る。

明子が居ないと分ってから落着かなかった。何か大きくすかされたような気がする。高知の空港から張詰めてきた気持が一挙に白々しいものに緩《ゆる》んだ。

明子が俳句の結社に入っていて、ときどき同人の吟行について行くのは知っている。それは年に二回ぐらい一晩泊りの行事があった。運悪くそれが今日に当ったらしい。

佐野は、自分の留守の間、なるべくそういう会に出るように妻にすすめておいた。家で退屈するだろうと思い、そういう点で明子の気持を紛らわしてやりたかった。

佐野は後悔した。こんなことなら、昨夜出張が決ったとき、家に電報を打つべきだった。

女中の道子が入って来て、寝そべっている佐野を見ると、部屋の入口に立った。

「旦那《だんな》さま、お召更えになりませんか？」

着物を抱えている。

「ああ、あとにする。そこに置いてくれ」

佐野は大儀そうに云った。

女中はそっと部屋の片隅に着物をたたんで置いた。

「君、奥さんは、明日の何時ごろ帰って来ると云ったかい?」

「あの、夕方にはお帰りになるように云っておられました」

「そうか」

「旦那さま。奥さまは旦那さまがお帰りになられるのをご存じなかったんですか?」

「電報を打たなかったんでね」

「湯河原のお宿は分っていますから、お電話でも掛けておきましょうか?」

佐野の心が動いた。しかし、折角の愉《たの》しみだ。呼び返すのも可哀想だった。佐野はいつの間にかそのまま睡ってしまった。

ふと、眼が醒《さ》めてみると、電燈《でんとう》もついてなく、部屋は暗くなっている。気づくと、自分の胸の上にうすい掻巻《かいまき》が掛けてあった。

佐野は身体を起した。口の中が粘《ねば》い。気持の悪い汗をうすくかいていた。暗い中に坐《すわ》っていると、余計に味気なさが気持を浸した。時計をうす明りで眺めると、七時になっていた。煙草を吸った。

道子が入口からそっとのぞいて、

「あら、お目ざめでございますか」

と声をかけた。

「あの、夕食のお支度が出来ていますが」

今は欲しくないと云いたかったが、女中の折角の心尽しだった。播巻を片寄せて起ち上ったとき、ふいと思いついたことがあった。

「道子。近ごろ、島地はここに遊びに来るかい？」

「いいえ。旦那さまがお出かけになってから、ちょっともお見えになりません」

「そうか」

佐野は何となく安堵《あんど》した。島地のことは、四国にいるときから絶えずどこかで気にかかっていたのだ。

第十三章　湯河原にて

島地章吾は、秀学図書の編集会議で湯河原の梅乃井ホテルに午後から入っていた。編集会議は六時ごろから始まった。風呂《ふろ》につかってどてらに着替え、酒を飲みながらの討議である。島地のほかに編纂《へんさん》委員が四人、それに秀学図書側は編集部長松永と担当の岡田とが同席していた。

それはむつかしい相談ではなかった。すでに執筆コースが決り、専門家にもそれぞれ依頼ずみとなっている。これからは執筆者に鞭《むち》を当てて脱稿を急がせるだけだった。今日の会合は計画の総まとめといったところで、訂正や、追加や、不備な点を持ち寄り、大きな締めくくりをつけるだけだった。

まず松永編集部長が他の出版社の新教科書の内容方針などを伝えた。近ごろは教科書会社もほかの産業部門なみに情報スパイを持っている。

「そりゃ、君。うちのが一番いいね」

島地章吾はそれを聞いて、満足そうに笑った。

「その程度では、どこにも負けやしないよ。ね、松永君。よその情報を取るのはいいが、まさか、うちのが外に洩《も》れるようなことはないだろうね？」

「はあ、それは気をつけておりますから」

と松永は担当の岡田に首を回した。

「なあ、岡田君。大丈夫だな？」

岡田は、ここで如何《いか》に我が社の秘密が保持されているかを力説した。今度の高校用社会科日本史は文化面にかなりなスペースを割《さ》いている。各社の教科書も大体それと似通っているのは、新年度の文部省指導方針に従っているからで、ただ材料面でどのように新機軸を出すかということが当面の焦点だった。

島地は文化史的な遺品遺構の列品的な記述ではなく、海外文化の影響を重視する方針をとった。これらは他の教科書でも多少ふれられるが、島地は視野を広げて、日本文化の成立過程を、西洋史、東洋史の眼から照射することにした。それで、各教科書が平均的になりがちな中で特異性を出そうという狙《ねら》いだ。

だが、そのためには政治史、社会史の上で考えなければならない問題点はいよいよ後退してくる。

なかには、それに不満をもって、問題点を挿入しようとする編纂委員もいた。が、その意見を云うと島地は嘲笑《ちょうしょう》まじりに抹殺した。とにかく、検定に通らねば何もならないというのだ。安全第一だった。検定に不合格になれば、島地は一旦《いったん》、教科書会社から受けとった金を懐ろから吐き出さねばならない。

島地は時計を見た。七時を過ぎている。

「先生、何かご用がおありになるんですか?」

岡田が訊《き》いた。

「うむ、まあね……」

「さっきから時計ばかりご覧になるようですよ」

「友人がね、この湯河原に来てるんだ。ちょっと会いたいと思っている」

「旅館が分っていれば、お電話を掛けさせましょうか?」

「いや、いい。ぼくがする」

島地は旅館の女中に訊いて電話室に入った。

南渓荘が出た。

「そちらに東京の俳句の会の人が泊っているでしょう? 星雲同人社というんですが」

「はい、お泊りでいらっしゃいます」

女中は張りのある声で答えた。

「こちらは東京の新聞社の者ですが、まだ会は済みませんか?」

連中は今日夕方には着いている筈《はず》だから、懇親会を開いているに違いない。今が七時すぎだから、そろそろ済むころだろう。島地はその時刻が知りたいのだ。

「はい、これからお食事を差上げるところでございます」

電話の女中は新聞社だと云ったのを信じていた。酒が終って食事となれば、あと三、四十分で終るだろう。

明子が来ているかどうかはまだはっきりしなかったが、それは新聞社だと云った手前、わざと訊かなかった。訊かないでも必ず彼女が来ているような気がする。

電話室から部屋に戻りかけると、廊下で編集部長の松永と遇《あ》った。島地はその顔を見て急に思いついたことがある。

実は、それはいま思いついたのではなく、前から考えていたことなのだ。ただ、口に出す機会を待っていたにすぎない。

「松永君」

島地は呼び止めた。

「ちょっと話があるんだが」

「はあ」

松永はきょとんとしていた。

「いや、ほかの連中のところではちょっと話せないんでね」

さっき電話室に行ったとき、その横に客用の応接間みたいな小部屋があったのが見えた。テーブルセットなどが置いてあった。

島地はそこへ松永を誘った。松永は何ごとかと思い、早くも島地の顔色を窺っている。

「まあ、掛けなさい」

島地は松永と一緒に長椅子に腰をおろした。

「この前から相談したいと思ってたんだがね」

「はあ」

「ほかでもない。実はH教育図書会社からぼくに話があってね」

「何の話でございますか?」

松永はもう不安そうな顔になっていた。

「今のところ向うの打診だが、ぼくにH教育図書の高校用日本史の編纂名義人になってくれないかというんだ」

「え、本当ですか?」

「ああ」

島地は平然と煙草を吸った。彼は松永の気の小さいのを知っている。

「そりゃ、先生、困りますな。向うとすりゃ先生のお名前が教科書に出れば、売れ行きがだいぶ違うでしょう。だが、そいじゃわたしのほうの教科書も当然打撃を蒙《こうむ》ることになります。先生、断わっていただけませんか?」

果して松永は眼の色を変えていた。

島地はどてらの懐ろに一方の手を差入れ、煙草を指に構えてわざとむつかしい顔をしてみせた。

「弱ったね、君」

島地は云った。

「先方は、社長と専務とが編集部長同道で、ぼくのところに来たんだ。あすこの社長とはまんざら知らぬ仲でもないからね。それだけにぼくの立場は辛い。それに、これまでぼくは君のところにサービスばかりしてるからね。この辺で少し惰性《だせい》を破る意味で、よその出版社の本を作ってみたい気持があるんだ。こりゃ学者として当然の意欲だ。君、これは分るだろう?」

「はあ、分りますが」

松永は顔をしかめていた。

「しかし、先生。わたしのほうは、先生のお名前はウチだけに頂戴《ちょうだい》していることで本が売れてるんですよ。もし、先生のお名前のついた教科書が他社からも出版されたとなると、ウチの魅力は半分以下になります。何とか思い止《とど》まっていただけませんか?」

「そうだね、弱ったね」

島地は深刻そうな顔をした。

「これを社長が聞きますと、びっくりしますよ。なんなら、今から電話で東京から社長を呼びましょうか？」

「君、ちょっと待ってくれ」

島地は止めた。

「君のところの社長も強引なので、どうもぼくは弱いんだ」

「それなら、先方を断わっていただけますか？」

「松永君」

島地は急に彼のほうを向くと小さな声になった。

「実をいうとね、ぼくはいま経済的に苦しいんだ」

「先生がですか？」

松永は呆《あき》れた顔をしている。

「嘘だと思うだろう？　そりゃぼくはほかの先生方にくらべると、アルバイトも相当しているし、幸い原稿料も余計に入っている。だがね、人間《ひと》にはそれぞれ他人には分らない支出はあるもんだよ。よくしたもんだね。ぼくなんか、ちょっと他人には云えないような金の出口があるんだよ」

「へえ、そうですかね」

「おどろかんでもいい。誰にもあることだ……そこで相談だが、今のぼくの話で、大体、君も見当がつくだろう。女房には云えないんだ。どうだろう、ではH教育図書のほうは断わるから、その分だけぼくに特別に金を回してもらえないだろうか？つまり、君ンところでぼくを独占する意味でだ」

「ははあ、すると専属料というわけですか？」

「まあ、そういうことだな、一種の契約金だね」

島地は顎《あご》を反らせて青い烟《けむり》を吹き上げている。島地が松永に云ったのはまんざら嘘でもなかった。事実、このところ金が入用であった。

松永も懐ろから煙草を取出して火をつけている。彼は返事を考えているのだ。

「ねえ、君。そんなに深刻に考えることはないだろう。社長に相談したまえ。一も二もなく承知する話だ」

「はあ」

島地は秀学図書の足もとをみていた。

松永は浮かない顔をして、どっちつかずの返事をした。彼の一存ではいかないのだ。しかし、その顔はもう半分諦《あきら》めの表情だった。

「なんとかいたします」

「そうか」

島地はにこにこした。

「頼むよ」

それで用事は済んだというように、彼は快活に立上った。

「まだ向うの話は残っているかね？」

「はあ、もう大体すんだようです。これで、先生にきていただいて締めくくりさえつけていただければ……」

「じゃ、大急ぎで片づけよう」

島地は先に行きかけて振返った。

「ね、松永君。ぼくはもう食事は要らないよ」

「はあ。何か……？」

「うむ、ちょっと用事があるんでね。人と約束がある。あの人たちには、適当に飲んでもらったらいいだろう」

あの人たちというのは、もちろん、他の編纂《へんさん》委員だった。島地からみると、自分の弟子筋ばかりだし、ひとりは現場の先生だ。島地が中座しても失礼にはならない。

島地は席に戻った。

ここで彼はメモも見て、それまでの話合いの結論をつけた。

「大体、こんなことですな」

彼は左右の委員の顔を見回したが、むろん異議は出ない。担当の岡田が頻《しき》りと記録をとっている。各委員の前にはガリ版刷りの要点が配られているが、今夜の話はそれを確認しただけだった。

こんなことなら、わざわざ湯河原まできて会議を開くほどのことはない。だが、島地の要望だと秀学図書も嫌とはいえないのだ。

「これからが大変だね」

島地は眼の前のガリ版刷りを折りながら云った。

「岡田君」

「はあ」

岡田はまるい顔をあげた。

「では、これで済んだようだから、ぼくはちょっと失礼する。あとは、君のほうで最終の締切日とか、先生方の執筆スケジュールだとか、それから追込みにかかったときのカン詰め旅館の手配など、事務的なことを打合せておきたまえ」

「かしこまりました。先生はいまからどちらへ？」

「これから、ちょっと散歩してくるよ」

「はあ」

岡田は早くも何かを察したらしかった。

「先生、今夜は宿にお帰りになりますか？」

「馬鹿だな、帰らないでどうする」

島地は両手を机に突いてゆらりと起ち上った。

島地は洋服に着更えた。初め宿のどてらのままにしようかと思ったが、それでは行動半径が狭められる。どちらでもいいような無難な洋服に決めた。

彼は宿の者に南渓荘への道順を訊《き》いた。川に沿ってしばらく上ると、二つ目の橋の対岸だということだった。

島地は上り勾配《こうばい》になっている道を歩いた。両側に旅館や土産物の店がつづいている。どてらを着ている人種が組を作ってぞろぞろと歩いていた。団体客らしい多勢もいれば、男女だけの一組もいた。夜だというのに、まだ写真機を首からぶら下げている。

左側の家が切れると、川がのぞいた。対岸もほとんど旅館で、高いところにネオンが連なっていた。

島地は俳句の宴会が終るころだとは見当をつけたが、もしかすると、佐野明子がその辺に歩いているようにも思われ、どてらの女性の姿が眼につくたびに油断をしなかった。早くから決めた計画だし、そのため佐野の留守中、わざと明子の家には近づかなかった。旅先で偶然に出遇《であ》ったというところに彼の企らみの効果があった。ずいぶん前からこの晩を待っていたのだ。

二つ目の橋に出た。

橋の向うにいくつもの旅館の屋根があったが、南渓荘は川沿いにネオンを輝かしていた。島地は橋を渡った。

玄関の前に来ると、黒板に白墨で「星雲同人社様」という文字がほかの会社、団体の名前の中に挾《はさま》っていた。

島地は玄関に歩いた。

そこにいた女中の一人に、星雲同人社の人で佐野明子という婦人が来ているはずだが、もし都合がよかったら、ここまで来ていただけないだろうか、と頼んだ。

「ぼくは東京の島地というものです。そう伝えてもらえば分ります」

女中は奥へ入った。

島地は玄関横に見えている梅を見上げたりして待っていた。明るい二階の灯を受けて半開きの梅が白く浮き出ている。彼の前を家族づれが歩いて通った。

「あの、おいでになりましたけれど」

うしろから女中が声をかけた。

島地が振返って玄関を見ると、佐野明子がどてらの袖《そで》を重ね合せて立っていた。

「やあ」

島地は笑顔を向けた。

「やっぱり奥さんもこちらに来ていましたね。いま、表を通りかかると、あなたのほうの会の名前が見えたので、奥さんも来ていらっしゃるような気がしたんです」

明子はどてら姿を島地に見られるのが恥しそうだった。

「島地さんもこちらなんですか？」

違った土地で思いがけなく偶然出遇ったことで、明子もさすがに懐しそうにしていた。

「そうなんです。ぼくもこの先の宿に今夜ついたばかりですよ」

島地が突っ立っていると、傍の女中が、

「どうぞお上り下さい、応接間がございますから」

と気をきかして云った。

客待部屋には簡単な長椅子が置かれてあったが、島地はそれに腰を沈め、長い脚を組んだ。明子は島地からかなり離れて坐《すわ》った。

「もう会のほうは済んだんですか？」

彼はできるだけ磊落《らいらく》な調子で訊いた。特に明子を意識しないような気軽な口吻《こうふん》だった。

「ええ。たった今、食事が終ったところですの」

明子はどてらの黒い襟を搔《か》き合せた。島地はその前に、彼女の白い胸のはだけを一瞬に見て取っている。

「人数は何人くらいで来ているんですか？」

「みんなで二十四、五人ですわ」

「随分いるもんですな。女性は？」

「五人ぐらいですわ」

「俳句というと、奥さんを除けば、どうせおばあちゃんばかりでしょう？」

「そうでもありませんわ。島地さんのお好みに合いそうな若い方もいらっしゃいますわ」

「若い人には興味はありませんよ。何だか、近ごろは若い女は馬鹿馬鹿しくなってきましてね」

「お好みが変ったんですか？」

明子は島地の噂を佐野からうすうす聞いているらしい。

「年齢《とし》をとると、気持が違ってくるんですな」

島地は煙の中で笑った。

「女性が五人だと相当に煩《うる》さいでしょうな？」

「そんなでもありませんわ。それに俳句だけのおつき合いですから、お互い遠慮しています」

「部屋なんかどうです？　まさか、ひとりに一部屋というわけではないでしょう？」

「女性の組は三人と二人ですわ。三人の方は前からのグループなので、わたくしは知らないお嬢さんと一緒ですわ」

「そりゃ面白くないでしょう。……やっぱりなんですな、温泉宿ばかりは同性どうしでは詰らんですな。佐野が帰ってきたあとで一緒に出直すことですな」

島地は、はじめて明子を横眼で見たが、

「そうそう、佐野といえば向うから便りがありますか？」

と真面目な顔に返って訊いた。

「ええ、向うでは何もすることがないらしく、よく様子を報《し》らせてくれますわ」

明子はどてら姿の自分が恥しそうだった。

「一度、あなたもいらしてはどうです？」

「仕事の邪魔になりそうなので遠慮していますの。佐野も来てはいけないといってますから」

「佐野は昔から内気な男だったからな……高知はなかなかいいところですよ。思い切って飛行機で飛んで行くことですな。行けば、佐野だって追い返しはしません。いや、かえって、悦びますよ」

「でも、ほかの方の手前もありますから」

「出張なんかで帰って来ないんですか？」

「まだ、なんにも云ってきません。手紙によると、現地では面倒な問題が起っているらしく、手をやいているようですわ」

「そんなことを、いちいち、あなたに報らせてくるんですか？」

島地は興がった眼になって、明子の顔を正面から見た。しかし、実は彼女のどての裾《すそ》に視線が流れている。

島地は佐野周平の性質を知っているし、高等学校時代からの友人だから何でもよく分っている。気が弱くて、お人よしだ。あんなのはサラリーマン以外ではとても出世の見込みのない男だと思っている。佐野の性格は閉鎖的で、非社交的だ。組織の中に入っているからこそ何とかやっていけるのだが、一人だけで世の中に抛《ほう》り出されては、とても一人前にやれるとは思えない。多分、社内でもそう陽の当る場所にポストを与えられているわけでもないだろう。

四国の山の中に行かせられたのはどういう理由か分らないが、いかにも佐野周平にうってつけの役目のようだった。あの男はこの明子に寄りすがっている。他人に対してぶっきらぼうで無愛想だが、それだけに女房に頼っている。明子は、どこか芯《しん》の強いところがある。それが島地にはひそかな魅力でもあった。

だから、いま明子から四国の佐野からたびたび手紙がくるという話を聞いても、べつに意外ではなかった。佐野なら、当然、そのようなことをしそうに思える。

「佐野はあの通りの寂しがりやですから」

と明子は衿《えり》をかき合わせたまま云った。

「何かというと、つまらないことまで書いてくるんです。日ごろあまりものを云わない人ですから、書くほうはかえってまめなんでしょうね」

多分、佐野周平は、その孤独を明子に手紙を書くことによって紛らしているのであろう。しかし、明子のほうはどうだろうか。そんな亭主に満足しているのだろうか。

島地は、必ずしもそうとは思われないように感じる。なるほど、ほかに女も作らず、浮気もせず、ひたすら女房ばかりに寄りかかってくる亭主というものは、女房自身にとってみれば、これほど安心なことはあるまい。世の中には、そんなふうな亭主を希《のぞ》む女房たちが随分といるのだ。

だが、そういう亭主にはかえって不満があるのではあるまいか。もう少し覇気があって、面白味のある亭主が望ましいのではあるまいか。女房だけをまっしぐらに求めている男性を理想像に描くのは、度の過ぎた亭主を持って苦労している女房たちの希求だ。その立場にいる細君にとっては、かえってそれが単調で、やりきれない煩しさを感じているのではなかろうか。

つまり、ある意味では、そのような亭主に女房の自由が束縛されているのである。

「奥さん」

島地は絶えずどてらの胸のあたりと裾前とを気にしている明子を見て云った。

「これから、どういう予定があるんですか?」

「べつに何にもありませんわ。会食が済んだのですから、あとはおしゃべりをするか、寝るだけですわ」

「もったいないですな」

島地は時計を見た。八時半だった。

「どうせ、そんな友達ではおしゃべりをしてもつまらないでしょうし、寝るのはまだ早いでしょう。どうです、着物を着更えていらして、少し外に出てみませんか?この辺はもう梅が咲いてるそうですよ」

島地は外のざわめきに耳を傾けるようにして誘った。

明子は部屋に戻って着更えをした。

俳句の同人も男たちが多く、会合の席では挨拶《あいさつ》程度の雑談はしても、彼らに個人的なつき合いはなかった。男たちは食事が済むと、ほとんどそれぞれ町へ出て行った。

女性は明子のほか四人いたが、三人は年齢がずいぶん上だった。それに、一人は織田志津女《おだしづじょ》といって女流俳人として古くから知られた人で、もちろん大先輩だった。真面目な人だが、全くこちらを後輩扱いにし、話し方も高飛車だった。この人と一緒にいると、明子は気詰りになる。それに、ほかの年上二人も織田志津女と始終往来している病院長の妻と、都会議員の妻とで、三人は完全なグループだった。もう一人の女性はどこかのお嬢さんで、明子とは年齢の開きもあり、こんど初めて会った人なので、親しみもなく、話題もなかった。自然と明子は孤立している。同じ結社の人でも、まさか彼女一人が男性の群れに入ってゆくわけにもいかず、織田志津女の冷たい眼つきに自分を殺してまでつき合う気持にはなれなかった。

そこへ思いがけなく島地が訪ねてきたのである。

夫の友だちだし、日ごろから家にも来ている男なので、彼女は今の荒涼とした気持が急に救われたようになった。家にくる島地は、夫の周平と違って話は面白いし、くだけているし、こういう際の時間潰《つぶ》しには最適だった。それに、なんといっても僅《わず》か東京から二時間離れた土地とはいえ、一種の旅先の気分のところで偶然出遇《であ》った知人だから、ふだんよりずっと懐しさが湧いていた。

部屋には誰もいなかったが、スーツを着て廊下に出たとき、織田志津女を先頭に、その手下のおばさま二人が向うから歩いてきた。志津女は髪がもう半分白くなっているが、堂々とした体格で落ちつき払って歩いている。

「おや、どちらへ?」

志津女は細い眼をじろりと明子に向けた。

「少し、その辺を歩いて参ります」

彼女は何となく小さくなって答えた。

「そうですか。若い方は、やっぱりお部屋には落ちつかれないでしょうね」

志津女はふくれた片頬に冷たい微笑をみせた。

「ねえ、佐野さん」

と病院長の妻が云った。

「これから志津女先生のお話を伺うんですのよ。よかったら、あなたもお聞きになるとよろしいのに」

「はい……」

「いいえ」

志津女が止めた。

「若い方は、わたくしのような年寄りの退屈な話をお聞きになるよりも、外で旬のモチーフでもお求めになったほうがずっと有意義ですよ」

「おや、そうかもしれませんね」

都会議員の女房が少ない縮れ毛をうなずかせてその尻《しり》についた。

「ごめんあそばせ」

明子は三人の皮肉から逃れた。

やりきれない気持だった。反撥《はんぱつ》が起った。この反撥が彼女の気持を島地のもとへもっと近づかせた。

島地は明子がスーツに着更えて出てきたのを見て、

「ほう、見違えるようですな」

と眼を瞠《みは》って云った。

「随分、若く見えますよ」

明子は、今日は明るい色のツーピースに黒いコートを羽織っていた。急いだため、わざと手を通さなかったので、下のスーツとの対照が締まって映る。マフラーは赤と黄色の花模様でアクセントをつけた。

容貌《ようぼう》まで違って見えるから妙だった。さっきのどてら姿では映えなかった髪型が、ここでは完全に生きている。化粧も夜を意識してか濃い目で、眼のふちには目立たない程度のアイシャドーさえつけていた。

「女の人はトクだな」

島地は煙草をポケットにしまいながら立上った。

「服装が違うと、すっかり若返るんですからね。そこへ行くと男性はつまりませんよ。いつも同じ型の洋服を被《き》て、同じ型のオーバーを被ているんですからな」

「そんなお上手おっしゃっても、自分のぶんは心得ていますわ」

彼女は島地と並んで、その部屋から玄関に出た。島地が先に靴を履いて待っていると、式台に腰を下ろした明子のすんなりとした脚が黒いオーバーの裾《すそ》から長くはみ出て、斜めになって靴をつけている。白いスリップがちらりとこぼれた。島地は眼を逸《そ》らしたが、その脚のかたちとスリップの端とが残像のようにまだ見えていた。

「行っていらっしゃいませ」

女中の声が送った。

「どこへ参りますの？」

宿を出るとだらだらした勾配《こうばい》の道を下りた。

「あなたは湯河原は初めてですか？」

「ええ、熱海なら来ているんですけど、こっちは来たことがありませんわ」

どてらの男女が両側の宿の明りに照らされながら、のんびりと歩いていた。白い橋が見えてきた。

橋の向うには賑《にぎ》やかな土産物屋の灯がならんでいる。

「それなら、見物がてら少し歩いて見ましょうか？」

気温の上っている晩だった。かすかに吹いてくる風も寒くはなかった。

「島地さんは、たびたびここにいらっしゃるんですか？」

明子はなんとなく笑いを忍ばせて訊《き》いた。

「そうでもありません。ずっと前に、友だちと来ただけです……その辺に滝があるはずですよ。そこへ行ってみましょうか？」

「まあ、よくご存じですわ」

明子はうつむいて云った。

「何がおかしいんです？」

「だって、あんまり、よくここをご存じなんですもの」

「それは前に来ていれば、それくらいは分っていますよ」

「お友だちといらしたとおっしゃったけれど、それは、きれいな女性ではなかったんですか？」

「まさか……あなたも人が悪いな」

島地は明子と肩をならべて歩くこの瞬間を前から待ち望んでいたのだった。

第十四章　誘　い

土産物屋の賑やかな通りを過ぎると、あとは旅館ばかりならんでいた。

「島地さんのお宿はこちらのほうですか？」

島地は咄嗟《とっさ》に、

「ええ」

と答えた。明子が何気なく訊いた言葉が彼の心を決定させた。本当の宿は反対側の川下だった。いま歩いているのは奥湯河原へ行く道なのである。

島地は先ほどから、うまく明子が誘い込めたら、その旅館をどこにしようかと考え悩んでいた。まさか自分の宿につれ帰るわけにもいかない。ほかの編纂《へんさん》委員や秀学図書の連中がいなければ都合がいいのだが、彼らの眼の光るところでは何もできない。といって明子の宿に押しかけることもできない。部屋は二人詰だというし、どうにもならない。

ハイヤーがしきりと二人の横を過ぎてゆく。夜目にも山峡がその涯に黒い傾斜を見せていた。

「滝はこっちのほうですよ」

往還から右手に小さな路が上っている。島地は先に歩いた。島地はいつかここに来たことがある。明子が想像した通り、ある女と一緒だった。道順もそのときに知った。

滝は前に来たときと少しも変っていなかった。外燈がまばらに立っている。滝は侘《わび》しい水を落していた。それでも夜の風情は十分にある。傍《かたわ》らには提灯《ちょうちん》を吊《つ》った茶店があった。散歩の浴客の姿も見える。

「大した滝じゃないでしょう」

島地は明子の立っているそばに足を移した。彼女は淡い電燈に光る水の落下を眺めていた。

「名所というと、大体、こんなもんですね。この辺も格別なところがないから、無理に名所にしてるんです」

明子の肌の匂いが微《かす》かに漂った。手を握ろうと思えば、すぐ横に置かれてある。しかし島地は逸《はや》る気持を抑えた。軽率なことをして取返しのつかない失敗をしてはならない。

「こうして見ると、夜のほうが水がきれいですね」

暗い夜が島地の気持を甘味で包んでいた。電燈の光もそんな気分で見ると、案外、ロマンチックだった。島地は同時に、心の中では緻密《ちみつ》な計算を絶えずしていた。どうすれば明子が自分のあとからついてくるか。どうすれば彼女が宿に帰るのを阻止できるか。——

「疲れませんか？」

彼は明子の横顔に訊いた。

「いいえ、平気ですわ」

明子はあかるい声で答えた。

「島地さんはお疲れになったんですか？」

「そう、少しね」

彼は微かに笑った。

「日ごろ歩きつけないもんだから、疲れやすいですな」

「少しその辺のベンチでお休みになったら？」

「そうですね」

島地はゆっくり歩いて外燈のすぐ下にあるベンチに腰をおろした。丁度いい具合に滝の恰好《かっこう》を見る位置になっている。しかし、明子は立っている現在の位置から動かなかった。

「奥さん」

島地はベンチから呼んだ。

「こっちにいらっしゃいませんか」

「ありがとう」

佐野明子はやはり前の位置に立っていた。外燈が彼女の肩を白くしている。明子はそのまま立ちつづけているつもりらしい。

島地はまた腰を上げた。わざとぶらぶらした足取りで明子の横にならんだ。

「こんな滝を見ていてもつまらんでしょう?」

彼は滝を軽蔑《けいべつ》して云った。

「も少し先を歩きましょうか」

「何かありますの?」

「そうですね、何もないが、梅が咲いてるかもしれませんね」

「梅だったら、そこにもありますわ」

茶屋のうしろが黒い木立ちになっている。わずかに白いものが闇の中から仄見《ほのみ》えている程度だった。

「この辺は東京とはだいぶ気候が違うから、早咲きなんですね。来《き》ノ宮《みや》の梅もすっかり満開だということですよ。こっちから先に行くと梅林があるそうですが、行ってみますか?」

「だって」

明子は即座に云った。

「暗いでしょう。何も見えないと思いますわ」

それを押して勧めもできなかった。事実、梅林があるかどうか、島地にも自信がない。

「そいじゃ、この路を降りて、向うのほうへ歩いてみましょうか」

明子は、街の灯の背後にせばまっている山峡の黒い姿を眺めていた。

「あの辺に行くと、どこへ出ますの？」

明子は遠い目つきになって訊いた。その上に甘美な夜の空があった。

「ずっと行けば、箱根に登る道があるんです。そうだ、その山の路から湯河原を見おろす夜景はいいですよ。その辺のハイヤーをやとってドライブをしてみましょうか？」

「そうね」

明子は考えていた。

「どれくらい時間がかかりますの？」

「わけはありませんよ。上りがせいぜい十五分か二十分ぐらいでしょう。帰りはもっと早いから往復の時間と適当なところで降りて見物する時間を入れて、せいぜい一時間足らずですな。……あなたも今から宿に帰ってもしようがないでしょうから、行ってみませんか」

「ほかにもそんなところに行く人がありますの？」

そう訊《き》くのは明子の心がもう動いている証拠だった。島地は勢いづいた。

事実、彼女は宿に戻っても仕方がないのだ。先輩三人の女性のいるところでは気が詰るだけだろう。また、親しみのうすい若い女と一緒の部屋にいても話が合わないに決っている。

明子と島地とは同時に自分の腕時計を見た。

「まだ八時半ですね。九時半までに完全に戻ってこられますよ」

島地は車を探した。東京と違って流しのタクシーなどは通っていない。近くの家で訊くと、幸い四、五軒先にハイヤー屋があった。

「箱根方面まで行ってもらいたいんだがね」

詰所の窓から顔をのぞかせた若い男が、

「箱根にいらっしゃるんですか？」

「いや、途中までだ。ちょっとドライブをしてみたいんでね。湯河原の町が見おろせるところがあるだろう」

「そいじゃ大観山ですね」

車は四台ばかりならんでいたが、詰所から出た運転手がそのうちのシボレーのドアを開けた。

明子は離れた暗い場所に立っている。島地はそこから手招きした。

明子はためらっていたが、仕方なさそうに歩いてきた。

「どうぞ」

先に明子を乗り込ませた。大型なので座席は広かった。明子は向うの片隅に身体を凭《よ》せた。

奥湯河原へ向っていた。絶えず向うからも車のヘッドライトがつづいてくる。

「なかなか賑《にぎ》やかなものですね」

すれ違う車には芸者を乗せているのもあった。

奥湯河原の宿は軒数も少ないし、大体がひっそりした感じだった。島地は旅館の構えを選択するように注目していた。

川の幅はずっと狭まり、谿谷もこぢんまりとしている。

「梅林はどこにありますの？」

明子は窓の外を向いたまま訊いた。

「さあ」

「梅の林などありませんよ」

運転手がうしろの問答を聞いて口を出した。

路は旅館の横から上り坂になった。ほかの車はほとんどが奥湯河原までで、そこから箱根へ越す車は少なかった。ヘッドライトの光がジグザグの路を掃《は》いて上ってゆく。崖《がけ》の角を曲るたびに下の景色がそれだけ沈んで行った。

車の両側は杉林が多い。路が狭いので、差し出した木の枝が車の屋根の上で鳴ったりした。

「まあ、きれいだわ」

明子は真黒い山の底に集っている町の灯を見た。

「まだ上のほうに行くと佳《よ》くなりますよ。ここだと突き出た崖にだいぶ邪魔されていますからね」

車の中は暗かった。外の闇とじかにつづいているように思える。島地の吸う煙草の赤い火が明滅した。

島地は明子との距離を意識していた。しかし、まだこれを縮める気は起っていない。明子もできるだけ窓際に身を寄せて彼との距離を守っているようにみえた。

路を曲るたびに島地の身体が傾いた。だが、どう考えても明子の身体に届かない。島地もここでは無理をしないつもりでいた。

車が停った。

「素敵」

明子が外をのぞいて云った。湯河原から熱海へつづく灯が光の砂を闇の中に撒《ま》いたようだった。

二人は車の外に出た。そこは昼間の見晴し台になっていて、平らな地面が崖の上に突き出ていた。足もとに砂利が敷いてある。傍に茶店の小屋があったが、無論、戸を閉めている。

「少し寒いですな」

島地はその突端に歩いた。

車が方向を変えて向う側に停った。そのかげから明子のほの白い顔が歩いてきた。コートが黒いから見分けがつかなかった。島地は煙草に火をつけ、前方の闇に沈んでいる湯河原の灯を見ていた。明子は彼から相当はなれたところに立った。

島地は煙草を吹かしたが、明子は何も云わなかった。灯を眺めながら、黙って立ち尽している。その姿に、明子の軽い後悔がよみ取れた。

「きれいですな」

島地はそこから云った。

「ええ」

「寒くないですか？」

「ええ、ちょっと」

明子は言葉少なになっていた。

島地は明子の傍に歩を移した。彼女はどきりとしたようだったが、島地はまだ間隔のあるところで停った。

「あの町の灯が……」

と島地は前面を指すように云った。

「これから次第に少なくなってゆくんですね。にぎやかな灯が時間の経つにつれて一つずつ消えてゆくんです」

視界は冴《さ》えていた。闇も濃かったし、下の灯の輝きもはっきりしていた。

旅館の灯が一つずつ消えるのは、その屋根の下に泊り客の夜がひらくことだった。四層も五層もある温泉旅館に一夜を泊り合わせた人間がそれぞれの幸福を求めているのだった。

風が島地の衿首《えりくび》を撫《な》でた。

「帰りましょうか？」

と島地のほうから先に云った。

「寒いでしょう？」

「ええ」

明子が待っていたように答えた。島地のほうから帰りを誘ったのは、明子を安心させるためだった。ここに来てから、明子は硬くなっている。湯河原の灯は遥《はる》か下のほうにあるが、いわば、この暗い山中に島地と二人きりのようなものだった。運転手は車の中で睡っている。

明子が言葉少なくなったのも、心に怖れを抱いているからだ。うかつに島地に誘われてこんな場所について来たのを明子は悔んでいる。早く町に戻りたそうであった。

その矢先に島地が先に帰ろうと口を切ったので、明子もほっとしたらしい。それも島地の計算の中にあった。

島地は当分明子に淡泊に振舞うつもりだった。しかし、あんまりあっさりしてもいけない。醸《かも》し出した或《あ》る気分の持続は必要だった。

絶えず対手《あいて》の女に危険を予感させながら安心を与える。この場合の危険は期待であり、安心は充足されない不満であった。

車は下り道にかかった。島地は今度は明子に近いところに坐《すわ》った。

煙草を喫っているが、彼の眼の端には絶えず明子の身体がおさめられていた。窓の外に動く暗い景色を背景に、彼女の黒い姿は凝然《ぎようぜん》としていた。

しかし、島地は極めてなんでもない様子にふるまった。

「まあ、なんですな。名所といっても、いざ来てみれば、どこでもそれほどではありませんね」

彼はしゃべった。しゃべることで明子の気持をほぐした。

こんな場合、沈黙は女に警戒心を強めさせる。世間話をすることがいちばんだった。

「あなたは、はじめてこの道を通ったんですか？」

「ええ」

いくらか明るい返事だった。ほっとしているようだった。明子がいちばん危惧《きぐ》を感じたのは、あの展望台で下の湯河原の灯を眺めながら島地と一緒に立っていたときではなかったろうか。もし、島地に何かの行動が起されるとしたら、そのときが最も考えられたし、彼女の後悔もそのときに始まった。

しかし、その危険は過ぎた。

帰りの車も島地の気軽な話し方で緊迫感がなくなっている。彼女は安心している。

「一度、昼間くるといいんですな。湯河原から上って箱根に出てもいいし、箱根からここに下りてもいいですよ」

明子の姿勢が楽になったようだ。いままで硬かった姿勢に余裕がでてきた。

「寒くなかったですか？」

「ええ、あそこではちょっと……」

「やっぱり四月に入らないと暖かくなりませんな……どうです、来てみてよかったと思いますか？」

「ええ、それは始めてですから印象に残りましたわ」

「殊に、今夜は空気が冴えているから、下の灯がおそろしくきれいに見えましたね。夜の山の中は、ほかに邪魔する光がないから視界がはっきりとします……何か、いまの場所で句ができませんか？」

「あら」

明子はかすかに笑った。

「そんなに早くはできませんわ。わたくしはその場で作るよりも、あとで思い出して作るほうなんです」

「それはそうでしょうな」

島地は足を組みかえて、背中を座席に倒すように凭《もた》せた。明子の手はいくらか威厳をもって膝《ひざ》の上に置かれていた。

「芭蕉《ばしよう》だってそうだといいますね。ぼくは何かで読んだが、ほら、例の天の川の句がありますね？」

「荒海や……のあれですか？」

「そうそう、あれだって、芭蕉が出雲崎で作ったのではなく、あとでそのときの印象を句にしたんだそうですね。やっぱりその場で作るのはナマになるから駄目ですかね？」

「そうですね、わたくしなんかよく分りませんけれど」

車が奥湯河原の灯を近づけていた。

車は奥湯河原の路に降りた。来た通り両側が旅館の家並みになっているが、車の方向が逆になっている。

島地は窓の外を見ていたが、

「そこで停めてくれ」

と一軒の旅館の前で急に云った。

「あら、ここですの？」

明子は窓からのぞいた。黒い塀に囲まれた奥に玄関の明るい灯が見えている。

「寄って行きませんか？」

島地はドアを自分で開いて明子を見た。

「お茶でも飲んで行かれたらどうです？　今から帰ってもまだ早いでしょう？」

「ええ。でも……」

明子は断わりたそうにしていた。

「三十分だけ話しませんか？　あなたも寒かっただろうから、温かい紅茶でも飲んでお帰りなさい」

「でも、みなさんがいらっしゃるんでしょ？」

「みんな出払っていますよ。どうせおとなしく宵の口から寝るやつはいませんから……あなたのほうだって、きっとそうだと思います。男の方はみんな遅く帰るだろうし、ほら、あの面白くもない婆さん連中のところにかしこまるのもつまらないでしょう。三十分だけぼくとつき合って下さい」

明子は躊《ため》らっていた。島地がドアの外に立って待っているのだった。

「でも、もう遅うございますわ」

彼女はようやく答えた。

「そうでもないでしょう」

島地は時計を見て、

「まだ十時前ですよ。ぼくだって連中が帰ってくるまで退屈ですからね。あんまり長くは引留めません。ちゃんと車でお送りさせますよ」

島地はそれだけ云うと、背中を返してその旅館の玄関に歩いていた。明子がそのまま車を走らせる機会をのがしたことは計算に入れてある。事実、背後で車がスタートする音を聞かなかった。

距離が開いているので、彼女は大声を出して断わることができないのだ。

この旅館は、島地が大観山に登るときに車の中から見定めておいたものだ。あまりはやっていそうにない家に見当をつけておいた。満員で断わられた場合、計画が挫折《ざせつ》する。

玄関に入ると、せむしのような小さな女中が出てきた。子供のような低い背だが、顔だけはひねている。

「いらっしゃいませ」

「君、どこか静かな部屋はあいているかね？」

「ございます」

女中は島地のうしろをのぞくように、三角になった眼を光らせた。

「では、伴《つ》れを呼んでくるからね」

島地はうしろを見た。明子は門の前に佇《たたず》んでいる。門燈《もんとう》の光が彼女の肩に侘《わび》しく当っていた。

島地は引返した。まだ車はそこに残っている。

「いま、温かい茶を云っておきましたから」

彼は云い残して車のそばに行き、待っている運転手に料金を払った。車は走り出た。

島地は構わず玄関を上った。

明子はそこでためらっていたが、坐ってじろじろ見ている背の小さい女中の眼に耐えられなくなったように島地のあとにつづいた。別な女中は島地を案内している。明子には自分の泊っている旅館と思わせるために、彼も気軽に振舞わねばならなかった。明子には初めて入った旅館と気づかせてはならない。明子はかなりうしろから従《つ》いてきている。

「君」

と島地は前を行く女中に云った。

「紅茶がほしいんだが、出来るかね？」

「はい、あんまりおいしくありませんが」

「温かいのがほしい。それを二つ持ってきてくれ」

女中にも自分の芝居を見破られてはならなかった。彼は素早く財布から千円札を一枚出すと、それを女中の手の中に押しこんだ。

「どうもすみません」

女中は札をチラリと見て帯の間に納めた。廊下は曲っているので、あとからくる明子には分らなかった。

通されたのは十畳ぐらいの部屋で、わりと整っている。窓の外から渓流の音が伝わってきていた。

「お茶を出したら、こちらが用事があるまであまりこないでくれ」

「かしこまりました」

女中は商売のカンで普通の泊り客ではないと見抜いたらしい。

「お時間ですか？」

「ああ、二時間ばかりで帰りたい。君」

と、うしろを振向いたが、明子が部屋の入口に立って入りかねている。

島地が女中の耳に囁《ささや》くと、

「はい。では、別の間にご用意しておきます」

とうなずいた。

「さあ、どうぞお入り下さい」

島地はそこから大きな声で明子に云った。女中も廊下に出るとき、

「どうぞ」

明子にすすめている。

卓の前に坐《すわ》った島地は、やっと部屋に入ってきた明子に、

「いま聞いたら、ほかの連中はやっぱり外に出ていましたよ。こんな所ですが、い

ま紅茶を云ってありますから、それだけを飲んで帰って下さい」

と落ちつかせるように云った。島地自身は、さもここが自分の宿という感じで行儀の悪い坐り方をしていた。

明子は落ちつかなそうに部屋を見回しながら、それでもやっとコートをぬいで島地の真向いに坐った。

「どうも、夜はまだ冷えますな。どうです、まだ寒いですか？」

「ええ」

「じゃ、火鉢を持ってくるように云いましょう」

「結構ですわ。お紅茶を戴《いただ》いたら、すぐに失礼しますから」

「だが、風邪を引いても困りますよ」

「大丈夫ですわ」

明子は部屋の中をじっと見ている。そこには島地の鞄《かばん》もなければ、彼の持物もなかった。明子の眼が不審気な表情になった。

せむしのような女中が湯気の上る紅茶を二つ運んできて、黙って客二人の前にならべた。

「有難う」

島地が気軽に云った。女中は盆を持って部屋から退るとき、襖《ふすま》際で島地のほうに眼配《めくば》せした。島地は彼女に気づかれないようにかすかにうなずいた。

「こんなところの紅茶などあんまりおいしいとは思いませんが、まあ、温まるつもりで召し上って下さい」

島地は匙《さじ》の上に載せた砂糖を茶碗《ちゃわん》の中に沈めた。

明子はまだ部屋の中に眼を配っている。そこに島地の持物が見当らないのを明らかに不思議がっていた。だが、あからさまに訊《き》く筋合ではないので、彼女も眼を紅茶の上に落した。

島地は明子の心を早くも察した。

「宿屋も侘しいもんですな」

と彼から云った。

「ぼくは仕事のことでよく旅行するが、実際、索漠《さくばく》たる気持になりますよ」

「やっぱり、おうちにいらっしゃるに越したことはありませんわ。宿の女中さんのサービスは、ただの通りいっぺんになりますから」

明子は茶碗に口をつけてから云った。

「とんでもない。家庭のほうがもっと荒廃していますよ」

明子が、茶碗の端から眼を見開いた。

「佐野が羨《うらや》ましいです。ぼくの女房なんか、ほとんどぼくに構ってくれませんからね」

「そんなことはありませんわ」

明子はすぐに云った。

「それは島地さんのわがままですわ。どこの奥さまも同じですもの」

「ぼくはまだ、あなたや佐野に愚痴《ぐち》を云ったことがないので分らないでしょうがね。まあ、女房の悪口を人に云ってもはじまりませんからね。それに半分は諦《あきら》めてるんです」

「そんなこと考えられませんわ」

「と思うでしょう。ところが、わが家の実態はそうじゃないんです。佐野は仕合せですよ。奥さんがいいからね。だから、あいつが四国の山の中からせっせとあなたに手紙を書くはずです。もし、立場が違って、ぼくが、いや、ぼくでなくてもいいです。奥さんがぼくの女房のような性格だったら、佐野もそんなふうには手紙は書かないでしょうね。山の中に入ったほうが助かったと思うでしょう」

「そんなふうにおっしゃるもんじゃありませんわ」

明子は軽く顔をしかめた。島地はそういう表情をするときの明子が好きだった。島地の妻から較べると、はるかに豊かな表情の持主だった。

「奥さまは大事になさらないといけませんわ。女の人の前で奥さまを悪く云う男の方を見ると、軽蔑《けいべつ》したくなりますわ」

「あなたには分らない」

島地は切なそうに云った。

「あなたには、ぼくの気持が分らない」

ぼくの気持が分らない、と云ったとき、島地の顔は憂鬱《ゆううつ》そうだった。

彼はこれまでほかの女に愛を訴える場合、ほとんど対手《あいて》の同情を求める理由を作った。女は天性の同情心と優越感とを持っていると島地は考えている。たとえば、女房が長い間病気で寝ついていて困っていると云えば、たいていの女が島地を気の毒そうに見るのだった。その口実は病気の代りに細君が彼に不親切だということに変ることもある。

対手の女は、島地の口から語られるその妻と自分とを比較する。女は絶えず同性と比較しなければ承知できない。女が他人《ひと》の告白に耳を傾けるのは、そこに自分の優越感が動いているからだ。そこで意識は一転して不幸な者への同情に変る。これまで彼はそういう手段で幾人かの女を吸引してきた。

明子は黙って紅茶を喫《の》んでいる。しかし、静かなその様子も、島地の告白を聞く前と後ではかなり変化を遂げているように思えた。二人きりで暗い山に上ったとき、彼女は彼に微《かす》かな怖れを抱いていたと思うが、島地が何もしなかったことは、彼女に安心と同時に一種の期待はずれといったものを感じさせたはずだ。島地はそう見ている。

いま、明子は旅館の部屋に島地と二人きりでいる。一度危機感を味わった女は、今度はそれ以上の期待をひそかに用意している。――島地はそう推察している。前に或《あ》る怖れを与えて、一度安心させ、さらに新しい危惧《きぐ》を感じさせる。女の持つ秘《ひそ》かな期待は、そのことによって増幅されるはずだった。

島地は、明子の意識の下地の上にねっとりと説きはじめた。

「ぼくはもう女房には絶望しています。今さらどうにもならないですからね。夫婦というものは忍耐だと思って我慢しているんです。だが、日ごろから諦めていることでも、それが別な対象に出遇《であ》うと、絶望感から必死に脱《ぬ》けたくなることもあるんですよ」

彼はちらりと明子に眼を走らせた。彼女は眼を伏せて聞いている。再びその肩が硬くなったように見えた。明子には島地の云おうとしている意味が分っているのだ。

「ぼくははっきり云って、佐野とはそれほど親しくなれないんです。仕事も、性格も違いますからね。ただ、佐野の家に行くと、ほっとした気分になれるんです。奥さん、あなたがいいからですよ。恥を云えば、佐野よりも、あなたの人柄に惹《ひ》かれて行っていたようなものです」

「島地さん」

明子がきっとした眼になって云った。

「ご冗談をおっしゃっちゃいけませんわ……あなたは今まで自分のものにされた女の方と一緒にわたくしを見ていらっしゃるのですね。これで失礼します」

島地は慌《あわ》てなかった。しかし、動作だけは狼狽《ろうばい》してみせた。

「奥さん」

彼は明子の横に急速に進んだ。

明子は蒼白《そうはく》になっている。島地が急速に寄ってきたのを上体を傾けて除《よ》けた。その眼には、島地が今まで見たことのない表情があった。それは彼を愛想よく迎えていた眼とは別人であった。親しみ、熟知、好意、——日ごろのそんなものがいちどきに消し飛んで、全く新しい女の眼が島地のすぐ前に見開いていた。電燈《でんとう》の加減で眼の片側だけに光が溜《たま》っていたが、彼女の恐怖が発光しているようだった。

「奥さん」

島地は明子の手を取った。明子の身体が遁《に》げようとした。彼は女の背中を受けとめるように抱き、自分のほうに抱きよせた。すると、明子は顎《あご》を反らせて、顔を逃げた。

白い咽喉《のど》が弾力をもって伸び、柿の種を割ったようなかたちのいい二つの鼻孔が正面にのぞいた。が、すぐに彼女は本能的に島地の唇を防ぐために、片手で顔を蔽った。両肘《りょうひじ》も胸を防いで両脇に固定させた。

女のこのかたちは、島地の経験の中に数多く存在していた。しかも、その一つは極めて最近であった。――

(景子も、恰度、こんな恰好《かっこう》をした)

と彼は思い出した。しかも景子の場合はそれが崩れたのだ。彼には余裕と自信があった。

明子は声も出ないようだった。顔を蔽った片手の指の間から彼女の激しい息づかいが洩《も》れていた。

「奥さん……」

島地は彼女の耳もと近くに口を寄せた。彼の力の中に、彼女の手が狂い、身体がもがいた。背中にまわした彼の手の先には、小脇に固着させた彼女の肘が当っていた。

「ぼくは、奥さんが、前から好きでした」

島地は一語一語を区切って云った。言葉の間は彼の熱い息が埋めた。明子は一語も云い得ないでいた。喘《あえ》ぐような呼吸と、身体の胴震いとが島地の手に伝わっていた。彼女が全く馴《な》れていないことがそれで分った。

島地には案外だった。——日ごろの明子の明るい、いくらかさばさばした態度を知っているから、この場になっても、彼女のほうにゆとりがあって、或いは彼のほうが軽く翻弄《ほんろう》されるかと危んでいたくらいだった。

それに、明子には島地の行状がある程度分っているはずだった。それは日頃の冗談にも云っている。だから、よけいにそう考えていた。

明子は何も知っていなかった。夫の佐野だけしか知らない女だった。そして男からの襲撃に対して、ただ、度を失っている女であった。島地は、握っていた彼女の手を放し、すぐに顔に当てている一方の手をこじ開けた。

「奥さん……」

島地はその手首をつかんだまま、下から現われた彼女の喘ぐ唇に自分をかぶせようとした。傾斜していた明子の重心が島地の下に倒れた。

明子は畳から跳《は》ね起きようとしていた。

島地はその肩を押しつけていた。身震いが島地に伝わった。彼女は顔を畳に伏せて島地からの襲撃を防いでいた。彼女の頸《くび》のうす青い静脈は硬直していた。彼女は島地に腕を押えられながらも手首だけを力いっぱいに起して掌で唇を蔽っていた。弱い防禦《ぼうぎょ》だった。島地の身体は彼女とならんで長く横たわっていた。

「いや。放して」

明子は指の間から声を吐いた。激しい抵抗だったが、追詰められたときの絶望感がどこかに出ていた。しかし、島地はそれ以上何もする気はなかった。それは彼が景子にした場合と違っていた。

とにかく、ここまでの段階が彼の最終目的だった。いや、実はこんなに都合よくゆくとは思っていなかった。もしかすると、彼女とはただ話だけで終るかもしれないと考えていたくらいだ。この旅館に連れこむ工夫がついたのが成功だった。

「奥さん、ぼくが大変な男だと思うでしょう」

島地は言葉に落ちつきを戻して云った。それは、これ以上に彼女をおびえさせない表現でもあった。

「しかし、前から奥さんが好きだったんです……佐野にはたいへん申し訳ないと思っています。また、こういう行動に出たことも、いま激しい後悔に駆られています。だが、ぼくはあなたに軽蔑《けいべつ》されても仕方がなかったのです。ぼくの孤独があなたのような人を欲しがったんです」

島地の顔の位置からは明子の表情は分らなかった。畳に圧《お》しつけている顔の一部しか見えないのだ。その頰は激しい動作のために真赧《まっか》になっていた。島地は彼女の頸から匂う体臭を吸い込んだ。明子はうすい膜のようなストッキングの脚をかたく揃えて折り曲げていた。白いスリップの端がその上にはみ出ていた。島地は少しずつ自分の力をぬいた。彼はそれなりに紳士的な姿勢を保ちつづけていた。島地の力から放たれて明子が急いで起きた。彼はそのまま身体を転がして俯《うつ》向《む》きになり、肘を曲げて顔を伏せた。

それは後悔にもがいている男の姿勢に見えた。彼は耳で明子の動く気配だけを聞いていた。

忙しげに身づくろいする微《かす》かな音が鋭く空気を裂いてつたわった。

明子は一語も云わなかった。畳を踏むあわただしい足音が突伏している島地に揺れるように伝わった。襖《ふすま》が激しく開き、すぐに閉じた。廊下を去ってゆく音がその向うから聞えた。ややあって玄関の戸の開く音が遠くからした。

島地は身体を起して腕枕をした。彼は初めて女の去った部屋を見回した。まだ部屋の空気が渦を残しているようだった。それは今夜の島地と明子との渦でもあった。

ふと、肘の下にかたいものがあるのに気づいた。小さなブローチだった。楕円《だえん》形の金の縁で囲んだオパールだが、上の細い鐶《かん》がとれていた。

島地はそれを電燈の下に翳《かざ》した。石の虹《にじ》のような淡い色が光った。女の哀れさを見せているような細い飾りだった。

第十五章　変　化

佐野周平は眼を醒《さ》ました。部屋は暗い。だが雨戸の隙間に明るい陽が洩れていた。今日は昼まで睡るからと彼は女中の道子に云ってある。眼が醒めたのは玄関で妻の明子の声を聞いたと思ったからだ。女中と話をしている。疲れているので、昨夜早く横になったのがまだ完全に睡気から脱していなかった。自分の家に寝た安心と、日曜日だという意識とで起きる気持がそのままだった。

だが、妻の声を聞いたのは、眼の醒めないせいでもあったが、それを錯覚だと考えたのは、明子の帰りがもっと遅いと知っていたからだ。東京着は夕方の予定になっている。俳句同人の吟行で昨夜湯河原に泊り、今日は真鶴岬を歩くはずだった。

雨戸の隙から洩れる光線の具合から、大体十時ごろと見当をつけた。

遠い話し声が熄《や》んだ。佐野はまた模糊《もこ》とした意識になりかかっていた。それがまた引き戻されたのは、隣の部屋でかすかだが近い音がしたからである。女中のものとは違う。佐野は眼を開いた。

明子なら襖をあけてのぞくはずだったが、それもない。だが、妻には違いなかった。女中から睡っていると聞かされて、わざと遠慮しているのかもしれない。隣では、こっそりと洋服ダンスが開く音がする。ハンガーをとる気配だ。

初めは、もうそんな時間かと思った。妻の帰りが夕方の予定になっているので、雨戸から射す光を間違えたかと思った。枕もとに置いてある腕時計を片手に摑《つか》んで見た。うすい光線で九時半になっているのが見えた。

佐野は腹匍いになった。寝返りにわざと音を立てた。

それは襖越しに明子の耳に入ったはずだ。が、逆に隣室の音が熄んだ。どうして早く帰ってきたのだろう？　佐野の帰宅を妻は知らないはずだった。

何かの都合で真鶴岬行が中止になり、昨夜の会合だけで解散したのだろうか。

佐野は枕もとの煙草をとって、マッチを擦った。この音で、彼が起きていることを明子は知ったはずだ。

隣からは何も聞えない。

明子はいないのかと思った。知らない間に別のほうへ去ったのかと考え、それにしてはその気配がなかったと思った。久しぶりに、いや、突然に夫が帰ってきているのだ。それは玄関に入ったとき女中からも聞いているから、妻はまっすぐにこの部屋の中に飛び込んでこなければならないはずだ。明子はそういう性質であった。

佐野は煙草を吸いつづけた。すると、耳が隣の微かな音をまた捉《とら》えた。

「明子」

佐野は声をかけた。

返事はすぐにはなかった。

隣の部屋で畳を歩む音がした。佐野が明子の名前を呼んでかなり経ってからだった。

「お帰んなさい」

案外、弾《はず》まない明子の声だった。

佐野は、明子がもっと愕《おどろ》きと喜びとをみせると期待していた。日ごろからそういう性質の妻なのだ。それに、今度は予告なしの帰宅だった。

明子は微笑みを浮べてはいるが、日ごろの闊達《かったつ》な表情ではなかった。どこか疲れたような顔色をしている。

「昨日《きのう》、お帰りになったんですって？」

彼女は佐野の寝ている横に坐《すわ》った。支度も日常着《ふだんぎ》のセーターに着替えている。

「急に出張が決った。帰ってみると、君は湯河原に行ったと道子から聞いた。今日は真鶴岬を歩く予定じゃなかったのかい？　いやに帰りが早いじゃないか？」

「ええ、あれは止めましたの」

「君のほうが断わったのか？」

「ええ」

明子は眼を伏せていた。

「どうして？」

「……なんだか、急に気が進まなくなったんです」

「それじゃ、ほかの人に悪いだろう？」

「でも、どうしても、その気になれなかったんですもの」

「珍しいね」

佐野は云ったが、不愉快ではなかった。妻が自分の帰宅を知らずに、一日真鶴岬を歩き回っているよりも、早く帰ってきてくれたほうがずっとよかった。夫の帰りを虫が知らせたのかもしれない。

「暗いな、いま何時ごろだね？」

「もう、そろそろ十時ですわ。雨戸を開けましょうか？」

「うん。もう起きる」

明子は起《た》って雨戸を繰りはじめた。佐野はその後ろ姿を見たが、やはり、いつもの妻の調子と違って映った。久しぶりに見るのでそう感じるのかもしれない。

佐野は顔を洗った。

座敷に戻ると、女中の道子が食卓に皿を並べていた。明子は現われなかった。

「奥さんは、どうしている？」

「さあ、旦那《だんな》さんのお部屋じゃございませんか？」

佐野は黙って卓の前を離れた。明子は佐野の鞄《かばん》から中の物を出して、坐りながら整理している。その動作も、いつもよりはずっと静かだった。

「明子、飯をたべよう」

「はい」

明子は整理をそのままにして起った。彼女の眼は夫の視線から逸《そ》れていた。

佐野は、妻の手をふいと摑んだ。

「明子」

佐野が妻の手を握って抱き寄せると、明子は佐野の胸の中に顔をうずめた。

「どうした？」

佐野の頰に妻の髪がまつわるように触れた。が、明子は身体の重心を彼に全く預けるでもなかった。

「元気がないね」

佐野は妻の顎《あご》を指で持ち上げた。その顔は初めて佐野の眼の前に仰向いたが、ふしぎに明るい微笑がなかった。彼女は夫の凝視を眩《まぶ》しそうに避けて眼を閉じた。

「疲れているんですわ」

と、そのままはずまない声で答えた。

「気分が悪いのかい？」

「ええ、少し。……ごめんなさい、昨夜あなたがお帰りになるのを知らなくて」

「急だったからな。そりゃ、いいんだ」

「すみません」

明子は眼もとを少し笑《え》ませた。

「でも思いがけなかったわ」

「ああ、本社から次長会議の招集があってね、君に知らせる時間がなかった」

「電報でも打って下さったら、わたくし、湯河原などに行くんじゃありませんでしたわ」

明子は呟《つぶや》いた。悔恨に似た口調だった。

「電報を打つことも考えたが、ふいに帰るのも悪くないと思ってね」

「わたくしをおどかそうとなすったのね？」

「そういう魂胆だな」

佐野は妻を胸に抱き締め、その唇を吸った。遇《あ》えなかった期間の力が加わった。冷たい妻の頬であった。彼は指でその伏せた眼や頬を撫《な》でた。眼蓋《まぶた》の下のまるみが柔らかに指の先にこたえた。

「少し、痩《や》せたかな？」

「そうでもないでしょう、遊んでいるんですから」

「いや、少し痩せた」

「あなたこそ、そうだわ」

明子はうすく開けた眼で云った。

「山でずいぶんご苦労なすってるんでしょう？」

「そうでもない、仕事だからね」

「でも、おひとりであんな山奥に入って不自由なすっているの分るわ。社の方も、あなたに馴染のうすい人ばかりでしょう。いろいろ気をつかってらっしゃると思うわ」

佐野は秋吉所長の神経質な顔を泛《うか》べた。秋吉がひどく遠いところにいるような気もするし、すぐ横にいるような気もした。

「馴染がうすいといっても、社の人間には変りはないよ」

「そんならいいわ。あなたは口下手だし、社交的でないから、それがいちばん苦になっていたの」

「そうでもないよ」

「そう？　少しはお上手になれて？」

「まあね」

「わたしには、一緒のあなたしか見ていないから心配になるのね」

「明子」

佐野は激情的になっていた。彼は妻の顔を自分のほうに再び手ぐり寄せると、ぶっつかるように頬を合わせた。

明子が彼の顔の下から次第に激しい呼吸になった。

「現地では、むつかしい問題が起ってるんじゃありませんの」

明子は佐野の腕から離れて訊《き》いた。

「たびたびお手紙を戴《いただ》くけれど、そんなことはお書きになってないわね。でも、何となくそう感じますわ」

「補償問題は厄介な問題にきまっている。そのために会社からやらせられたんだから、そんなことをいちいち手紙に書いてはきりがないよ」

「でも、うまく行ってますの？」

「何とかなりそうだ」

「あまりお手紙を書けなくてごめんなさい。でも、あなたがお帰りになったら、ゆっくりそのことをお訊きしたかったの。あなたのお手紙、なんだか匿《かく》していらっしやるみたい……」

佐野は明子から視線をはずした。

「べつにそんなことはないよ。仕事のことばかり書いても面白くないからね」

「そう。でも。伺いたいの。……今度はどういう用事で社に呼ばれたんですか？」

「やっぱり山の問題だがね。何か会社のほうで新しい方針を総体的に出すらしい。よその連中もみんな集るんだから。しかし、ぼくだけじゃない。よその連中もみんな集るんだから」

「でも、よかったわ。まさか今ごろひょっこりお帰りになるとは思わなかったから。……お痩せになってるようだけど、お元気で何よりでしたわ」

「腹が減った」

と佐野は調子を変えて云った。

「ええ、今すぐ支度します。うんとご馳走《ちそう》しますわ。……いつかお手紙に、向うはお魚が新しいと書いてありましたけど、こちらはその点は駄目ね。今夜はお肉にでもしましょうか？」

「ステーキのうまいのが食べたいな」

「はい。いまは、トーストになさるんでしょう？」

「ああ」

「じゃ、急いで支度しますわ」

明子はいくらか元気になったように佐野の朝食を調《ととの》えた。

食後のひととき、佐野はふと思いついて云った。

「明子、島地はあれから来ないそうだね。道子に聞いたんだが」

後片付をすませた明子の足が瞬間に停った。

「ええ……」

「そうか。あの男は頭もいいし、学者としても一流だ。人間も悪くはないが、妙な癖があってね」

妻は顎をひいたまま、返事をしないでいそぎ足になって出て行った。

佐野が会社に出たあと、明子は買物に出かけた。今夜のために牛肉のいいところを買うには、女中任せにはできなかった。

肉屋のケースの前に立って、竹の皮に載せた赤い肉が秤《はかり》にかけられているのを見ながら、明子は夫の言葉がまだ身体を締めつけていた。

昨夜の島地の記憶が明子の顔や身体いっぱいに残っていた。あれから口を何度もすすぎ、今朝もすぐに昨夜のスーツを脱いだ。

オパールのブローチが無くなっている。あの部屋から逃げるときに、すでにそれに気づき、いそいで眼で捜したが、それが島地の肘《ひじ》の下にかくれていることが分った。しかし、それを拾うためには、また島地の横たわっている身体に近づかねばならなかった。——

明子が、島地の肘の下にブローチが落ちているのを知っていても、それを取ろうとすれば、うつ伏せになっている島地に何をされるか分らない危険があった。気持も動顚していた。その部屋から遁《に》げることで精いっぱいだった。その時はブローチなどはどうでもよかった。

だが、あとになって、それが案外に重大であることに気づいた。ブローチが島地の手にある限り、彼とのつながりがどこかでつづいているようなものだった。ブローチは、夫の佐野が二年前に買ってくれたものである。たしか夏のボーナスだった。銀座を歩いて、ふと、夫が或《あ》る貴金属店の中に入った。初めは冗談だと思っていたが夫が独り決めで買ってくれた。

そういう品だからブローチを失ったことが二重の気がかりになる。夫からその紛失を追及されたときの言い訳が苦しい。品物は島地の手にあるのだから、それが返されるまでは完全な「紛失」とも云われなかった。

明子は、今朝、湯河原の宿を発つとき島地と入った旅館の名前を思い出し、一応電話してみた。

その決心は長い躊躇の末だったが、結局ブローチは返してもらわなければならない。もし、島地が電話口へ出たら、極めて事務的にその返還を迫るつもりだった。

昨夜の彼の動作にはふれないで、ただそれだけを云うことが彼に対する痛烈な抗議になると思った。

「そういう方はお泊りになっていません」

その旅館の女中の返事を聞いたとき、明子は島地がわざとそう断わらせるように含めていたのかと思った。しかし、そうでないことが分った。実際に島地は泊っていなかったのである。

明子には島地の策略がはっきりと分った。あれは単なるその場の男の衝動ではなかった。島地は最初から計画的に彼女をそこに伴《つ》れ込んだのである。よその旅館を恰《あたか》も自分の宿のように見せかけるなど、彼の策略の巧みさに明子は戦慄《せんりつ》した。

島地のことは、明子も夫からいろいろと噂には聞いていた。しかし、それは「他人」に関してのことだ。まさか友人の女房に手を出そうとは思いもよらなかった。佐野とは高等学校時代からの友人だし、明子が知った島地とのつき合いもすでに十年に亙《わた》っている。

明るい会話としての多少の冗談は云い合った仲だが、その島地の気持がまさか自分に来ているなどとは予想もしてなかった。

それが彼の気持の上に欲望のかたちとなって出たのは、夫が四国に隔離されたときからであろう。このときに島地の明子に対する興味が起り、彼の計画ははじまったのだ。

しかし、偶然に島地が湯河原に来ていたというのは本当だろうか。それを考えると、疑わしくなってくる。もし、それも彼の計画だったとすると、俳句の吟行でその晩彼女が湯河原に泊ることを、どうして彼は知り得たのであろうか。……

明子はほとんど無意識のうちに代金を払い、牛肉の包みを受取った。


本社の会議は午後一時から開かれた。

招集されたものはダム工事建設事務所の次長ばかりだが、関係社員も混っているので、大体二十人ばかりが会議室のテーブルに着いていた。

本社側は担当重役のほか、経理部長、用地部長、補償部長などが出席した。

白髪を上品に撫《な》でつけた担当重役は、劈頭《へきとう》から会社の予算変更方針を説明した。

ダムの補償費は、現在予算をとっているもの以外には余分な支出は絶対に不可能であるという主旨である。建設場所によっては予定額よりも一割乃至《ないし》二割を緊縮したいとも述べた。

これは、今度大規模な新式火力発電所を新設することになり、そのために厖大《ぼうだい》な建設費を必要とする。現在会社としても経理面では苦しい立場にあるので、この支出のために既定予算から相当額を削らなければならない——。いわば火主水従の電力界の端的な現われであった。

議論は沸騰した。なかには、現在の予定額でも納まらない未決定補償地区があるのに、それを減額されたのでは到底用地買収の見込みが立たないと抗議する者もいる。最近の物価値上りの情勢を反映してどこも高姿勢である。会社の新方針は諒《りよう》承《しよう》するが、補償額の削減だけは何とか中止してもらえないだろうかと懇請した。各地区の次長が具体的に交渉経過を担当重役の前に説明してのことである。

佐野も現地の情勢を伝えた。

しかし、きれいな白髪にバラ色の頬をしている担当重役は、みなの話を卓の上で指を鳴らしながら黙って聞いた挙句、

「現地のみなさんの苦衷《くちゆう》はよく分ります。しかし、会社ではそういう実情を織込んだ上での決定ですから、よろしくお願いするよりほかありません。現地の交渉については、みなさんのそれぞれの努力を期待しております」

初めからこちらの云い分を取上げる態度ではなかった。担当重役もダム工事の補償や用地問題を手がけた人で、いわばみなの先輩だし、その道では玄人だった。それが現地の個々の実情には初めから頬冠りの態度で、会社決定一本槍《やり》で押し通そうとしているのだ。

「みなさんに集っていただいたのは、みなさんの立場をわたしがいちいちお聞きし

たいからではないのです」

と重役は云った。

「会社としては、もう、これがぎりぎりの線で、これ以外に現在の電力界に生き残る途がないのであります。この新方針は、いわば一片の文書で現場に通牒《つうちょう》してもいいくらいのものですが、それではみなさんの納得を願えないかとも思い、会社としても左様な紙片《かみきれ》一枚でご通知するよりも、直接にお目にかかって話を聞いていただきたいと思ってお集りを願ったのです。みなさんの苦しいところはよく分る。しかし、どうか担当役員としてのわたしの困難な立場も察していただきたいのでございます」

会議は、いわば茫然《ぼうぜん》とした空気の中で終った。佐野は会議室から出たが、四国の現地から炎が波のように自分に向って押し寄せてくるような感じだった。

「佐野君」

誰かがうしろから彼を呼び止めた。

佐野がふり返ると、用地部長がズボンの両ポケットに手を突っ込んで立っていた。縁なしの眼鏡のよく似合う痩《や》せた人だった。

「ちょっと」

用地部長は眼顔で合図し、廊下の横手にある応接間に彼を引き入れた。

日曜日なので社内は静かだった。

「どうだね、少しは仕事になれましたか？」

部長は佐野の横に椅子を引いて坐《すわ》り、親切に訊《き》いた。

「はあ、なんとか、やっています」

佐野は伏し眼で答えた。

社の新方針決定が佐野の胸を閉していた。しかし、この部長に愬《うった》えてもどうにもならないことだった。担当重役が一方的ともいえる強い態度で宣言したことである。

「君は、補償の仕事は初めてだから、馴《な》れないこともあって、苦労だろうがね」

「はあ」

「どうだね」

部長は背をかがめると、両肘《りょうひじ》を机の上に置き、友情的な声で訊いた。

「秋吉君とはうまくいっているかね？」

佐野の胸が騒いだ。部長は秋吉と自分とがソリが合わないことを知っているようだった。

「はあ、まあ、なんとか……」

佐野は嘘がいえなかった。ここで体裁をつくってもはじまらないことだった。部長が事情を知っているとすれば、誰か現地から報告したものがあるのかもしれなかった。

「そうか。それならいいがね。ぼくは心配していた」

部長は安心したというように上体を起して煙草の箱をとり出したが、実際に安心しているとは佐野には思えなかった。

「秋吉君は、技術者としてわが社では一流だ。しかし、性格的にはどちらかというと、閉鎖的な人間だからね。君のほうでうまく彼に合せてもらいたいな。なんといっても、次長は所長の女房役だからね」

「はあ」

「現場もだいぶ工事開始を焦っているようだし、本社も早くはじめたい。まあ、厄介な問題がいろいろとあるようだが、秋吉君とよく連絡をとってうまくやってもらいたいな」

佐野は眼の前が暗くなるのを感じた。

佐野周平は本社を出た。簡単な昼食会が終ったのが、三時を過ぎていた。佐野は電車にもタクシーにも乗らず、丸の内界隈《かいわい》を歩いた。日曜日なので、日ごろより人も車も少なかった。

明日の飛行機で高知に発つのだが、今度の会社の新方針決定は佐野を一段と苦境に立たせた。用地部長から云われたが、秋吉所長が妥協するとは思えない。佐野が下手に出ても応ずる男ではなかった。仕事上の対立ではなく、人間的に合わないのだ。現地から用地部長にどのような情報が送られたか分らないが、それも秋吉所長か彼の腹心かが書いたような気がする。

　会社は、補償費を増やすどころか削減もしかねなかった。現在、山田猪太郎を中心にする志波屋部落の攻勢も、営林局の人員整理に伴う失職者の補償増額要求も、今度の予算方針で局面打開の見込みがうすくなった。金を出す以外に事態をおさめることは困難であった。湯浅麻夫はいよいよ煽動《せんどう》するだろう。

　どんなことが起ろうと、秋吉所長はそっぽを向いているに違いない。それはお前の仕事の領分だと云いたげな顔で、彼は工事の早期開始だけを佐野に迫るだろう。

――佐野は、現場でも本社でも自分が孤立していることを知った。

　このぶんでは現地の交渉は、長引くだろう。彼はもっと苦しい立場に追い込まれるに違いなかった。会社側が建設次長会議を開いたのも、佐野を含めて現場の次長たちを慰撫《いぶ》の目的で二日間東京に呼んだともいえそうだった。

　佐野は、自分が現地から不適任者として追われることなどは夢にも考えていなかった。問題が複雑になればなるほど、あの山の中に長く置かれそうな気がした。

　佐野はいつか都庁の前に出ていた。彼の足が迷った。四国にいる期間が延びると覚悟したとき、島地のことが気になり出したのだ。

佐野は自分の長い留守中に島地を来させたくなかった。あの男にはっきりとそれを断わって置きたかった。彼のことだから、明子に軽口を叩《たた》きながら来かねないのであった。幸い、今までは彼は姿を見せないということだが、将来はわからなかった。

佐野は四国にいるときから島地のことが気になっている。今度はいつ東京に帰ってこられるか分らないのだ。仕事が困難になったからよけいに安心して行きたかった。

今日は日曜日だ。島地は家にいるだろう。島地の細君にときどき留守宅に来てもらうように頼むのだ。これが島地を牽制《けんせい》するいちばんの方法だと考えついた。島地はあの細君が苦手だ。細君に手を打っておけば、いくら彼でも、妙な気持を起して佐野の家にはこないだろうと思った。穏便《おんびん》で賢明な手段だった。

佐野周平は吉祥寺駅で降りた。しばらく四国に行っていると、東京の街が新鮮に映る。殊に島地の家には五、六年来たことがない。

北口で降りて、駅前の狭いバス通りをしばらく行くと、雑多な商店がつづき、古本屋などがあったりする。途中の四つ角を右手に曲ると、急に静かな住宅地に変る。島地の家は元有名な画家がいたのを彼が買取って改築したものだ。庭も広い。殊に外からその書庫が目立つ。

島地は戦争中に家も蔵書も焼いたが、終戦後に書いた唯物史観的な著書が売れたのを始め、次々に教科書を書きつづけている。その莫大《ばくだい》な印税がバラック住居から大きな家を新築させた。

玄関に出てきた女中は佐野に、少々お待ち下さい、と云って引込んだ。やっぱり島地は家にいたのだ。留守だったら、女中がすぐにそう断わるはずだった。

佐野はしばらくそこに待たされた。女中はなかなか戻ってこない。彼は所在なさそうにそこから表のほうを眺めていた。前の道に子供を伴《つ》れた若い母親が通っていた。

どうしたのだろう？　島地がいなければ細君が出てくるはずだった。それとも、二人ともその辺に出ていて女中が捜しているのだろうか。ようやく、その女中が戻ってきた。

「どうぞお上り下さい」

佐野は玄関に入ったが、細君は出迎えなかった。

「奥さんは？」

靴を脱ぎながら訊くと、

「はい、あいにくと新宿までお出かけでございます」

と答えた。佐野は困ったと思った。

「いつごろ帰られるのかね？」

「さあ、もうそろそろじゃないかと思います」

島地と話しこんでいるうちに細君が戻ってくるかもしれない。細君の顔を見てから話を切り出そうと思った。

女中は彼を玄関脇の応接間に入れた。そこは十畳ぐらいの広さの洋間で、テーブルもクッションも、豪華なのが揃っていた。

佐野はそこに腰掛けた。女中が茶を運んできた。

「島地君は何をしてるのかね？」

「はあ、お書きものをしてらっしゃいます。すぐこちらに降りてくるからとのことでございます」

女中にそう断わらせたところをみると、まだ待たせるつもりらしい。応接間の広いガラスには庭が見えている。日本画家がいただけにさびた造園だった。家は新しいが、立木は古いものばかりである。

佐野はしばらくその庭を眺め、つづいて応接間に飾ってある壺や仏像を眺めている。歴史家の応接間だけに、その関係の骨董《こっとう》品が多かった。

佐野はクッションに戻った。この部屋の飾物に佐野は少しも興味がなかった。

それにしても遅い。書きものに区切りがつかないのか、容易に島地は現われる気配がなかった。

第十六章　二つの間

島地章吾は、佐野が訪ねてきたと女中の口から聞いたとき、ぎょっとなった。佐野は四国のダム工事場にいるとばかり思っていたのだ。昨夜明子に会ったときも、佐野がこっちに帰っていることなど口ぶりにも出なかった。いや、明子も佐野の帰りを知らなかったのだろう。

だから、彼は昨夜か今朝東京に帰ったに違いない。それはまあいいとして、いま、佐野がここに来たのは昨夜の明子のことに違いない。早速だ、と思った。

してみると、明子は今日真鶴に行くのを中止したらしい。昨夜のことでショックを受けてまっすぐに家へ帰ったところ、佐野が戻っていたというわけだろう。

島地は、今夜、放送局の企画でR新聞の論説委員と対談することになっている。そのときの要項を大体下調べしているのだったが、もう、メモをするどころではなかった。

明子は亭主の佐野にあのことを訴えたのだ。そこで佐野が逆上して文句を云いに来たのだろう。でなければ、五、六年もここに来たことのない佐野が今朝突然やって来るはずがない。島地は煙草を出して落ちつこうとした。さすがに胸がどきどきする。

あの男は島地が女房に手を出したと聞いて怒りに狂ったのかもしれない。日ごろ気力のない男だが、惚《ほ》れた女房のことで頭に来たらしい。

「どんな顔をしていた？　興奮していたかい？」

女中に訊《き》くと、

「いいえ、そんなふうには見受けられませんでした。おとなしそうな方ですわ」

と答えた。

佐野は鈍重な性格だから、すぐに激情を見せるということはあるまい。しかし、会ってからはどうなるか分らないのだ。少々気味悪くもあった。

島地はゆっくりと烟《けむり》を吐きながら考える。幸い今日は女房がいなくてよかったと思う。応接間で佐野から大きな声を出されたら、女房に昨夜の所業をまるきり知られてしまうところだった。明子もばかな女だ、と島地は舌打ちした。べつにどうということもしなかったのに、さも一大事のように亭主に告げ口したのだ。その点、可愛くもある。これから明子をゆっくりと手繰り寄せようと思っている矢先だったから、これは計画の狂いだった。

佐野に、どう弁解したものか。明子は夫に昨夜の有様を微に入り細に亙《わた》って説明したのだろうか。それとも漠然とした表現で云ったのだろうか。どちらにせよ、ここで考えていても仕方がないので、とにかく、佐野と会って、出たとこ勝負で何とか云いくるめようと思った。

島地は明子のブローチを持っている。女房に気づかれないように隠しているが、佐野はそれも取返しにきたのかもしれない。だが、これは返さないつもりだった。明子との縁が切れるからだ。知らないと云えば、それでいいのだった。

島地章吾は二階から降りた。

さすがに、いつも会っている佐野周平とは違った人物に面会するような感じだった。彼は一瞬眼をつむって応接間のドアを開いた。

佐野周平は椅子に深く腰かけて脚を組んでいた。島地は素早く彼の表情を見てとったが、おや、と思った。

さだめし思い詰めた顔つきをしていると思っていたが、佐野周平は相変らずのぼんやりとした表情だった。興奮などは少しも見られなかった。

「やあ」

島地は、わざと平気な顔で佐野周平の前に立った。

「やあ」

佐野周平は、ちょいと背を起した。

「いつ帰ったんだい？」

島地は悠々と佐野と対い合って椅子に坐《すわ》った。しかし、胸の動悸《どうき》はまだ速かった。

「社の用事でね、急に、昨日こっちに帰ってきた」

佐野はおとなしく答えた。

「そうかい」

やっぱりそうだった。明子も知らなかったのだ。佐野は昨夜ひとりで自分の家に寝たのだ。この男は明子が湯河原に行く予定だったとは知らないで帰宅した。明子も、佐野が帰ると分っていれば、湯河原行を中止するはずである。会社の出張命令が急だったので、夫婦がすれ違いになったのであろう。

「どうだね。四国のほうは？」

島地はそんなことから話に入ったが、これは佐野が何を云いにきたのか、果して明子とのことでどのような文句をつけにきたのか、その偵察でもあった。

「本当の山の中だからね。何もないところだ。だから、わずかな期間でも帰ってくると東京が目まぐるしいよ」

佐野は落着いて話している。

どうも様子がおかしい。佐野の態度が平然としすぎている。

「東京から遊びに行くにはいいところだが、住むところじゃないからね。ぼくもあと半年もしたら、すっかり田舎者になってしまうよ」

「長く置かれるのかい？」

「二年ぐらいの予定と思っていたが、少し厄介な問題が起きたので永びくかもしれないね」

佐野は初めて額に憂鬱《ゆううつ》そうな翳《かげ》りを見せた。顔もやつれていた。

「それは叶《かな》わないね。頼んで早く帰してもらうということはできないのか？」

「勤めだからね。そんなわがままはいえない」

「夜なんかどうしている？」

「田舎で何もすることがないから、早く寝るだけだよ」

「高知の街《まち》などへ出たら、バーぐらいあるんじゃないか？」

「そこがまた遠いんだ。車で二時間以上もかかるから、夕方からぶらりと出かけるわけにはいかない。行けば一晩泊ることになる」

「それは大変だな」

島地は煙草を咥《くわ》えたが、どうも佐野の様子が予想と違うように思えてきた。

「今日は奥さん、いないのかね？」

佐野は訊いた。島地はだんだん彼の様子が妙だと思った。もし明子のことで佐野が文句をつけにきたのだったら女房のことを訊くはずがない。問題は二人だけで話し合うのが普通だ。

「ちょっと、そこまで出ているよ、何か用かい」

「いや、長いこと奥さんにお会いしてないんでね」

と佐野のほうが弱気な顔色にみえた。

「そうだったね、女房も君に会いたがっていたよ、この間も君のことを云っていた」

どうも自分の想像と事態が違うようだ。島地は烟をしきりに吹きながら佐野の表情を窺《うかが》った。

――佐野周平は島地の妻がいないので当惑していた。さっき女中に聞いたのでは新宿までということだから、間もなく帰るようにも思われたが、あるいはもっと遅くなるかもしれない。用もない島地と長々と話をすることもつらかった。もともと話題がないのだ。

「奥さんの帰りは遅いかね？」

佐野はそう訊くほかはなかった。

「そうだな。昼から出かけたので、もう間もなくだろう。ちょっとした買物らしいからね」

島地は、佐野がどうして女房のことばかり訊くのだろうと思った。いよいよ佐野の来訪の目的が分らなくなった。まさか、明子のことを女房の前で暴露しようという魂胆ではあるまい。さきほどから彼の顔を見ているのだが、色が黒くなってやつれてはいるが、ひどくおだやかだった。少しも興奮したところはない。むしろ、この表情にはどこか躊躇に似たようなものが漂っていた。

しかし、島地には、佐野がここに来たのはやはり明子の問題だという考えが捨てられなかった。滅多に来ない男が、あのことがあった翌る日に来たのだ。もしかすると、佐野は気の弱さで肝腎《かんじん》のことが云い出せないのかとも思った。ここまでは興奮して駆けつけたのだが、いざ島地に会うと、その勢いが失《う》せて云い出しにくくなったのかもしれない。自分の女房のことだから、当人には微妙な問題だった。相当な教育を受けた佐野の知性にもかかわることである。

とにかく、もう少し佐野にしゃべらせてみることだ。島地はかえって度胸がすわってきた。

――佐野は島地の細君に、明子のところに遊びにくるよう島地にことづけようかと思ったが、彼が果してそれを履行するかどうか分らない。いや、それではかえって島地自身の気持を誘うような危険もあった。やはり、このことは、細君に直接いわないと効果はない。

「君は相変らず忙しいんだろうね？」

佐野は島地に話しかけた。

「ああ忙しいね」

島地はいくらか傲岸《ごうがん》な顔で答えた。

「そうだろうね。やっぱり何かい、著述だとか、講演会だとか、いろいろあるのかい？」

「いまは新教科書の仕事があるから、それに追われている。その合間には、座談会だとか、放送だとか、いろいろはさまってくるよ」

「君ぐらいになると断わりきれないくらいあるだろうね」

一体、何の話をしているのだ。佐野は自分に苛々《いらいら》してきたが、とにかく、島地の細君が戻ってくるまでは粘らねばならなかった。

「君こそ、馴《な》れない仕事だから大変だろうな？」

島地は佐野を見くびりはじめていた。この男、どうやらあのことで来たのではなさそうだ。それらしい徴候が少しもないのである。雑談ばかりやっているが、この男は高知の山の中から久しぶりに戻ってきたので、東京の人間が懐しくなったのかもしれない、とかえって哀れみが起きた。

「いろいろと面倒だよ……そうそう、いつか君が云っていた、あの、神社も現地にあるよ、ぼくはまだ近くに行ったことはないがね」

佐野は思い出したように云った。

志波屋部落に海神を祀《まつ》る古い社《やしろ》があり、民俗学に詳しい島地は、その話を前に佐野にしたことがある。機会があったら一度行ってみたいなどと云ったものだ。

「ああ、よくおぼえていたね？」

島地は冷嘲的に云った。

「そのうち出掛けようと思うのだが、今の状態ではどうにもならない。仕事が一区切りついたら出掛けて行って、ついでに君のダム工事現場も見学するよ」

「そうしてくれ。旅館その他の手配はぼくのほうでするから、前もって知らせてくれ」

「いつになるか当てにならないがね」

島地はいつまでも佐野に粘られたくなかった。もはや、自分の心配が完全に杞憂《きゆう》だと分った今、佐野は興味のない、面倒臭い対手《あいて》にすぎなかった。やりかけたメモもそのままになっている。早いとこ佐野に引上げてもらいたかった。

話題が尽きてしまった。

佐野の眼にも、島地がそろそろ自分に帰ってもらいたいような素振りが映った。

椅子に坐《すわ》って島地は次第に退屈そうに身体をもじもじと動かしたり、壁のほうに向いて額縁の画を眺めたりしている。佐野との対談に飽いた露骨な表情だった。佐野は、島地の細君が帰ってくる気配をどのように期待したか分らなかった。しかし、遂にそれはなかった。

島地が大きな欠伸《あくび》をした。

佐野周平は島地の家を出た。島地の妻は最後まで戻らなかった。

「まあ頑張ってくれ」

島地は玄関先で懐ろ手をしながら佐野を送った。心のこもらない激励だった。

佐野は賑《にぎ》やかな商店街を駅のほうへ戻った。気分がふさいでいた。

佐野は駅で切符を買い、ホームに出た。下り電車が着いて乗客が跨線橋《こせんきょう》からぞろぞろと降りてきている。

上り電車を待っている佐野の背中が軽くつつかれた。

佐野がふり向くと、島地の妻が珍しい人間を見たように眼を大きく開けて立っていた。

「あ」

佐野は口の中で声をあげた。

「まあ、やっぱり佐野さんでしたわ」

島地の妻は少し派手な洋服を着て帽子までかぶっていた。手にデパートの包みを提げている。

「人違いじゃないかと思ってしばらく見てたんですよ。だって佐野さんが今ごろこんなところに立っていらっしゃるはずがないから。四国だとばかり思ってましたわ……」

「いま、お宅に伺ったばかりです」

佐野は喜びを胸に吸いこんで云った。

「あら、それはちっとも知りませんでしたわ。島地はいましたか？」

「いままで話しこんできました」

「よくいましたわね。主人はわたしが出るとすぐに出て行きますから、当てになりませんの。昨夜もよそに泊って、今朝帰ったばかりですの」

「そうですか」

佐野は島地の妻にここで遇《あ》えたのがうれしかった。しかし、まさかホームの立話で例のことを頼むわけにもいかなかった。対手が軽く取って、実行してくれるかどうか分らない。

「奥さん、久しぶりですから、その辺の喫茶店で少しお話ししましょうか」

そう云ったが、どうもそれでは具合が悪いので、

「実はちょっとお願いしたいこともあるんです」

と云い添えた。

「まあ、そうですか。ええ、結構ですわ」

島地の妻はにこにこして承知し、佐野のうしろから改札口を出た。五、六年前に見たときよりも若やいだ服装になっていた。

駅前の狭い喫茶店に入って向い合ったが、帽子の下の顔は前より濃い化粧になっていた。

「佐野さん、しばらく見ない間にお痩《や》せになりましたわね」

島地の妻は彼女の夫と比較して佐野がずっと老けこんだのにおどろいているようだった。島地章吾は年齢《とし》とともに若くなっている。その妻が老いをかくして厚化粧するのも、夫の浮気に苦しみながら引きずられてゆく哀れな追随だった。

佐野はコーヒーをとった。砂糖湯のような味だった。

島地の妻は五、六年ぶりに会う佐野をなつかしがっていた。

「ねえ、佐野さん、島地から聞いたんですが、佐野さんは四国のほうにだいぶん長くいらっしゃるんですか？」

「ええ、はじめの予定は二年だと思っていましたが、少し延びそうなんですよ」

佐野周平は元気が出ていた。この細君をあの家でどんなに待ったことかしれない。あのときもっと早く帰ってきてくれたら、島地との白けた時間がもっと短縮できたのだ。

いや、それよりも、島地の前でこの細君に遊びに来てもらうことが頼めたのだ。島地の面前で云ったほうが効果的なのである。

だが、彼女に全く会えないで帰るよりも、こうして会ったほうが、ずっとよかった。彼は実は、この細君に宛てて手紙を書くこともひそかに考えていた。しかし、手紙だと改まった依頼ごとのように固くなるし、それを考慮してさり気なく書くと、細君がその通りに実行してくれるかどうか不安だった。

「大変ですわね。それで、奥さまはずっとこちらに独りでいらっしゃるんですか？」

島地の妻は気の毒そうな眼つきで訊《き》いた。この女房は、かねて佐野と明子との夫婦仲を知っている。

「そういうことになります。現地ではほとんどの職員が単身赴任ですから」

「奥さまがお寂しくて、お気の毒ですわね」

ついては……と佐野が目的のことを云い出そうとしたとき、細君の声がその出鼻を奪った。

「佐野さんは奥さんが可愛くてしようがないから、そんなに長い間離れてらっしゃると心配でしょう？　会社の命令も、そうなると出征兵士なみに家族を引裂くようなものですわね」

「……」

「いえ、わたくしのところなんか島地があんな調子でしょう？　佐野さんの立場が島地には羨《うらや》ましいかもしれませんわ。ままにならないものですわね。島地は、始終、講演旅行だとか、座談会だとかで他に泊ってきますが、あれで二年間ひとりで置いたら、さぞ、よろこんで羽根を伸ばすことでしょうね。昨夜も、秀学図書との打合せとかで湯河原に行ってたんですが……」

何気なく聞いていた佐野の耳がはっとなった。

「湯河原に？」

「ええ、そうなんですよ」

島地の細君は片頬で笑ってうなずいた。

「教科書会社の打合せに、何も湯河原くんだりまで行くことはないと思いますがね。都内で十分だと考えるんですけど、島地は家にいたくないばかりに、秀学図書に云って湯河原に決めさせたと思うんです。島地の気持なんか手にとるように分りますわ。それをいうと機嫌が悪くなるから、わたくしは黙っていますけど」

「奥さん」

佐野周平の顔から血の気が退《ひ》いた。

「島地は昨夜、湯河原にいたんですか？」

「ええ、そうなんですよ」

島地の細君はうなずいて答えた。

「昨日の昼から張切って出かけてゆきましたよ。二、三日したら、また教科書会社の世話で地方の研究会の講師としてゆくんだそうですがね。何をしているか分りませんよ。教科書会社も島地とぐるになっていますからね」

「島地は」

と佐野周平は唾《つば》を呑《の》み込んで訊いた。

「湯河原はどこの宿へ泊ったんでしょうか？」

「どこだか、わたくしには一切連絡しないので分りません。島地は前からそういう性質なんです。わたくしが宿を訊くといやがるんですよ。多分、そういうチャンスに女でも呼び寄せるんじゃないでしょうかね」

細君は島地の性癖を知っている。いま、その顔には自嘲《じちよう》的な微笑が出ているが、そこまで来るのには、この細君も他人の前で泣いてきたに違いなかった。今は冷静にも似た諦《あきら》めが形成されている。

「佐野さんは湯河原はよくご存じなんですか？」

佐野が島地の宿を訊いたものだから、彼女はそう問返した。

「いや、よく知りませんが……」

「そうですか。でも、佐野さんと島地を較べると、まるで天と地ぐらいに違いますわね。あなたは、真面目一方な方だし、島地は多少学問のほうは勉強しているかもしれませんが、始終、女に手を出しています。わたくしが知っただけでも何人いたか知れませんわ。知らないのを入れると、もっと多いと思います。あの女癖は、手足が動けなくなるまで直らないんじゃないでしょうか。わたくしはそう思ってますの。ですから、島地が地方に旅行するといっても、もう鼻の先で嗤《わら》っているだけですわ。いちいち気にかけていたら、こちらの神経がもたないんです」

細君の言葉は佐野の耳に遠いうなりのように聞えた。佐野は島地の細君とどんな挨拶《あいさつ》をして別れたかはっきりと分らなかった。彼は電車に乗っていた。

島地が昨夜湯河原に泊っていた。……

佐野は、今朝湯河原から戻った妻の明子の様子を思い出す。それはいつもの妻とはどこか態度が違っていた。明子の知らない間に佐野が帰っていたのだから、彼女はもっとおどろきを見せ、佐野のそばに飛び込んでくるはずだった。明子はそういう性格なのだ。それが、今朝は夫が戻っていると知っても、妙にぐずぐずして部屋に入るのを延ばすようにしていた。

やっとそばに来てからの態度もそうだった。久しぶりに帰った夫を迎える態度ではない。弾まない声と、元気のない動作だった。ひどく疲れたような、無感動な顔だった。生き生きとして夫を見上げるということはなく、伏眼がちの鈍《にぶ》げな眼差だった。

明子は湯河原で島地に遇《あ》ったのだ。——

佐野は電車に揺られながら膝頭《ひざがしら》が慄えた。

佐野は自分の家に戻った。

「お帰りなさいまし」

女中の道子が箒《ほうき》を握って佐野を見上げた。

「奥さまは市場にお買物です」

佐野は黙って座敷にあがった。

机の前に坐《すわ》ったが、何をするでもなかった。

明子と島地が昨夜湯河原に泊っている。明子は俳句の同人の連中と宿が一緒だったに違いないが、島地の湯河原泊りをただの偶然で片づけていいだろうか。彼の細君の話によると、湯河原で出版社の会合を開いたのは島地の主張によるという。彼の細子の湯河原泊りを島地が知って、同じ日と場所とをそこに択んだのではあるまいか。明

佐野は前から女に対する島地のやり方を知っている。それは彼が得々として話す

からだ。島地は講演会に行けば必ず土地の女を手に入れると自慢していた。そのやり方はかなり計画的だった。今度の湯河原行きも、彼のその計画性が裏に働いていなかっただろうか。

佐野は、これを自分の思い過しだと何度考え直そうとしたかしれなかった。しかし、今朝湯河原から戻った明子のいつにない様子がその反省を崩してしまう。

佐野はじっとしていられなくなって明子の居間に入った。四畳半の狭い間が妻のいつも使っている場所で、そこには整理ダンスや洋服箪笥などがならんでいる。鏡台、衣桁《いこう》、飾人形、華奢《きゃしゃ》な机と赤い座蒲団《ざぶとん》……見馴《みな》れた部屋だった。空気が冷たく感じられるくらい座敷は整頓《せいとん》されていた。

佐野は洋服箪笥を開けた。幾つもならんでいるハンガーに、彼女の洋服が下っている。

はてなと思ったのは最近妻が作ったスーツが見当らないことだった。昨日の湯河原行きも、おそらくその洋服だったに違いない。

佐野は今朝眼が醒《さ》めたとき、隣の部屋で着物を着更える明子の動作を聞いた。彼女と顔を合わせたときはすでに普段着に着更えていたから、あのときに外出着を脱いでいたものと思う。洋服箪笥の中には、彼女が今朝脱いだ感じのものはなかった。箪笥の上には洋服函が二つばかり積んである。佐野はその函の蓋《ふた》を持ち上げて中をのぞいた。上のは空《から》で、その下は夏物だった。彼は整理簞笥を開けた。そこは着物で、畳紙《たとう》に包まれてきちんと納められてある。その下が下着類だった。佐野は、こうして妻の留守に犯跡でも捜すように一つ一つを調べてゆく自分が情けなくなった。

廊下に足音がしたので、佐野は元通りに抽出《ひきだし》を閉めた。部屋を出ると、道子が通りかかっていた。

「おい、奥さんは、昨日、どんなスーツを着て出たかい?」

「あの、今度お作りになったベージュのツーピースです。……今朝、奥さまがそれをクリーニング屋に出してらっしゃいましたわ」

なぜ、妻は湯河原に着て行ったスーツを今朝早速クリーニングに出したのであろうか。スーツは最近新調したばかりだ。

佐野の不安が次第にふくれてきた。そのスーツに明子が記憶を消したい何かが付いていたのだろうか。

佐野は畳の上に寝転んでいることもできなかった。彼は机の前に起き直った。不安が群がるように起っている。彼はそこにじっと坐っていることで自分の五体から起りそうな衝動を抑えていた。

まさか、と思う。

いくら島地でも友人の女房に手を出すとは思えない。また明子が島地にやすやすと誘われるとは思わなかった。彼は妻を信じていた。

二人が湯河原に泊ったとしても、明子には俳句の集会で当然の予定になっている。また島地にしても教科書会社の打合せ会で偶然にその土地を択んだだけであろう。湯河原には旅館が多い。これが同じ旅館に泊って、双方にほかの同行者がなかったというなら別だが、ただ、湯河原という土地に泊ったというだけではないか。何もあるはずがない。

佐野はつとめて理性で自分の疑惑を消そうとかかった。すると、その下から島地の日ごろからの女性観がむくむくと頭をもたげてくる。まるで土をかぶせてもかぶせても下から湧き水が滲《にじ》み出てくるように、理性で消そうとかかればかかるほどいやな推測が現われてくるのだった。

明子はどこの宿に泊ったのだろうか。それが分ると安心できると思った。佐野は状差のあるところに行った。彼は古い手紙が束になって差込まれているのを抜き取って、机の上で一枚ずつめくった。佐野自身の手紙が圧倒的に多かった。彼は、島地の筆蹟《ひっせき》を捜している自分に気がついたが、そのようなものがあるはずはなかった。

自分がどうかしていると思った。

明子の分は同じ俳句をする仲間との通信が多かった。みんな佐野が知っている名前だった。ようやく、その中から隠れたようにはさまっていた星雲同人社の葉書が見つかった。

「三月二日（土）湯河原温泉南渓荘

三月三日（日）真鶴岬吟行」

要点はこの二項だった。

旅館は南渓荘だった。消印の日付を見ると、二月二十日になっている。島地は佐野と最後にここで会って以来この家に寄りついていないから、この通知状を知るわけがないのだ。

また、島地はおよそ俳句とか和歌などには縁のない男で、殊にこんなささやかな結社に縁故があるはずはない。

では、島地が泊った秀学図書という出版社の旅館が、この南渓荘だったのだろうか。

佐野は自分の気持を安心させたかった。困難な仕事に遠くへ向うのだから、妻に全面的な信頼を置いて出発したかった。彼は思い切って、島地を招待したという出版社に電話をかけ、その旅館名を訊《き》いてみようと思った。われながら自分の心が卑劣で情けなかったが、不安な思いで妻と永く離れるよりもずっとよかった。

佐野は下駄を突っかけて家を出た。煙草屋のケースの上に電話器が載っている。

すぐ目の前に頭の禿《は》げた親爺《おやじ》が置物のように坐っていた。佐野は電話帳を借りて、島地を湯河原に呼んだという秀学図書の番号を探した。気になったのは煙草屋の亭主だけではない。このような行動をする自分の身体が急に薄く感じられた。

日曜日だが、さいわい、出勤している編集部員がいた。

佐野は架空の団体の名前を名のり、どもりながら話した。

「島地先生に講演のことでお願いしたいんですが、先生はまだお宅に戻っていらっしゃいません。昨夜、あなたのほうの関係で湯河原に行かれたそうですが、お宿はどちらでしょうか？」

「まだ戻っていないんですか？」

若い男は、乱暴な言葉で応じた。

「もう家に帰っているはずですがね」

その返答で、佐野は自分の悪事を指摘されたような気がした。

「まだ帰っていないなら、ウチでまだ宿に残ってもらっていて何か書かせているのかなあ、おい」

と同僚に聞き合わせていたが、すぐに声を戻して、

「島地さんは、今朝たしかに湯河原を出たはずですがね。旅館に聞いてご覧になったらどうですか？　湯河原の梅乃井ホテルですよ」

「どうも有難う」

佐野は急いで受話器を耳から離したが、あわてて逃げ出すときの気持だった。

しかし、歩き出してから安心した。やはり電話を掛けてよかったと思う。正直、いまの返答で救われたのだ。帰り道で出会う人の顔まで明るく見えた。

玄関に入る前に、佐野は道路で使いに行くらしい女中の道子に出会った。

「旦那《だんな》さま。奥さまがお戻りになってらっしゃいます」

「そうか」

「旦那さまが散歩に出られたすぐあとですわ」

佐野は玄関から上って裏に回った。

狭い台所だ。以前は窓が暗くて不自由していたのを去年やっと大工を入れて改造した。明るくなっただけに、旧《ふる》い設備の貧弱さが目立つ。明子が向うむきになって組板《まないた》に屈み込んでいた。

それはいつも見馴れている妻の炊事姿だった。佐野はその姿にいくらか安定感をおぼえた。

「お帰んなさい」

明子は佐野が後ろに来たことを気づいて顔だけふり返ったが、すぐに元通り包丁を動かしつづけた。

佐野にはそれが少しもの足りなかった。何か話があってもよさそうだと思った。

「買物だったのか?」

「ええ」

佐野は妻から言葉を引き出すために、今日、島地を訪ねたことや細君に出会ったことなどをよほど話そうかと思った。

しかし、妻の硬い姿勢を見ると、つい、あとの言葉がつづかなくなった。彼は黙って自分の部屋に引返した。

食卓にはステーキ、ビーフの葡萄酒《ぶどうしゅ》煮、海老《えび》のグラタンなどが載っていた。

明子は最後の皿をならべ終って、

「これでも精いっぱい作りましたの。四国はお魚は新しいけれど、お肉のほうは不自由していらっしゃると思ったんですの」

妻は午前中よりやや明るく見えた。台所で立ち働いたあとのせいかもしれなかった。

佐野がこの家にいるのも明日までだった。明日は午後四時ごろの飛行機で羽田を発ち、大阪で一泊する。大阪、高知間は二往復で東京から一日で乗り継ぎが利かない。

明子は銚子《ちょうし》を一本つけていた。佐野はあまり飲めない性質《たち》だが、妻は黙って明日の出発を祝っている。佐野の昼間の憂鬱《ゆううつ》はとれていた。今となってはあり得ない疑惑で暗い気持だったのが損をしたようだった。

佐野は、今日、会社で担当重役や用地部長たちと会ったことなど明子に聞かせた。

「それからね」

と彼は云った。

「帰りにひょいと思い出して、島地を訪ねたんだ」

妻の答えはなかった。

「やっぱり、東京に久しぶりで帰ると、友だちが懐しくなるんだね、五、六年も行ったことのない島地の家に押しかけたよ」

うつむいてグラタンをすくっていた明子の手が、瞬間、宙に止まったように動かなくなった。

「島地も忙しがっていた。昨夜は島地も湯河原に泊ったそうだよ」

「そうですか」

間を置いて明子の返事があった。佐野は気づかなかったが、フォークの尖がかすかに震えていた。

「偶然だったんだね。島地は教科書会社の人たちと泊ったらしいんだが、君は知らなかっただろう？」

明子は皿にうつむいていた。

「ええ……」

「君が宿から散歩にでも出ていると島地に遇《あ》えたかもしれないな。もっとも、島地はひとりで殊勝気に散歩に出るような男ではないから、遇えるとは限らないがね」

「……」

「帰りの駅でも、島地の細君に遇《あ》ったよ。細君はこぼしていたよ。例によって島地の素行のことだが、しかし、案外あっさりとしていたよ。五、六年前に遇ったときよりも、かえって派手な洋服を着ていた。君によろしくと云っていたが……」

佐野は洋服のことでふいと思い出した。

「君、昨夜のスーツをクリーニングに出したそうだが、どうしたんだい？」

明子はまだうつむいてグラタンにフォークを漬けていた。

「何か汚れでも付いたのかい？」

これも佐野は一時間前までは別な連想に陥っていたものだ。

明子は佐野が島地に遇ったと聞いたとき、息が止る思いだった。

しかし、島地はあのことを夫に何も話さなかったらしい。もちろん島地が話すわけはないのだ。しかし、夫が島地の家に行ったと聞いただけで、彼があの晩のことを気づいたのではないかと思ったのである。

明子には島地の記憶が生々しく残っている。夫にそれが話せないのは、そこまでうかつに引きずられて行った弱点からだった。騙《だま》されて旅館に伴《つ》れ込まれたという弁解は、男一人と初めての旅館に入ったという行動の前に合理性を失っている。

そのほか、さまざまな不条理が重なっていた。

まず、佐野が不意に戻っていたことで、これは予期しないことだった。もう二、三日でも夫の帰りが遅れていたら、平静を取戻して順序立てて説明が出来る余裕がもてたと思う。島地とひとときを過した同じ夜に、夫が家にいたことが彼女の舌を凍らせた。島地の性癖は夫から聞いているのに、彼にのこのこと従《つ》いて行ったことも弁解が出来ないように思えた。いや、それよりも決定的なのは、夫でない男に旅館の一室で畳の上に押し倒されたことだった。その男の唇が自分の口の中に押し込まれた。

ただ手を握られたり、肩を抱かれたりするような生やさしい動作ではなかった。完全に島地の手に身体の自由を抑えられて横たえられたのである。

さらに、島地から逃れたのは明子の力ではなかった。島地が土壇場《どたんば》になって明子を放棄したのである。いわば、そこまで彼女を追込んでおいての男の最後の憐愍《れんびん》だった。

島地の手と脚とが彼女の身体から急に放れたが、それまでの明子に絶望感が起きていなかったとはいえない。彼女の頸《くび》は島地の腕に締めつけられて、顔の上に彼の唇がところ嫌わず匍《は》い回った。必死の抵抗の中に絶望感がひろがったのは、その状態のさなかだった。

絶望感は諦《あきら》めと隣合っている。島地から身体を抑えられたとき、死の瞬間にも似た諦観《ていかん》が次第に満ちてきた。その瞬間に島地の手脚が突然彼女を解放したのだ。拒絶の意志は島地のほうからだった。

明子は無我夢中で起きた。起き上ることだけがすべてだった。そのぶざまな姿を島地のうすく開いた眼に見られている。──彼女はそのとき精神的に島地の手に落ちた意識になった。

女は男性の前に絶えず自分を権威づけている。そのことのないのは夫の前だけだった。そこでは女の最も醜悪な姿態が暴《さら》される。

島地に見られたのもこれに近い姿態だった。それが唇を奪われたことと共に島地への屈辱となっている。従属的な屈辱だった。

夫には告白できなかった。殊に佐野は普通の男以上に神経質に出来ていた。日ごろは物事にこだわらないおおらかな人間のように見えるが、本当は決してそうではなかった。明子は夫がどのように自分に凭《よ》りかかっているかを知っている。その上での彼の無器用な生活態度だった。――実際は神経質だった。夫がスーツをクリーニングに出した理由を先に云ってくれたので、明子は直接的に自分の口から嘘を作らずに済んだ。

それきり夫の追及はなかった。彼はステーキを口に運んでいた。いかにも妻の心尽しの食事を愉《たの》しんでいるようにみえた。

――明子にはスーツのほかにまだ重大な問題が残されていた。ブローチである。あれが島地の手にある限り、彼女は安心ができなかった。何としてでも島地から取返さなければならなかった。裏側には夫婦のイニシャルが組み合されて刻み込まれている。

「君は、今朝、よっぽど疲れていたんだね」

と夫が云った。

「馴《な》れない宿で寝たせいかもしれませんわ」

「俳句の結社というと、なんだろう、夜遅くまで俳句の議論なんかしてるのか？」

「そうでもありませんけれど」

「だが、吟行というと一種の修学旅行だからね。みんな何となく興奮した状態で、すぐに寝る気になれないんだろうな」

佐野は自分の解釈を下したが、

「それはそうと」

と次の話題に移った。

「島地の細君はね、さっき云ったように派手な洋服を着ていたんだが、またいやに大きなブローチを胸につけているんだ」

「……」

「あの人も若く見られたいと思って努力しているんだな」

「お若いじゃありませんか」

明子はブローチから話をはずそうとした。

「そうでもないよ。顔の皺《しわ》に白粉《おしろい》が溜《たま》って、見られたもんじゃない。あのブローチだってとても大きいんだ。……あ、君、昨日もあのブローチをつけて行ったんだろう？」

「……ええ」

明子はうす氷の上を歩く思いだった。

「そうだ、明日羽田に見送りに行ってくれるなら、今度は洋装のほうがいいな、前は和服だったからね」

「ええ……」

「そのときは、あのブローチをつけたほうがいいじゃないか？」

「……」

明子はうなずくことができなかった。

ブローチは二つとほかになかった。イニシャルが入っている。それをはっきり紛失したとも答えられなかった。島地がいつそれをどんなかたちで出すか分らないのだ。

明子は湯河原に着て行ったスーツをすぐにクリーニングに出したあとで、ブローチもなくなったとは云えなかった。夫は島地が湯河原に泊ったことを知っているのだ。その二つから夫が事実を推察しそうな気がした。

うつむいてフォークを動かしていると、夫の眼が自分にじっと据わっているのを感じた。

「どうかしたのかい？」

心なしか佐野の声が変っていた。はっとなったのは、佐野が手に持ったフォークを静かにテーブルの上に置いたことである。

「明子、湯河原にして行ったブローチはどうした？」

わけの分らない感情が明子の胸から突き上げてきた。

「壊れていて、修繕屋に出したんです」

急に明子は夫の正面に向って強く云った。

「気がついたのは今朝なんです！」

第十七章　別の家

放送が終ったのが午後九時だった。島地は対談相手のR新聞社論説委員と一緒に狭い放送室を出た。論説委員は教育関係の社説を担当している。これまでも、座談会その他で何度も顔を合わせて、島地もかなり親しくなっていた。

担当の局員が両人《ふたり》を別室に導いて、紅茶を出した。

「先生、たいへん些少《さしよう》で恐縮ですが」

局員が耳もとにささやいて、謝礼の袋を出した。領収書用紙が中に入っているので、袋の口を破ると、五千円札が一枚と千円札四枚とがはさまっている。一万円の謝礼が税金で引かれているのである。

島地は領収書に万年筆で署名し、ポケットに袋を突込んで論説委員を見た。相手は謝礼の袋を丁寧に内ポケットに納めていた。——

今夜の対談のテーマは「教科書問題の行方」というのだった。今国会で自民党が提出した「教科書無償に関する法律案」が成立した。即ち、三十八年度の小学校入学児童に対して教科書を無料で与えるという法案である。

これは明らかに六月に行なわれる参院選挙に対処したものだが、問題はそのほかにも国定化の道の危険が一部に説かれている。

自民党はゆくゆくは教科書を義務教育の九ヵ年全部に無料で配布する方針だといっているが、現在のところ政府に予算の裏づけがないので、実現は困難である。だが、もし、この方針が実行されると、政府は今後教科書会社を認可制にしたいという意向を出している。

一方、教科書の採択権に大きな影響をもっている各地方の教育委員は、選挙制を廃して県知事、市町村長の任免制になった。このことはすでに民主的な選挙制を保守的な地方文教政策に切替えたことで批判の対象になり、かつて学長グループの反対に遇《あ》ったことがあるが、さらに教科書会社を認可制にすることになれば両者が照応し、国定化の危険があるという世論が現在起っている。

教科書の内容についても、三十八年度学習指導要領が民主主義的な編集から全面的に後退していることも指摘されている。この最も顕著なのが日本歴史で、政治・社会史的な問題点はぼかされている。今後教科書の無償配布が実施されると更にこの傾向は強くなると見られている。

島地章吾の今夜の対談相手は、これらの問題について積極的に批判意見を持っている人だった。こういう場合、島地も適当に進歩的な意見を吐かないと具合が悪い。

「島地先生、お車の用意が出来ております。お宅までお送り申上げます」

雑談のきりがついたとき局員が云った。

「そう」

島地は起《た》ち上ったが、車のあるところまで歩いているうちに気持が変った。

玄関先に大型の自動車がドアを開けて待っていた。

「島地先生を吉祥寺のお宅までお送り申上げて下さい」

見送りに出た放送局の係員が運転手に告げた。島地は中に乗込んで、その男の丁寧なお辞儀をうしろに流した。車は放送局の台地を下って見附に出た。信号にひっかかっている間、島地は運転手の背中にいった。

「君、少し用事を思い出したんだ。青山のほうに行ってくれないか」

「かしこまりました」

方向が変った。

「青山はどの辺でございましょうか?」

「五丁目の都電のあたりです」

車は都電の通りに沿って緩い勾配《こうばい》を上りはじめた。

島地は今夜の対談の内容を思い返している。

(教科書が国定化の道を急ぎ足に歩いているという一部の世論に対して、島地さんはどうお考えですか？）

（そうですな、そういう傾向になる可能性が全くないともいえませんね）

どうも歯切れが悪い。

（島地さんもご承知の通り、教科書会社の認可制となれば採択される教科書の数が限定されるのは必至です。そうなると、教科書の内容に文部省の好みがはっきりと出てくると思いますが……）

（少なくとも、今まではその色彩が濃厚になるでしょうね）

（色彩が濃厚になるといえば、これは内容的な面からですが、文部省では教科書の検定で、ご承知のように調査官というものが相当の権力を持っている。今までも云われたことですが、この人たちの意見によって教科書の編集内容が相当に影響を受けている。調査官たちに云わせると、自分たちはべつに主観的なものを教科書に押しつけてはいないというんですが、しかし、この人たちが検定の実力を持っている以上、教科書会社も自然にその人たちの顔色を見るとか、あるいは言葉のニュアンスを敏感に察知するとかいうようなことで、どうしても調査官の意向を忖度《そんたく》しがちな教科書編集内容になってしまう。この傾向は、今後、教科書の無償配布実現と相俟って内容の統制に近づくのではないかと思いますが、どうでしょうか？）

（そうですな、そういうことも云えるでしょうね）

(島地さんなどは歴史の方面でいろいろな教科書を手がけておいでになりましたが、こういう点では、そういうふうな、無形な圧力といったものを、お感じになりませんでしたか?)

(いや、その点はですね、ぼくはあんまり感じませんでしたね)

(とおっしゃると、ご自由な立場で何の拘束も受けずにやってこられた……?)

(もちろん、そうですよ。ぼくはですね、調査官諸氏の学問程度にいささか疑問を持っていますからね。ですから、絶対にその意向を忖度するという気持にはなれないんです)

これは強すぎたかな、と島地はその部分を反芻《はんすう》して煙草の端を噛《か》んだ。

島地としては教科書の検定問題には、放送などであまり触れたくなかった。その問題になると、島地のこれまでの立場が微妙な、弱い説明になってくる。

それに、将来、教科書会社が認可制になって大資本の大手筋に限定されると、当然、執筆者の範囲も狭められてくる可能性がある。この際、あまり刺戟《しげき》的な発言はしたくないのだ。

それでなくても教科書会社は、文部省に強い反感を与えるような執筆者は現在も警戒している。この事業の独占傾向が強められれば、執筆者選択も国定と違わないくらいに厳重となるだろう。教科書会社と大資本の印刷会社との結合が強く云われている現在、独占企業的色彩は濃厚となるであろう……。

「先生、五丁目ですが」

運転手の声に眼をやると、停留所の標識が赤く見えている。

「ここでいい。有難う」

島地はそこで降りた。

この辺は静かな商店街になっている。裏側が住宅地で、昔から中流階級以上の居住地として知られている地帯だ。

島地は十メートルばかり渋谷のほうに歩いて、果物屋の角から路地を曲った。

果物屋の店先には明るい灯が点《つ》いている。

これが島地はいつも苦手だった。店員が二、三人店の奥からぼんやりと道路を眺めている。客が入っている間はいいが、そうでないときは島地の顔をじっと見ているような気がする。

狭い路を行くと、両側は普通の家になっているが、この辺には個人アパートがかなり多い。それでわりと人が歩いている。

島地は考えごとをするかのようにうつむきながら大股《おおまた》で歩く。

その路が下り勾配になって、石段がある。その斜面に沿って家がつづくのだが、石段の途中からまた別な路に岐《わか》れている。

この辺にくると島地もやや安心だった。外燈《がいとう》の数が少なく、人もあまり通っていない。

彼は「青葉荘」という小さな看板の出ているアパートの中に入った。

かなり古い。玄関を入ると、すぐに階段になっている。彼は汚れた下駄やくたびれた靴の散乱しているタタキから靴を脱いで、それを片手にぶら提げて二階にあがった。狭い廊下にうす暗い電燈が点いている。両側にドアがならんでいるが、島地は左側のいちばん奥のドアの前に立った。

ドアの上についた磨《す》りガラスに中の明りが映っている。島地は指先で小さくノックした。

黙って内側から鍵《かぎ》がはずされ、ドアが細目に開き、女の顔がのぞいた。島地はすばしこく内に入りこんだ。

彼の提げた靴を細貝景子が手を出して受け取った。

島地章吾は景子の敷いた座蒲団《ざぶとん》の上に突っ立ったまま、ぐるりを見回した。

六畳の一間だった。炊事場は入口の横に気づかないくらいの狭い場所に付いている。部屋の壁際には小さな整理簞笥と洋服簞笥とがある。これだけが新しかった。景子が実兄夫婦と別れて、このアパートに入ったときに買ったものだ。いや、その整理簞笥の上に載っている扉の閉った小さい仏壇の中の位牌《いはい》がいちばん新しいかもしれない。亡夫の細貝貞夫の戒名が白木の上に坊主の癖のある筆で書かれている。狭い部屋には香がこもっていた。窓のカーテンが引かれてあるが、この女らしい地味な色と柄だった。

「どうぞ、お坐《すわ》り下さい」

景子は島地の足もとにすわって彼を見上げた。

島地はようやく座蒲団に腰を落した。景子はその前に灰皿を出したが、これも島地ひとりのために買ったものである。

「いま、お茶を淹《い》れますわ」

景子が起とうとすると、

「それはあとでもいいよ」

と島地は云った。

「この部屋も、もう馴《な》れたようだね」

「ええ」

「アパートの中での付合いは一切ないだろうね？」

「ありませんわ。みんな忙しい人ばかりのようですから」

「それがいい。あんまり口を利かないことだね」

「でも、わたしの姿をじろじろと見るんです。変な眼つきですわ」

「しかし、バーの女なんかもいるんだろう?」

「二室ばかりそんな人がいます。でも、あちらはちゃんと職業を持っていることですから。毎日、遊んでいるわたしを別な眼で見るんですわ」

「いまのところ止むを得ないね。高円寺のほうも、あれから何も云ってこないかい?」

「きませんわ。兄も、あれで解決したと思ってさばさばしてるんですわ」

「もう少しねばればよかった」

と島地は煙草の煙を吐いて云った。

「そうすると、もっと金になったはずだ。兄さん夫婦のほうが君よりもずっと役者が上だよ」

「いまごろそんなことをおっしゃっても手遅れです。わたしひとりでは力が足りなかったんです」

「ぼくが表面に顔を出せる道理はないだろう?」

島地は畳の上に置いた灰皿に煙草を叩《たた》いた。

「あの家を出たいといったのは君だからね。ぼくは、ただ蔭《かげ》でこのアパートを世話しただけだ。兄さんと不利な条件で別れたのは君の責任だからな。ぼくに不足をいって困る」

島地はうつむいている景子を上眼づかいにじろりと見ると、膝《ひざ》に置いた彼女の手を握って引き寄せた。

島地は茶碗《ちゃわん》の触れ合う音で眼を醒《さ》ました。

景子は先に起きていて、普通の支度に着更えていた。島地は蒲団の上に腹匍って枕もとの灰皿を引寄せた。煙草を吸っていると、だんだん心が乾いてきた。

座敷のうす暗い電燈が明るくなった。

「コーヒーが出来てますわ」

景子が小さな声で呼んだ。島地は不機嫌な顔で着更えた。景子が蒸しタオルを持ってきた。島地は両手でごしごしと拭《ぬぐ》った。小さい食卓の上にサンドイッチが盛られている。彼の睡っている間に景子が手早く作ったものだ。二個のコーヒー茶碗とサイホンとが載っている。いつも景子の敷いている赤い座蒲団が島地の坐る位置にきちんと置かれていた。

島地は口がねばねばした。すぐには坐らずに、狭い炊事場に行ってコップでうがいをした。チューブ入りの歯磨と、赤いセルロイドのブラシとが眼についた。島地はうがいを止め、ブラシを取ってチューブを押した。

景子は新しいタオルを持って横に立った。島地は音を立ててブラシを使っている。すぐ傍が入口のドアだった。

島地がぎょっとなったのは、そのドアが廊下から叩かれたことだった。彼は歯ブラシを口にくわえたままで引返し、入口から見えないところに隠れた。

景子がドアの差込錠をはずした。

外からきた女と景子とが小さな声で話し合っている。ドアはまた元の通り閉まり、景子が錠を掛けた。

「何だ？」

島地は隠れたところから出てきた。

「管理人ですわ。……部屋代を上げる話があるんだそうです」

「いくら上げるのだ？」

「三千円ほど値上げになるんだそうです」

「ふん、君はここに入ったばかりじゃないか」

「仕方がありませんわ。丁度、そういう時期だというんですもの」

島地は口の中を泡だらけにしてブラシをこすっていたが、水を含んでぐわっと吐き出すと、

「ぼくが来てるのは気づかれなかっただろうな？」

と顔を下から斜めにして立っている景子に訊《き》いた。

「いいえ」

「いままで一度も見られていないだろうな。何かそういう噂は立っていないかい？」

「大丈夫ですわ」

景子は寂しい声で答えた。

島地は彼女の手からタオルをひったくると、顔を押えながら食卓の前に坐った。

「マッチ」

「はい」

島地は眼の前のサンドイッチをじろりと見ただけで、眉《まゆ》の間に皺《しわ》を作って烟《けむり》を吐いた。景子が卓の前に坐って紅茶茶碗を起していたが、島地の顔色に気をつかっていた。

景子が実兄夫婦と別れてこのアパートに入ったのは、彼女だけの決心だった。そのことに島地の影響がたしかにあったが、この新しい出発を彼女は、あくまでも自分の意志と信じていた。彼女は多少まとまった金を持っていた。女は無一文ではひとりで世間に飛び出せない。金を持たない女は破滅する。少なくともそういう恐怖感が女には強い。

男は結婚前からの自らの生活がある。女は結婚によって生活を得る。だから、夫の死亡はその生活の喪失を意味する。そこに男と女の生活に対する自立性と従属性との相違があり、自信と恐怖感とがあった。

それで、夫に死なれた女は何よりも金が心の支えである。金のない女は、川を前にした犬のように世間からあとずさりして、夫のいなくなった婚家にかがみこむほかない。その金さえあればどうにか生計がやってゆけるように女は信じたがるのだ。女は男と違って浪費をしない。節約が最善の生き方だと思っている。そのうちに、つつましい自活の方法が発見できると期待するのだ。景子は高円寺の家を出る前に島地と逢《あ》ってそのことを相談した。

(何とかなるだろうね)

と島地は責任のない同意の仕方をした。何とかなるという島地の言葉に景子はかなりな力を感じた。普通の人間ではない、夫の友だちだし、大学の助教授で名前も多少世間に知れている。

それに、島地が夫と同じ学者だったことにも信頼があった。景子は死んだ夫の人間性が忘れられないでいる。彼女は夫と同職の島地に親近感をもっていた。実兄が全くの俗人であるだけに、彼への凭《よ》りかかりは大きかった。

その間に景子は島地の愛情を受入れた。少なくとも島地の行動を彼女は愛情と信じていた。彼女の考えからすれば、愛情なしには島地の求めが理解できなかった。いよいよ兄夫婦と別れる段になって、面倒な金銭折衝がつづいた。それはすでに肉親との相談ではなかった。他人よりももっと冷酷な打算だけが働いていた。

景子は島地に逢うたびにそのことを相談したが、島地は、

(なるべく損をしないほうがいいね)

と云うだけで、具体的な忠告をするでもなかった。景子はそれを学者らしい恬淡《てんたん》さに解釈していた。実は、島地は、そんなことに深入りしてあとの責任を取らされるのが怕《こわ》かったのである。景子は自分の不利を知りながら兄夫婦に押切られた。

(景子さんは独りになっても、ちゃんと頼りになる人が出来てるんだからいいんじゃない?)

嫂《あによめ》は皮肉に云った。雨の日、景子を車で送ってきた中年の紳士を嫂は記憶していたのである。のみならず、そのころになって急に外出先から夜遅く帰ってくる義妹を粘《ねば》い眼で観察していたのだった。

細貝景子は実兄と別れたとき、三十二万円の金を持っていた。夫と一緒に作った古本屋をそっくり兄に渡した代償の手取りだった。

店舗の権利金、敷金、設備費、商品としての書籍の購入費などが亡夫の投資であった。そのうち、実兄から借りた金を差引かれ、あとはほとんど半値以下で清算さ

れた。中華そば屋のように利潤が薄い商売では実際の投資額標準では計算ができない。妹の要求に近いものを出すとすれば、月々の利益の中から長期に亙《わた》って支払う、と兄は譲らなかった。

景子は兄夫婦の家を出たあと、二度と自分の元の家に顔を出したくなかった。毎月なにがしかの金を受取るためにいやな思いをしなければならない。亡夫との生活の挫折《ざせつ》のあとを見るのは苦痛だった。それに兄が果して金を支払ってくれるかどうかも分らなかった。営業不振で利益があがらないといえば、また先に延ばされそうである。兄には嫂がついている。やはり損は承知で後腐れのないように話のついたものだけを一回きり貰《もら》って出たかった。

家財道具もほとんど置いて出てきたので、手に入った金からこのアパートに移るときの敷金と、必要な家財購入とで、三十万円が切れてしまった。これで部屋代が一万二千円だから一カ月の生活費を景子は九千円に切詰めることにした。しかし、十万円だけは手をつけずにおきたかった。だがこれもこのままだと今年の末までに無一文になってしまう。

景子は新聞の求人欄を毎日読んだ。お手伝いさんが圧倒的で、次は保険の外交とか集金係の歩合仕事だった。そのほかタイピストなどがあるが、技能資格のない女性にはアルサロの女給、キャバレーのホステス、お料理屋の座敷女中といったものしかなかった。毎日の新聞には同じような広告ばかりが固定していた。

島地は景子からそんな話を聞くと、鼻の先で嗤《わら》い、格別にその相談に立入るということもなかった。

「いっそのこと、どこかの住込女中にでもなろうかしら」

景子は実際そうも考えた。

兄の家を出るときは、貰った金で小さな商売でも出来そうな淡い希望があった。しかし、現実に独りになってアパートに入ると、それが夢でしかないことが分った。日ごろ街を歩いていて眼につかないくらい小さな店が、いまの彼女には及びもつかない大事業を築いているように思えた。三十万円足らずの金では何の足しにもならなかった。

女だからつましく暮してゆけるという考えの甘さは、一ヵ月にもならぬアパート暮しで身に沁《し》みて分ってきた。

「見ず知らずの他人の家に、君のような人が女中で住みこめるかい？」

島地は笑っていた。

景子は云われてみると、それも結局は思いつきだけで、泥んこの覚悟になっていない自分を発見した。学者の妻だったという意識がそこまでの決心をやはり妨げていた。

彼女は保険の外交も、バーの女給も、料理屋の女中も最初から除外していた。

「まあ、いいさ。そう焦ることはない。そのうちに何とかなるよ」

島地章吾はそのつど同じようなことを云っては景子のアパートに上りこんでいた。島地章吾は、細貝景子にそろそろ倦怠《けんたい》を感じてきていた。倦怠というよりも気詰りであった。

島地は初めから景子と長い交渉を持ちつづける意志はなかった。友人の妻が未亡人になったという偶然の条件が彼女に手を出させたにすぎなかった。彼には景子に対する実際の愛情も責任感もなかった。いわば、家庭の中にいる平凡な人妻への物珍しげな興味が、新鮮な未亡人になったことで拍車をかけられたに過ぎなかった。彼はやはり別れた神楽坂芸者の喜久江と景子とを比較せずにはいられなかった。

喜久江は男の気持を隅ずみまで心得ていて島地の世話をした。万事が垢抜《あかぬ》けていて、豊かな色気を持っていた。ときどき客と浮気するらしいのは島地も気づいていたが、それがまた彼の刺戟《しげき》にもなっていた。ずいぶんと喧嘩《けんか》もした。しかし、このみみっちい景子と較べると、はるかに男の心を慰める贅沢《ぜいたく》さをその女はもっていた。喜久江も四谷裏のアパートにいたが、そこでは女中を使っていた。部屋も、調度も、何か男に夢を見させるような色彩に包まれていた。金は使ったが、いまとなってはそれだけの値打はあったと島地は後悔しない。

しかし、景子となると全くの反対だった。いや、むしろ反対なものを求めて島地は彼女に積極的に近づいたのだが、彼が予想した新鮮さは景子になかった。彼が満足する刺戟も驚きもなかった。身体も貧しいだけだった。

神楽坂芸者の喜久江は島地を慰安してくれた。男は妻以外の女に接するとき、そこに慰めのみを求めるのである。景子はそうではなかった。島地に何一つ愉《たの》しみを与えはしなかった。島地が彼女から受けとるものは、やるせない現実の切羽詰った気分であった。結局、女の身体の貧しさもその余裕のなさから来ているようであった。

島地は景子に負担を感じはじめていた。深入りすれば、負担は加重されそうであった。その一切を自分が背負うだけの面白味は彼女になかった。期待した新鮮さを味わわせてくれたのは、彼が彼女を強引に得た最初の間だけで、あとは素人女の見すぼらしさしか残らなかった。

島地は景子が困っていても金を出すつもりはなかった。前の芸者の場合はたしかに投資の意味を感じたが、景子にそれをするのは、ただじめじめとした関係を際限なくつづける失費だけになりそうであった。

島地は、このアパートにくるのもそろそろ足遠くしなければならないと自分を抑制しはじめていた。

だが、いくら景子でもそれだけで済まされるとは彼も思っていなかった。一つのキリを彼女に与えなければならない。島地はそれを秀学図書に彼女を世話することで区切りをつけようと思った。それが島地の男としての最終の責任感だった。

島地は景子の作ったサンドイッチを二つばかりつまんだ。あとの一つは口の中で半分嚙《か》み切って元に戻した。いかにも家庭で作ったという味のなさだった。

紅茶も香りがなかった。

島地は時計を見た。

「もうお帰りになるんですか？」

景子がうつむいた顔をあげた。

「もう、遅いからね。それに、明日の午前中に出版社に渡さなければならない原稿がある」

「あまり根《こん》をお詰めになると毒ですわ」

景子の言葉を聞いたとき、島地は彼女が亡くなった夫のことを頭の中に泛《うか》べて云っていると思った。

細貝貞夫は勉強家だった。彼が最も華やかに活動をしていたころ、睡眠は毎晩四時間しかとっていないという噂が仲間にひろがったことがある。いや、細貝が何となく関係出版社から干《ほ》されてのちも、彼は前以上に研究をつづけていた。それは時勢に対する細貝の怒りであり、自分を置去りにして方向転換をした友人への執念のようでもあった。――同じ彼から遠のいた仲間の一人として島地は噂を聞くと、そんな感じを持ったものである。

夜更けに机に向っている夫の傍で、景子は夜食の支度をしながら、いま島地に云ったと同じような言葉を何度もかけたに違いなかった。

島地は黙って起《た》ちあがり、景子が掛けたハンガーの上衣を取って片袖《かたそで》を通した。するると、胸にばさばさするような感触を覚えた。手を内ポケットに突込んで出してみると、今日貰った放送局の謝礼の封筒だった。

彼はそこに坐《すわ》り直した。

「これ、何かの足しにしてくれ」

彼はそれを景子の前に置いた。

景子はおどろいたように島地に顔をあげたが、すぐに眼を伏せた。

「九千円入っている」

島地はうつむいている彼女をちらりと見て、最後の残りの紅茶を啜《すす》った。

「すみません」

景子は小さな声で礼を云った。どうしてこんな野暮ったい物を着ているのか。前の芸者

佗《わび》しい服装の女だった。

から較べると、この女は男を喜ばす何の配慮も技術も心得てはいなかった。ただ素人女の無神経さが目立つだけである。それに景子には明るさというものが少しもなかった。この女と逢《あ》っていると、こちらの気持までじめじめしてくる。少しも男のためにはならなかった。

「君」

と彼は最後のつもりで煙草を一本出した。

「そろそろ、身の振り方を考えなければならないね」

景子の胸がいちどきに空気を吸ったように動いた。

「兄さん夫婦と一緒にいた苦しさも、もう忘れてしまっただろう。休養としては十分だと思う。この前、君が新聞で口を探していたのを知っていたが、あのときはまだすぐそう働くことはないと思って黙っていた。……どうだね、ぼくの知ってる教科書の会社に働いてみては？」

それはまるで他人に云っている親切であった。

島地が景子のアパートを出て元の電車通りへ来たときは、ほとんどの家が暗くなっていた。商売をしているのは、例の角の果物屋と、そのならびのすし屋と向い側の小さな中華料理屋だけだった。食べ物店だけが遅くまで灯を点《つ》けている。

景子の部屋で二時間過したあとの島地にはこの暗い夜の空気が新鮮に感じられた。こういう思いは前の芸者のときにはしなかったものだ。女のもとから出ると虚しさ、やるせなさが心にいつまでもまつわっていて、ちょうど派手な遊蕩《ゆうとう》をしたあとの気持に似ていた。だが、景子の場合は、彼女からかえって自分が解放されたような気持になる。それだけの相違が両者にあった。

早くあの女も片づけなければいけないと、島地は電車通りに立って空車を待ちながら考えていた。

彼はこのまま真直ぐ家に帰る気がしなかった。景子と女房と同じような雰囲気を往復するだけで、気持の恢復《かいふく》がなかった。

彼はタクシーを新宿に向けさせた。

二幸裏の小さなバーが近ごろの彼の行きつけだった。表は小さなビルだが、地下室になっている。

客は少なかった。狭い店だから、空いていると余計に寒々とした隙間を感じる。それでもあのアパートを出たあとの気分直しにはちょうどよかった。

「あら、先生」

と鼻の隆《たか》い三十ばかりのママがカウンターの中から階段を降りてきた島地の顔に叫んだ。遊んでいる女の子が三、四人いちどに起ちあがった。

「やあ」

島地はカウンターの隅のスタンドに腰をおろした。

「ずいぶん遅うございますわね。銀座のお帰りですか?」

ママが真向いから笑いながら訊《き》いた。

「まあね」

「それにしてはお酒が入ってないようですわね。どこかの浮気帰りじゃありません?」

「ばかな。今日は放送局の仕事があってね」

「あら、そいじゃ、つまりませんわね」

「そろそろ、ここもカンバンだろう?」

時計は十一時半近くなっていた。

「いいえ、この辺は一時まではよろしいんですの。どうぞごゆっくり」

島地は注文したブランデーのグラスを両手に抱えた。横にいる女の子たちに何か飲ませようかと思って止めた。その代りママだけにはハイボールをおごった。

「近ごろ、連中は来るかい?」

島地をここに伴《つ》れてきたのは、秀学図書の松永や岡田などだった。ママはついこの近くにあるキャバレーで女給をしていたのだが、旦那《だんな》がついて去年の暮から開店している。島地が一人で来るようになったのも、岡田からこんな耳打ちを聞いたからだ。

（あすこのママが云ってましたよ。先生のような方は素人よりも玄人の女性に好かれるタイプですわねと。カウンターの中から先生の斜めになっている顔を見ていると、顎《あご》のあたりから耳にかけての線が年増女にはとても魅力ですって）

島地は、ママや女の子を相手にしばらくばか話をした。そのことで景子から受けた世帯じみた気持を拭《ぬぐ》おうとした。客は少なかった。

先ほど入ったとき二組ほどいたが、その連中が出てゆくと、あとは常連らしいのが一人カウンターの片隅に坐って、バーテン相手にダイスをやっているだけだった。

「先生」

と女の子が云った。

「ダイスなさらない？」

島地は小さなサイコロがカップの下から転がり出るのを横眼で見ながら、

「してもいいが、何を賭《か》けるんだい？」

「あら、お金よ」

「いくらだ？」

「わたしたちがしてるんですもの、小さいのに決ってるわ。マッチの棒が一本十円よ」

マッチの棒はマージャンの点棒の代りになっているらしい。

「そんなもの、みみっちいよ」

「だってお金がないわ」

「そんなのならご免だね」

島地はポケットの奥に仕舞っている茶色の封筒を出した。その底がふくれていた。

「これ何だか知ってるかい？」

女の子たちはのぞいた。てんでにふくれた底を手でさわってみて、

「ブローチなのね」

と忽《たちま》ち云い当てた。

「賭けるのだったら、これくらいのものをやりたいね」

「イミテーションでしょ？」

「とんでもない。ホンモノだよ」

「嘘。先生がどこかの女の子から取ってきたんだわ。そんなのやすやすと渡すくらいだから、どうせ、ニセに決ってるわ」

「よし、そいじゃ見せてやろう」

島地は封筒を破って逆さまにした。カウンターの上に半紙に包んだものが微《かす》かな

音を立てて転がり出た。

島地は指先で紙をむく。ママも女の子も、その手もとをみつめていた。

「まあ、きれい」

指先に金の環で囲まれたオパールが載っていた。楕円《だえん》形の真珠色が灯を受けて無数の虹《にじ》の粉のようにきらめいた。

「拝見したいわ」

とママが云った。

「どうぞ」

ママは手に取って賞めていたが、ふと、裏を返して、彫られた何かに眼を止めていた。

「先生、おやすくないわね。彼女と組合わせのイニシャルだわ」

島地はなるほどと思った。島地章吾と佐野周平とは共にSである。刻印は花文字でSとAが嚙《か》み合っている。

「あら、上のほうが取れてるわね」

とママが小さく云った。

「そうなんだ。彼女と喧嘩《けんか》をしてね、無理にむしり取ったものだから、そこのところが壊れた。実は修繕に出すつもりで、こうして懐ろの中に入れていたんだ」

懐ろに持っているのはブローチだけではなかった。景子に失望した彼は、明子でその不足を満たそうとしていた。いつかは明子がこのブローチを取りにくるに違いない……。

景子は、島地が帰ったあと、いつも二時間ばかりはぼんやりと坐《すわ》っているのだった。

島地の靴音が下の道から遠のいてゆく。急ぎ加減の、遁《に》げるような足音であった。景子は彼を見送ることもできなかった。部屋はその道と反対側だったから、窓からのぞくわけにもいかなかった。一度、島地のあとに尾《つ》いて電車通りまでこっそりと行ったことがあるが、次の日に彼に叱られた。

「何ということをするのだ。あれほどぼくが止めたではないか。他人《ひと》に見られたらどうする？」

島地は本気になっていた。

「君はいいかもしれないが、この辺にウチの学生でもいてみろ、忽ちカンづかれる。学生は油断がならないからな、何を云いふらされるか分らない。そうなったらおれの体面はない」

以来、景子は一度も島地をこの家の外から見たことがない。

景子は、島地という人間が自分の考えた男とはかなり違っていることに気がついていた。だが、それはまだ彼女の悲観にはならなかった。

景子は死んだ細貝貞夫一人しかこの世の男性を知っていない。それで島地も死んだ夫と同じ性格と気持とを持っているものと思っていた。個人として多少の違いはあっても、職業的にも大差はないし、教養もほとんど同じである。

だが、島地と交渉が出来てから、夫と島地とは性格的に距離のあることを知った。夫の貞夫は無口で鈍重だったが、妻への温い思いやりがあった。景子が病気になれば寝るのも忘れて看病した。何ものにも替えがたいといった愛情で彼は景子を守った。

夫は質素な生活の中で晩酌一本を愉《たの》しんでいた。外での忿懣《ふんまん》があれば、傍の彼女に語り、愬《うった》えた。

しかし、島地章吾は全く肚《はら》を見せない人だった。収入の点が違うので、その生活がずっと派手なのは仕方がないにしても、家でおとなしく酒を飲むということはなさそうだった。景子の家に来ても、せっかく作った料理を顎を動かしてじろりと見回すだけで、すぐに箸《はし》を取るでもなかった。何か食べても不味《まず》そうにしてどの皿も半分以上を残した。

死んだ夫はそうではなかった。もっと貧しい物を、もっと喜んで貪婪《どんらん》に食べてくれた。島地は景子が病気になったと聞いても、すぐに駆けつけてくる人間ではなさそうだった。

こういう比較はいけないのかもしれない。夫は死んだのだ。現在は島地だけである。比較の対象は失われたのだから、島地という絶対な対象があるだけだと思いたかった。

しかし、違う。考えていた男とは違う。

だが、それは彼女がいろいろな男を知らなかった無知のためであり、豊富な比較を持ち得なかった貧しい経験のせいだと思った。——つまりは、細貝貞夫というタイプもあれば、島地章吾というタイプもあるという景子の発見だった。本質的な愛情は変らないものと彼女は信じていた。

それに夫の細貝貞夫の場合と環境が違うのだ。島地には家庭がある。このように彼からいつも突っ放された状態でおかれるのは仕方がないと景子は思っていた。——それでもやはり男の愛の本質を彼女は信じていた。

（以下、「下」に）

単行本　文藝春秋新社、昭和三十八年六月二十日初版
文庫　角川文庫、昭和四十一年一月十日初版
本書は右記角川文庫を分冊、改版したものです。
なお本文中には、今日の人権擁護の見地に照らして、不適切と思われる語句や表現がありますが、作品全体として差別を助長するものではなく、また著者が故人である点も考慮して、原文のままとしました。

落差《らくさ》　上

新装版《しんそうばん》

松本清張《まつもとせいちょう》

昭和41年 1月10日　初版発行
平成21年 12月25日　改版初版発行
令和7年 10月10日　改版11版発行

発行者●山下直久

発行●株式会社KADOKAWA
〒102-8177　東京都千代田区富士見2-13-3
電話　0570-002-301（ナビダイヤル）

角川文庫 16045

印刷所●株式会社KADOKAWA
製本所●株式会社KADOKAWA

表紙画●和田三造

●お問い合わせ
https://www.kadokawa.co.jp/（「お問い合わせ」へお進みください）
※内容によっては、お答えできない場合があります。
※サポートは日本国内のみとさせていただきます。
※Japanese text only

ISBN978-4-04-122767-1　C0193

◆◇◇